桂媛 著

槐树花开

LOCUST TREE IN BLOSSOM

浙江大学出版社
ZHEJIANG UNIVERSITY PRESS

图书在版编目(CIP)数据

槐树花开/桂媛著.—杭州：浙江大学出版社，2011.4
ISBN 978-7-308-08549-6

Ⅰ.①槐… Ⅱ.①桂… Ⅲ.①长篇小说—中国—当代
Ⅳ.①I247.5

中国版本图书馆 CIP 数据核字（2011）第 052924 号

槐树花开

桂 媛 著

责任编辑	张　琛
文字编辑	胡　畔　　llpp_lp@163.com
封面设计	项梦怡
出版发行	浙江大学出版社
	（杭州市天目山路 148 号　邮政编码 310007）
	（网址：http://www.zjupress.com）
排　　版	杭州大漠照排印刷有限公司
印　　刷	杭州日报报业集团盛元印务有限公司
开　　本	880mm×1230mm　1/32
印　　张	8.5
字　　数	215 千
版 印 次	2011 年 4 月第 1 版　2011 年 4 月第 1 次印刷
书　　号	ISBN 978-7-308-08549-6
定　　价	26.00 元

目　录

一中，我来了

一片白色的花瓣落在我的手背上，我抬起头，发现院子里的那棵槐树开满了洁白的花朵。原来不知不觉已经到五月了，槐花盛开的季节。阳光透过花叶洒落一地的碎影，像那些丢失的记忆。

那段青涩时光已经悄然远去，这些年来，我不曾认真回忆过，偶尔想起的，也只是某个片段，无法连贯。

我坐在院子里，看着那满树的花朵，蓦然之间，仿佛看见从前的自己，还有他们和她们，那些话、那些事浮现在眼前，原来，我从未忘记。

那年我十六岁，刚从一所"监狱式管理"的初中考上了一中，心里的兴奋足够让我变成一个棉花糖，每一丝都是甜的。

每个城市都有一所或几所重点中学，我们这里也不例外。一中是所有学子的梦想，不仅仅因为它是一所重点中学，有着百年校史，最重要的是这里的升学率极高，进了一中基本上就确定你能够考上大学，区别只是什么大学而已。

那时候的我，没有什么梦想。黑暗的初中生活让我倍感绝望，我自卑内向，说话都不敢大声，上课时老师让我回答问题，我都会紧张得脸红。我也没什么朋友，对我而言，上一中，然后努力考大学，就是我唯一的目标，至于其他的——按照我妈的说法，其他的事情，等考上大学再说。

1997 年的 9 月 1 日，我去一中报到的那天，天气很好。九月的阳光，照在身上暖洋洋的。天空水洗般蓝，清风掠过树梢，拂过发际,很是舒服。

我站在一中门口,觉得理直气壮。从前我经过这里,总是远远地瞄一眼就胆怯、飞快地跑开。可是从今天开始,我就是一中的学生了,我有资格在这里进出了。我很激动,很想大叫一声,可是最后,我还是遏制住了自己的冲动。因为我讨厌被人关注,那让我觉得自己好像是被关在动物园里的动物一样。

可是有人不同,有些人天生就喜欢被人关注,他们乐意展示自己,不介意别人怎么看,一切随心所欲。那天,有个清瘦的男孩子站在离我不远的地方,对着校门口大喊一声:"一中,我来了!"引来不少人的目光,他却毫不在意地吹了个口哨大咧咧地走进学校。

我吓了一跳,难以置信地看着那个背影。竟然有人旁若无人地喊出了我的心里话,让我倍感紧张。我有些疑心刚才那句话是不是自己喊出来的,我像个间谍一样小心翼翼地观察了一下周围的人群,还好,大家都各自有一个小圈子,各说各话,没有人看我。我安心下来,再次审视自己一番,确认身上没有任何可以引人话柄和目光的地方,才迈着激动的步伐走进了新班级。

一中是所花园学校,我走进学校那一刻,简直不敢相信自己的眼睛。高大整齐的水杉立在校园大道两旁,每栋建筑前面都种着青翠挺拔的雪松,松树下面藏着不少蓝色的鸢尾花。此外,还有桂花树、银杏、枫树、竹子等,最耀眼夺目的当属槐树。几乎每个角落你都可以看到一棵或者数棵槐树,它们像是会说话一样,在风中轻轻抖动着树叶,欢迎新来的同学。

我被分配到高一(二)班,在第一栋教学楼里。沿着水杉林走到尽头,就是我们的教学楼。那是一栋五层的白色建筑,掩映在两棵高大的雪松背后,我们班就在二楼左拐第一间教室。

我在暑期已经踩好了点,所以非常轻松地找到了我的新班级。我进去的时候,已经有不少同学先到了,我那时非常胆小,感到其他同学的目光聚集在我身上的时候,就又紧张起来,硬着头皮在教室里找到一个不起眼的角落坐下,静静等待开学典礼。

教室里面的人越来越多,我安静地坐在那个角落里,偷偷看着进来的每个同学,但是不敢像其他同学一样,四处聊天搭话,我也不知道该从何处说起。

"我可以坐这里吗?"一个文静清秀的女生走到我的面前问道,我因为一直没说话,声音有些沙哑,"可以。"

"谢谢。"她露出笑意,掏出纸巾擦了擦本来就很干净的桌椅,放下书包,动作轻盈灵巧。她的五官很精巧,看着特别的秀气,乌黑的头发上别着一枚银色小巧的发夹,倒有点像画上的民国女子一样,纤巧温柔。她动作优雅地落座整理,然后转过头来,对我微笑道:"我叫文雅,很高兴认识你。"看起来,她真是个完美的人,每一个动作都那么自信优雅,我自惭形秽起来。

我低声含混地说,"我,我叫桂菲……"我恨自己的名字,它让我从小就一直被人嘲笑。但是面前的她没有笑话我,我心里开始对她有了些好感。

她向我点头微笑,"希望我们会成为好朋友。"

这个叫文雅的女孩子,后来一直都是我的好朋友。她在外人面前,一直很文雅,礼貌大方,是个极难得的淑女。但是混熟后,她在我们面前极其不文雅,喜欢八卦,还特别爱出馊主意,唯恐天下不乱。我在高中那段堪称混乱的时光,就是她送给我的。

我们慢慢熟识起来,正说话时,一个身材高挑的女孩子走到了前面,"各位同学,大家好,我是临时代班长蓝清,班主任老师临时有事,现在请各位同学配合准备集合,到操场上参加开学典礼,请大家分成四组,排队出门。"

我当时很震惊,因为从前念书的时候,没有哪个同学敢站在讲台上这样镇定自若地说话,作出安排。我对她的钦佩羡慕之情溢于双眼——这是我当时最深情的表达方式。不过,我当时怎么也没想到,我会成为她的敌人。

我赶紧站起身来,按照代班长的要求排队,却发现坐在一旁的文雅不动,只在纸上乱画,我瞥了一眼,她画的是一个满嘴喷火的妖婆。

"排队了。"我小声提醒道,她抬头微笑,站起身来,迅速地把那张纸团成一团丢进垃圾桶。

"你叫桂菲?"她随意问道,我点点头。

"桂是三秋桂子,十里荷花的那个桂么?"她边走边聊。

"是的。"我心里觉得惊奇,从来人家问我的姓该怎么写,都是简单地问,是不是木字边的桂,或者是不是桂花的桂,第一次有人居然用诗来问我的名字。

"那菲字呢? 人间四月芳菲尽?"她出口成章。

"是的。"我对她又有了些兴趣,"那你的名字呢? 高才盛文雅,逸兴满烟霞?"

她有些意外地看了我一眼,笑了起来:"想不到,你也是同道中人,我打小就喜欢诗词,可惜都没遇见同好,就冲这个,你这个朋友我交定了。"

我觉得文雅真有意思,我还没遇见过这样的人呢,两人说说聊聊,走到操场时,已是惺惺相惜,相见恨晚了。

我觉得心里热乎乎的,有朋友的感觉真好。初中的那三年时光像噩梦一样,没有朋友,老师只关心成绩,而同学之间防盗一样随时防备着其他同学超过自己的成绩,互相帮助那是绝无可能,互相之间唯一打听的就是你在看什么课外资料书? 你有没有补课?

到了初三中考前,老师们已经草木皆兵,剥夺了所有的音乐、美术、体育等副科,全面专攻中考考试科目,并且在家长会上明确要求家长配合,不许学生课外时间读闲书、看电视、出去玩。有一个周日,我的笔坏了,出门买笔,刚巧碰到同班一个女生,两人聊了一会,说了两句笑话,恰好被路过的班主任老师看见,当场大声呵斥我们,吓得我俩脸都白了。周一上课时,老师居然在全班同学面前又批评了我们,还要求我们写检查,我当时恨不能找个地缝钻下,脸上火辣辣的,感觉四周的目光像针一样刺在我身上,疼得要命。现在想起那段时间,我只觉得是无尽延绵的黑夜,看不到一丝光亮。

申请侦探社吧！

操场上站满了人，主席台上坐了很多老师，这也是我第一次参加开学典礼，觉得非常有意思。校长姓王，那天他穿着一身中式服装，气宇轩昂地走上主席台，讲了一段我今生都不会忘记的话。

他说："各位新同学，大家好，欢迎各位来到一中，我是校长王敬知，王是三横一竖的王，敬是敬重的敬，知是知识的知，意思是敬重知识，希望各位同学要敬重知识，学习知识，掌握知识，用知识掌握自己的未来。各位同学应该对我们一中有一定的了解，我在这里做点简单的介绍，我们一中是省重点高中，是百年名校，创办于民国时期，当时是省内八所中学之一，是孙中山先生批示建立的。我们一中走出了很多人才，他们现在在全国各地为国家作贡献，这些都是我们骄傲的历史，而你们是一中的未来，现在你们以一中为荣，将来一中要以你们为荣！你们要在这里度过三年宝贵的光阴，人生在世如白驹过隙，三年时光说长不长，说短不短，希望你们以后回忆起这三年，不会懊恼后悔，才是真正值得的。这三年是各位同学人生中重要的三年，你们不但要学会书本上的知识，更要学会塑造自我，我知道很多同学在念书方面是个天才，但是会念书是一个方面，不要把分数看成衡量自己的唯一标准。要德、智、体、美、劳全面发展才更完整，等各位拿到毕业证书的时候，还可以收获更多其他的东西。我的话讲完了，下面请学生会主席讲话。"

台下掌声雷动，有些同学大声喝彩，表达自己对校长的热爱之情。我的手都快拍红了，我从来没听过这么动人的讲话，还是出自一名校长之口。从前的那所学校直到我离开的时候，也没搞清楚校长是谁。素质教育这个提了又提的话题,第一次正式从一名校长的口中郑重说出。这里真的很不同,第一次有人告诉我,他关心的不只是成绩。

在中学里,学生会主席属于稀有产品,基本上只听说其名,未见其人,在本校竟然认真对待,让我十分震撼。学生会主席登台时,我好奇得不行,一个戴眼镜的高年级男生走上了主席台:"各位新同学,大家好,我是学生会主席周通,我代表学生会欢迎各位同学的加入。刚才校长已经说了很多关于本校的事情,我现在向各位介绍下我们学校的课外活动情况,目前已有美术社、科技模型兴趣小组、记者团、生物小组、计算机组、音乐社、舞蹈社以及体育社。各位新同学如果对以上社团有兴趣,都可以加入,如果你有不错的点子,也可以向学生会申请新的社团。学校除了每年的秋季运动会,还有篮球、足球、乒乓球以及排球比赛,另外还有每年的五月红歌会,请各位同学不要错过展示自己的好机会。我友情提示各位,我们学校除了三好学生外,还有优秀学生干部、文体活动积极分子等各种奖状,想拿奖状回家的同学,不要错过机会!"学生会主席口若悬河,同学们却安静得连呼吸都不顺了,都是和我一样被压抑过的人,突然听到如此多的喜讯,觉得有点不可思议,太假了,怎么可能呢?! 这么多玩的,能考得上大学吗?

"刚刚毕业的学姐学长们的高考录取成绩,你们都看到了吧?计算机组是考进清华大学的那位学长创立的,考进南开大学的学长是科技模型小组的骨干,还有进北大的两位学姐,是记者团的核心。我们每个社团里面的同学都考得很不错,会玩更会学!"周通笑着说完最后一句话,操场上已是一片欢呼声,新生们都在热烈讨论自己想去参加哪个社团,又或者会创立什么社团。

"文雅,你想加入哪个社团?"我看着身边兴奋的好朋友,"美术社吗?"

"不，"她眼睛转了转，"如果有侦探社就好了，我喜欢福尔摩斯，你可以当我的华生吗？"

我吓一跳，"这个好像不太好吧。"

"怕什么，反正都是玩，当然找自己喜欢的玩。"她又问道："你呢？你想做什么？"

我兴奋地想了半天，我想做什么呢？突然发现，原来我什么都不会！一样特长都没有，哪个社团会要我？我沮丧地说，"我，我不知道。"

"那你就跟我一起吧，那个学生会主席不是说我们可以自己申请吗？我们再拉点人，自己开社团。"文雅兴致勃勃地规划起来，"我们可以成为本校的第一名侦探！"

我目瞪口呆，这么文雅的人，居然对侦探的事情兴致这么高，说起来头头是道。文雅正说得兴起，隔壁班的一个男生突然插了句嘴，"要是你们的侦探社办起来了，算我一个"。

我抬头望去，阳光下一个清瘦的少年，脸上洋溢着桀骜不驯的笑，像明星般耀眼。

文雅答得爽快："好啊！"

他看了我们一眼，转身离开，嘴角挂着一抹淡淡的微笑。

这是我第一次遇见卓维，我至今都记得那天他脸上的那抹微笑，清澈透明微带忧伤，仿佛甜中带酸的苹果。

开学典礼结束后，我们回到班里聆听班主任老师的教诲。班主任老师是个身材瘦小的中年男子，他走到黑板前，干练地写上自己的名字：纪钢。"我是纪钢，纪律的纪，钢铁的钢，意思是钢铁般的纪律。我是本班的班主任，欢迎各位同学，各位同学在校期间要遵守校纪，努力学习为主，适当参与课外活动，毕竟高考的学科不包括课外活动的内容，不要主次颠倒。"

这番话仿佛一盆凉水泼了下来，刚才还很兴奋的同学都收敛了笑容。老师扫了一眼教室接着说道："高中三年衔接着初中和大学,是重要的三年,高中的课本知识与初中完全不同,你们即便是能考入本校,在初中学习优异,也不代表你们能在高中学习好,要想获得好成绩,考上好大学,最好从现在开始准备。"

"现在我点名,点到的同学请起立。"他拿起花名册,依次念起名字,被点到的同学便站起身来答到,我的心揪了起来,我最害怕的就是这关,每次进到新班级,老师念完我的名字,总要引起一阵哄堂大笑,接着大家就会每天不停地嘲笑我,取外号,故意在大街上喊我的名字,惹来无数笑声。我恨透了自己的名字,却无可奈何。

"桂菲",老师终于点到我的名字,我战战兢兢地站起来,低头小声回答:"到。"我像只待宰的绵羊,等待着嘲笑声,那些如刀般的笑声。可是过了几秒钟,教室里面依然很安静,没有任何人发出笑声,老师只是抬头看了我一眼,就接着念下面的名字。

我如释重负,飞快地坐下,心里扑通扑通地跳,却感觉到由衷的高兴,竟然没有人取笑我! 我抬起头,有些感激地看着四周的同学,顿时觉得他们都很可爱。

点完名,老师放下花名册道:"课程表已经贴在墙上,请各位同学及时抄好,按课程表准备好课本和笔记本。为了保障班级的秩序,我现在临时任命几名班干部,协助老师和同学。现在大家还不熟悉,一个月后大家彼此熟悉了,再进行选举。"

"蓝清任班长,"他低头看了看花名册,又指定了几名其他同学做班干部。领完了厚厚的教科书后,老师宣布放学。

我松了口气,新学期的第一天,我很满意。也许会是个不错的开始呢!

"走,我们去学校转转。"文雅提议道,"这么早放学,正好参观。"

传说中的槐树

走出教学楼,沿着银杏大道往后走。不知几时种下的紫藤萝,纠缠成巨大的花架,阳光透过碧翠的树叶落下一地光影。我伸出手,掌心里一片灿烂的阳光,暖暖的,小小的幸福感。

我再次看见了卓维,他坐在由几根粗壮的紫藤萝形成的天然秋千上,呆呆仰望着天空,隔着密集的紫藤萝看不清他的脸,只觉得他像我手心里的阳光,被切割成了无数碎片。

"看帅哥看傻了,"文雅笑得贼兮兮的,"那好像不是我们班的同学。"

"没有,"我赶紧否认,"我只是觉得那根树藤比较可怜。"

"嘻嘻,"文雅故作镇定,对我说,"先放你一马,我带你去看下传说中的许愿树。"

"许愿树?"我惊奇万分,"竟然还有这样的东西?"

"当然,百年老校嘛,精灵鬼怪多了。"她装出恐怖的表情,怪声怪气地说:"听说桂花树下挂着不少吊死鬼!"

我忍不住打了个哆嗦,她笑弯了腰,"骗你的!"

"你!"我也有些好笑,怎么就信了呢,"下次不许骗我!"

"你真可爱,说什么你都信。"她好不容易才直起腰,"走走,带你去看槐树。"

"真的可以许愿吗?"我有些半信半疑,对于这些精灵古怪的传说,我总是心怀敬畏。

"当然不能,只不过那是学校最大的一棵槐树,有几人粗呢!"她笑着说,"不过学校是有这样的传说,那棵槐树花开的时候,可以向它许愿,等到第二年花开的季节,就可以实现。"

"真的这么神奇?"我悠然神往,心里琢磨着许什么愿好。

"你看吧,就在那里。"她指着位于操场旁边的山上。

那棵树像传说中一样,挺拔地屹立在山坡中间,仿佛千百年前就在那里,默然看着世间冷暖变迁,阳光下闪闪发光的树枝伸向蓝天,与蓝天融为一体,树下青草悠悠,在风中形成碧绿的波涛。

我看着那棵树,心里涌现无数感动,说不出话来,只怔怔地看着它,风里送来新鲜好闻的清香,是它的味道。我闭上眼,灵魂挣脱了身体,向它奔去,脚步轻盈,快要飞起来。

"你想许什么愿?"文雅看着那棵树,声音变得虔诚。

"考上个好大学,"我淡淡一笑,脱口而出。这是我唯一的愿望,唯一的希望。

"我也是。"文雅赞同。

"除了考上好大学,你们就没有别的愿望了?"又是卓维,他恰好经过我们身旁,听见我们说话,他笑得有些讽刺,"考上大学一切都没问题了? 所有问题都迎刃而解了?"他指着那棵树道:"那棵树恐怕听见这个愿望几十万次了。"

"你干吗偷听我们说话?"文雅的脸色沉了下来。

"不是偷听,是光明正大地听,你们在这里说得这么大声,我一米外都听得很清楚。"他的笑容让人讨厌,"拜拜,傻瓜们!"他大笑着转身离开。

文雅生气地朝他的身影踢了一脚,假装用力捏他的脖子,"死不要脸!"

我看着他的身影,突然觉得有些害怕,上了大学真的一切都好了吗? 真的就没有任何问题了吗?

我来不及细想这些,新学校的一切都强烈地吸引着我,让我眼花缭乱。这里有各种我从未见过的实验仪器,体育课也不再是随便跑两圈就算了,老师还教习很多运动项目,包括武术。音乐老师弹着钢琴教大家唱歌,美术老师握着毛笔铺开宣纸,教大家画国画。那些本该学却从未学过的科目,让我觉得无比新鲜有趣。

一切都很好,除了该死的数学。我快要疯掉了,彻底败给了那些复杂的数学题,无论我上课如何认真听讲,认真记笔记,都听不懂老师在说什么,而数学老师显然以为他讲的大家都听明白了,讲得飞快,完全不顾下面茫然的表情。我有时会产生幻觉,我觉得老师已经化身为一架机器,不停地往外丢 X、Y、Z,大家紧张万分地接,却总是接不住。

二十天后,第一次数学测验,彻底打击了所有的同学,包括数学老师——全班及格的只有五人。数学老师非常愤慨,他每天卖力地讲解全白费了。发下考卷后,他拍着桌子说道:"你们有没有在听课? 有没有? 我每天口水都要说干了,这考卷上面的题目多简单啊! 这么容易,你们怎么能这么多人都不及格? 初中时候不都是优秀学生吗? 上了高中就像猪一样?"全班鸦雀无声,静静地听着数学老师发泄自己不满的情绪。

"把你们的笔记本都给我交上来,我要看看你们上课的时候都在做什么,想什么!"他骂完后对数学课代表说,"下课后就送过来。"

下课后,我对着那张不及格的数学卷子发呆,我一生中考得最糟糕的成绩也比这个高,二十四分! 不到三十分! 我的头一阵阵眩晕,心脏已经停止跳动了。

"菲儿,你在干什么?"文雅走过来看着我,"你怎么脸这么白,一点血色都没有。"

"我第一次考不及格。"我觉得无比羞愧,不知道该说什么好,"你考了多少?"

"我也没好多少,刚刚及格而已。"她安慰我,"没事,这个不是你的问题。"

我以为她神经错乱了，"考试不及格，不是我的错，难道还是老师的?"

"当然，瞎子都看得出来他的教学有问题，如果是你一个人不及格，那肯定是你的问题，如果是大家都不及格，那就是老师的问题。"文雅指了指周围，"你看，就你一个人在这里自怨自艾，其他人都不在意。"

我四下一望，果真如此，除我以外所有的同学都很轻松，刚才那件事情好像压根没发生一样。"那，如果是他教得不好，那我们怎么办?"我怯生生地问道。

"很快我们就知道了。"文雅笑眯眯地回答，"我们这次考试其实不是考我们，是考老师的教学水平，你看每年都会有新老师加入学校，他们负责教新生，如果水平不错，可以留下，如果水平很糟糕，那就要离开。我们数学老师很年轻，可能也是刚到学校不久吧。"

我这才明白，为什么老师如此生气，"那我们的老师会换吗?"

"只有五个同学及格，你说呢?"她露出坏笑，"其实我一点也不喜欢他，早点换了才好呢!"

我把试卷收了起来，虽然文雅这样说，但是考不及格对我来说始终是件丢人的大事。分数就是我的命根啊!

"来来，快帮我想一下我们侦探社怎么个搞法，我想过了，就叫福尔摩斯侦探社，申请新社团的报告我也写好了，一会你陪我去交吧。"文雅掏出一份报告书，递给我，"你看看有没什么问题?"

"你们要搞侦探社? 算我一个啊!"坐在我前面一排的女生转过头来，她是个非常俏皮可爱的女生，短短的头发，笑起来露出一对小虎牙。

"你也有兴趣?"文雅打量这个毛遂自荐的女生，她骄傲地回答:"当然，并且没有人比我更有资格了，我爸爸是公安局局长，我从小就看着他破案的!"

"哦,福尔摩斯并不这么认为。"文雅挑了挑眉,"不过我们侦探社现在初办,多个人不是什么坏事,那就欢迎你了。"

那个女生对文雅并不生气,对着坐在第一组第三排的女生喊道:"安心!来参加侦探社啊!"

那个叫安心的女孩子转过头来,皱了皱眉。这是个气质很好的女生,走路时形态极其优美,她的笑容亲切可人,让人觉得贴心亲切,似乎她从来不会对任何人发火,似乎她就是你最好的朋友。

她无奈地说道:"陈诺,你就不能小点声吗?"

"怕什么,又不是什么见不得人的事情。"陈诺指了指文雅兴奋道:"她们要搞侦探社,你也一起来参加。"又怕文雅不答应,转头对文雅道:"安心很厉害的,她有一双天眼,几乎没什么事情能逃得过她的眼睛,天生当侦探的好材料。"

安心有些不好意思地阻止陈诺,"你不要乱说啊,哪有啊。"

"当然有,她只要觉得有问题的人,肯定有问题。"陈诺小声道:"以前我们学校里面有同学早恋,她一眼就看出来了,而且安心就像情报部长一样,以前我们学校的事情,随便什么她都知道。"

安心有些生气,"陈诺,你把我说得和八卦周刊的狗仔队一样了。"

文雅却有些笑意,"八卦?我最喜欢八卦了,行,你也加入吧!"

"好,那我们四个人以后就是死党了。"陈诺豪迈地拍了下桌子说:"我们要不要结拜?"我们三个人白了她一眼,她觉得有些失望,"为什么不?"

放学后,我们四个已经混得很熟的女生嘻嘻哈哈地去学生会递交侦探社的申请报告,一路上四个人幻想着如何名声大噪,如何尽情彰显女侦探的风范,欢快的笑声像长了翅膀的白鸽,飞向天空。

这就是我们四个人相识的过程,我们一见如故,很快就如胶似漆。我们都是独生子女,天生孤独,总在寻觅那个可以视为血亲的同龄人,可以尽情地倾诉彼此的小秘密。

我不要当班长

我后来关注过很多学校的学生会，却没有一所能像当时一中的学生会那样给我带来强烈的冲击。就像初恋，我们总是觉得后来的比不上初恋美好，只因记得刹那惊鸿的心跳。当看惯了风情后，我们都是带着挑剔的眼光看着一切，即便再美好，也远远比不上当初那惊鸿一瞥。

学生会位于学校西北角的翠竹林里，远远就能看见学生会的牌子，布满了岁月的蚀痕。我们站在门口有种时光倒错的感觉，仿佛回到了百年前。这是一栋古老的欧式建筑，看上去有着上百年的历史，宽大的阳台外面是高大的槐树和梧桐树，斑驳不堪的外墙上，绿玉般的爬山虎叶子一片片重叠在一起，密密麻麻爬满了一墙，像一件时尚的绿色外套，焕发着勃勃生机。我们站在门口徘徊了好一阵，才敢踏进这里，脚步轻巧，怕一不小心惊扰了这个时光凝固的地方。

"我之前的学校据说也有学生会，但是我从来没见过学生会主席，也不知道学生会是干什么的。"陈诺第一个开口，"真棒啊！难怪人家说一中的学生会比很多大学都要正规呢！"

"嗯，一中的学生会权力是很大的，不是形同虚设的，我听说从前发生过学生会代表和学校谈判的事情。"安心的话引起我们极大的兴趣："谈判？发生了什么事情？"

"很多年前了，那时好像是另一名校长在任，那个校长为了升学率，取缔了所有非高考科目，关闭了音乐教室和美术教室，这让大家很愤怒。学生会代表就和校方谈判，请校方根据国家的教学大纲要求上课,最后学生会赢了。从那以后,一中再也没干过这类事情。"安心果然是一流的情报站。

文雅听得兴致勃勃,"安心,你给我们多讲讲关于这个学校的事情啊。"

"回头再讲吧,先去交报告。"陈诺不耐烦地说,拉着文雅往学生会走。

"申请侦探社?"学生会干事仔细看着这份申请报告,"好的,我会尽快提交给学生会主席,等学生会召开会议审核后,就可以了。"

"那多长时间可以知道结果呢?"文雅有些激动。

"一般情况是三天。"干事看了看日程表,"不过现在新学期刚开始,我们招聘了新的学生会干部,本周正在向他们介绍工作,可能需要一周的时间才有结果。如果你们申请成功,三楼拐角处的那个房间就是你们的活动室了。"

"三楼拐角处? 我可以去看看吗?"陈诺按捺不住激动,干事有些为难道:"这不符合我们的规章,不过,这样吧,你们去看下,但是不要吵闹,大家都在工作。请看完后尽快离开好吗?"

"没问题!"陈诺拉着安心一路往上跑,文雅摇头对我道:"真沉不住气。"话音未落,也忍不住拉着我一路追了过去。

我们看着这个承载着我们梦想的地方,幻想着几天后上面挂着侦探社的牌子,陈诺激动地在门上胡乱比划,"这里,我们在这里挂我们侦探社的牌子!"

文雅摇头,"不好,这个位置不好,我们挂在这里。"她又比划另外一个地方,两人为了侦探社牌子究竟挂在哪里争了起来。我和安心在一旁笑得直摇头。

一周后,我们满心欢喜地直奔学生会,计划好今天拿到活动室的钥匙后,好好打扫那个房间,并且在门上挂上侦探社的牌子,商量第一次活动安排在什么时间,几时做宣传。

说说笑笑走到学生会,却听到一个噩耗,"不好意思,你们的申请被否决了,学生会认为你们的行为有可能导致不良的后果,予以否决。"

"不良后果?"陈诺瞪着眼睛,"有什么不良后果?"

"这个我不好说,这是学生会的决定,"那名干事冷冰冰地回答:"请回吧。"

"你们是不是担心我们会查出你们的黑幕?"文雅不再文雅,对着干事怒喝道。

"这位同学,你们的申请不符合学生会的标准,学生会认为你们可能会侵犯到他人的隐私,不予通过。"那名干事站起身来,"理由我已经说明,请离开。"

文雅突然像斗败的公鸡一样蔫了,转身就往门外走,却看见班长蓝清走了进来,笑得很灿烂,"麻烦你把钥匙给我。"

那个干事立刻取出钥匙递给她,"请在这里登记,房间就在三楼拐角处。"

"好的,"她签完名,高高地拿着钥匙,挑衅地看了看我们四人,眼光落在文雅的身上,嘴角扯了扯,走了出去。

"你为什么把我们的房间给她啊?"陈诺愤怒地问干事,干事瞪她一眼,"那个房间什么时候是你们的了? 你们又没有申请通过。"

"她申请的是什么社?"安心回头问道,干事摇头,"她是我们新任的组织部副部长。"

文雅闻言咬牙切齿,"该死的蓝清!"

我们从小就被人拿来比较,比较的内容五花八门,谁家的孩子更漂亮,更聪明,更可爱,更有才华。等上学后,还要比谁的小红花更多,谁的成绩更好,谁是班干部,谁家的孩子更有出息。再后来,我们自己开始互相比较谁更富有，谁的生活更好，谁的孩子更有出息，进入新的循环。我们一生都在与人比较中度过，却很少会想过，幸福怎么可以去比较？

文雅和蓝清就是比较下产生的一对仇敌，两个发小，从小掐得你死我活，一路掐到高中，势同水火。早就分不清楚到底谁更对不起谁，只记得互相仇视。

文雅恨得牙根痒痒，"我们不能通过肯定是她在搞鬼，看着吧，明天下午班干部选举，我要她好看。"

班干部选举会如期举行，老师先在黑板上面列出所有的职位，再由同学提出候选人，接着匿名投票，最后统计唱票，得票最多的同学任职。按照流程，依次选出劳动委员、纪律委员、学习委员、文娱委员、体育委员、生活委员以及副班长，终于轮到班长了，唯一的候选人是蓝清，老师问："有没有同学提其他候选人，如果没有的话，蓝清作为唯一候选人，可以直接上任。"

"我。"文雅举手道："我提议桂菲。"我不敢相信自己的耳朵，文雅怎么会提议我？

老师在黑板上写上我的名字，接着问道："还有其他人吗？"全班鸦雀无声，目光全落在我身上，如芒刺在背，我又羞又愤，索性低头不看大家。

"现在开始投票。"老师示意大家投票，唱票的时候，我趴在桌子上心里一直安慰自己，一定不会有人选我的，蓝清做了九年班长，怎么样也不会轮到我做班长的。

蓝清微笑地看着自己的名字下面的正字，胜券在握，唱票到后半段时，我的票数突然越来越多，很快与蓝清形成了拉锯战，最后竟然是票数一样了，此时唱票的同学手里还有最后一张选票。蓝清的脸色有些难看了。文雅则微笑地看着黑板，坐姿格外优雅。

"桂菲。"唱票的同学念出了最后的选票,蓝清的脸黑得跟黑森林面包似的,我的脸色则白得像纸,我抬头看着黑板上我的名字下面多了一划,顿时心像掉进了无尽的深渊。

"那么,我宣布……"老师看着黑板准备宣布结果,我弱弱地举手,红着脸用我进学校以来最大的声音说:"老师,我,我弃权……"

老师愣住了,"你说什么?"

"我,我不当班长。"我说到最后声音小得和蚊子差不多。

"那好吧,这是你的权利。"老师点头,"那我宣布,班长就是蓝清了。"

稀稀拉拉的掌声中,大家交替看着趴在桌子上不敢抬头的我和脸色愤怒的蓝清,这个局面是出乎所有人意料的。新班长蓝清咬紧嘴唇瞪着我,文雅气得顾不上斯文,用脚不停地踢我的椅子。

"桂菲,你干什么!"放学后,文雅克制不住自己的怒气,"你怎么能放弃当班长,让蓝清那个家伙得逞? 我好不容易才帮你拉了那么多票!"

"你别怪桂菲,"陈诺拍了拍还趴在桌子上我,"你要和蓝清斗,我们支持你,可是你干什么把她丢到前面? 你又不是不知道,她是个连呼吸都不敢大声的人。你要斗,就自己上,实在不行,你推我也行,偏偏要推她。"

"是啊,文雅,我也搞不懂你为什么要让桂菲当候选人?"安心也走了过来,"刚才你没看见桂菲吓得脸都白了。"

"你们都怪我?"文雅生气极了,"你们以为这样就是为她好? 她都十六岁了,竟然都没有大声说过话,每天胆战心惊的,生怕得罪任何人。以后一辈子都这样吗? 将来去工作的时候也这样?"

我站起身来,丢下一句,"不要你管。"拎起书包就跑。我心里难受极了,眼泪不停地往下落。

　　我走到那棵大槐树下，坐在树下发呆。我想起在幼儿园毕业演出之前，老师选了全班除了我之外所有的女生跳舞，我每天都很羡慕地看着她们排练，有一天，一个女生病了，老师临时让我顶替，我很兴奋，整整两个月我一直都努力练习，可是等那个女生病好的时候，老师说，你下去吧，让她来。那一刻，我觉得所有小朋友都在笑我。从那以后，我再也不争什么，只想默默无闻地度过每一天，不想引起任何人的注意。可是天不遂人愿，我的名字就是一个笑柄，大家每次见到我，都要拿我的名字开玩笑，那些玩笑让我又厌烦又痛苦，我生气过，骂过，甚至打过，却没有人当回事。依旧不停地嘲笑，嘲笑到今天。

　　文雅怎么会明白呢，我想做的只是太阳光辉下的黑子，没有人注意最好。

　　"这么快就来许愿了？"是卓维，他走到树下笑着看我，"你那个同学不是说过，要到槐树花开的时候许愿才灵吗？"

　　我有些懵，脸红了，我很少和男孩子说话，前几次都有文雅在，现在我一个人，我不知道该说什么。

　　"咦？谁欺负你了？"他又走近一步，看着我的脸，我连忙胡乱擦干脸上的泪水。

　　"你哭什么？"他端详着我，满脸好奇，"莫非你失恋了？"

　　"胡说什么！"我又急又羞，早恋这个帽子我无论如何也戴不起。

　　他笑了笑，如雕塑般俊美的容颜，在阳光下透着神秘莫测的气息，仿佛古希腊雕塑，穿越了千年的光阴对我微笑，那笑容让人失神，"那你跟我说说？"

　　我愣了一下，只觉得心脏怦怦直跳，呼吸都有些困难，脚步发软，我慌忙拎着书包跑了，只剩下那个男生惊奇地看着我惊慌失措地跑路，对着我的背影哈哈大笑。

我们还真是有缘

　　蓝清的班长是我让的。这让蓝清很不爽,她竭力证明自己绝对是实力派的,但是,总有同学带着意味深长的笑容看着她。她很恼火,恨透了我,我这个看上去胆小怕事的女生让她丢尽了脸面。

　　"桂菲,学校马上要搞演讲比赛,你代表我们班参加吧。"蓝清走到我面前说。

　　我连忙摆手,"不行,不行,你找其他人吧。"

　　"你在我们班的呼声那么高,非你莫属,我已经把你的名字报上去了。"她有些嘲弄:"千万不要临阵退缩哦。"

　　"不行,不行,我不行,你找其他人。"我慌忙站起身拉住她,恳求道:"拜托你换个人吧。"

　　"这可不行,关系到班级的荣誉,你不知道吧? 我们每个班级都有参加校内活动的活跃度评分,如果你不去,我们这次就要扣两分,老师要是知道了,肯定会很生气的。"蓝清拍了拍我,"拜托你了,贵妃娘娘。"

　　我又气又羞,却说不出话来,让我当众演讲,那不是要我的命吗?

　　到了演讲比赛的前一天,我都没有办法说服蓝清换人,只得准备了一篇演讲稿。心里无比怨恨,怎么就被逼到这个地步了呢?

　　演讲比赛的当天,文雅、安心和陈诺都陪着我去比赛,准确地说是架着我过去的,我一心一意想着的就是怎么逃跑。三个女生伙同其他同学,连拉带拽地把我弄进了比赛现场。

　　"别怕,别怕,你上去就对稿子念,你就当下面是南瓜。"文雅不停地安慰我。那天之后，她向我诚恳地道歉，我原谅她了。

"我怕我还没走到前台就晕过去了。"我差点都要哭出来了。

"没事的，有我们呢，你别怕。"陈诺鼓励我，"你要是真晕倒了，我们把你扶下来。"

"你别乱说，你一定要坚持，没你想的那么可怕的，你可千万别晕，要是晕倒了，那你更要被人家笑话，是不是?"安心笑着说，"你想不被人笑，就好好在上面念完就可以了。"

我的脑子一片空白，完全不知所措，时间一分一秒过去，对于坐等上台的我来说，就和等死的感觉差不多，台上的每个同学都表现得很自信，博得阵阵掌声，这让我觉得更加紧张。这个可以容纳三百人的现场，让我觉得冷汗直冒。

终于轮到我了，报幕员念出我的名字时，整个阶梯教室笑翻了，笑声能冲破房顶。那笑声冲击着我的耳膜，握着演讲稿的手心湿透了，眼前的人既近又远，一片模糊，我只看见所有人用夸张的姿势，拼命大笑。我觉得血液倒流，头眩晕得厉害，脚上像拴着两块铅块那样沉重，动也不能动，我什么都看不清楚了。报幕员再次念到我的名字，文雅和安心对我说什么，我都没听见。我竭力站起身来，用尽全身力气，冲出了阶梯教室。

这是我一生中从未承受过的痛，那些笑声不停地回荡在我耳边，彻底粉碎了我最后一点脆弱的自尊。生不如死，这是当时在我脑海里面唯一的念头。我失魂落魄地走在街上，也不知道该去哪里，最后走到城东的云溪河边，看着河水发呆。

云溪河是水州的护城河之一，流淌千年，源源不绝。我坐在河边的草丛中，看着清亮通透的河水，不知道明天该怎么去面对大家的诘问，那些刺耳的笑声和眼神在我的脑中一遍遍地回响。

我丢人了，不止是丢了自己的颜面，还有二班的。我有些恨自己，为什么不可以按照自己想象中那样，假装镇定地念完那篇演讲稿,至少可以有个交代。可如今我是个逃兵,一个让班集体和自己都蒙上耻辱的人。

"我们还真有缘啊。"又是卓维!他坐在自行车上,歪着头看我。我不说话,愣愣地看着他,他随手把车子丢到一边的草丛里,走到我身边,"你叫什么名字?"

又是名字!我愤怒又胆怯,无数委屈涌上心头,我号啕大哭起来。他一看,有些慌张,"你哭什么?"

我只是趴在膝头不停地哭,我觉得自己真是倒霉透了,好不容易到了理想的学校,本以为一切都会顺利,却没想到会这样。联想到最近发生的事情,我哭得更凶了。

"你哭够了吗?"他有些无奈,"算我倒霉,我请你喝奶茶,你别哭了。"

他用那杯热乎乎的奶茶碰了碰我,我抬起头怯生生地接过那杯热奶茶,是我最喜欢的珍珠奶茶。热乎乎的奶茶下了肚,也温暖了心情。

我们两人默默无言看着河水,各自想着自己的心事,秋天的河面上,漂着几片落叶,阳光照在水面上泛起点点金光,阵阵微风吹来,惬意得让人犯困。我发现胸口郁结的不快已经悄然散去,我喜欢这样的天气,这样的河边,河水潮湿清爽的味道,让我的心情平静下来。我很想躺在草坪上,这么个简单的动作,对于当时的我来说,都很艰难,我只敢抱着腿,靠在膝盖上偷眼看他。

这还是我第一次仔细看卓维。他和绝大多数同学不同,全身都流露出让人敬而远之的气息,好像他挂着"请勿靠近"的牌子。他的灰格衬衫袖口卷得很高,米黄色的休闲长裤紧贴在草坪上,胸口挂着一根长长的项链,双手撑着地面,仰望着天空,双眼半开半合,夕阳的流光落在他的眼睑上,散发出炫目的光芒,让人怦然心动。

天渐渐黑了,他站起身来说:"天要黑了。"

我觉得自己心情好多了,我终于说了第一句话:"谢谢。"

"不客气,下次你请。"他笑了笑,夕阳余晖之中,他的笑容和上次一样,让我心跳加速,脸颊发热。

"要不,我送你?"他歪了歪头,推起自行车。我慌忙摇头,"再见。"飞一般跑到远处。他在我身后又笑了,"真是的,我又不会吃了你,你怕什么。"

许久之后,我依然都记得那天下午的阳光下,他脸上那落寞的神情。这算是我演讲比赛失利后的额外收获。

我在演讲比赛上临阵逃脱让全班同学大为不满。第一次学校活动,连比都没比,就直接认输了。

纪老师也有些不高兴,他发下数学老师收去的笔记本,"数学老师说你们的笔记很不详细,他要求大家下次记得仔细点。只有这个没写名字的笔记做得最好,这是谁的?"

我抬头一看,是我的,忙红着脸取回笔记本。

老师接着对全班同学道:"这次数学测验,虽然只是个小考试,但是也给各位同学敲个警钟,很快就要期中考试了,我们数学老师是很优秀的老师,大家平时要多注意听讲,不懂就问,不要等考试的时候再后悔。"文雅闻言,脸上闪过一丝惊讶的表情。

"下面再说一下,下个月运动会要开始了,大家可以在体育委员那里报名参加,比赛项目分为田赛和径赛,有女子长跑 800 米和男子长跑 1500 米、400 米接力赛、铁人三项、短跑 100 米、跳远、跳高、铅球和标枪。请各位同学踊跃参加。另外本周乒乓球、篮球以及排球联赛开始了,每天下午放学后在体育馆和操场举行,请大家踊跃参加。不参加比赛的同学,也要去为比赛的同学加油!我们前面丢掉的分数,可以在这里补回来。"

我听完老师的话,羞愧万分,我努力过,却最终只能这样,也许幼儿园老师就没有说错,我这样的人,只会影响大家,拖大家的后腿。

她是我的女朋友

放学后,陈诺兴奋地拉着我们,"快,到体育馆去看篮球比赛,今天是第一天比赛,我们班对四班。"

安心笑着说,"陈诺,那谁是不是在四班?"

陈诺的脸有点红,嗓音大了起来:"什么那个谁啊,你说什么呢?"

"哪个谁? 哪个谁?"在一旁若有所思的文雅顿时兴趣大增,凑了过来,"快点交代。"

"有什么好交代的。"陈诺故作严肃,一副死猪不怕开水烫的样子,"安心骗你们的。"

"安心骗我们什么?"文雅笑得贼兮兮的,"四班有谁啊?"

"哎呀,不和你们说了,你们不去,我一个人去。"陈诺撇下她们,飞速往体育馆奔去。

文雅抓住安心,逼问道:"陈诺喜欢的人是谁?"

"我可不能说啊,这个是人家的秘密。"安心一本正经,文雅愣了愣,又贴了过来,笑得更贼了,"没事,你可以不说,你指出来就行,走,我们去体育馆。"

我看着她们在夕阳下追逐的身影,无比羡慕。我也想和她们一样打打闹闹,可总好像有一层厚厚的茧裹住了我,绑住了手脚,让我窒息。套中人,我和书中那个生活在套子中的人一样。

我微微抬起手,想和她们一样尽情挥洒欢乐,身边走过的其他人吓了我一跳,我收回了手。不敢跑步,只得加快走路的脚步,我担心她们回头喊我的名字,又会引来阵阵笑声。

体育馆内人山人海,灌篮高手们正在篮板前争显风采,震天的加油声快要刺穿耳膜。我在安心身后站着,文雅拉着安心的手,拼命地问,"哪个? 是哪个?"

安心无奈,笑着指着在右边篮板前拼命抢球的一个瘦高的男生,是个皮肤黝黑、帅气阳光的男孩。他正和人用力拼抢,很是专注,同样专注的还有陈诺,她站在场地边大喊加油,声音比谁都响亮。

文雅窃笑陈诺,突然又指着对面的漂亮女生问安心,"那女孩是谁?"

安心看了一眼,"哦,那是三班的班长,我们校花,王美心。"

我顺着她手指的方向看过去,这是我第一次看到她,有种电光火石、惊为天人的感觉,我心中暗想,怎么会有这么漂亮的女孩子!绝对是上帝的恩赐,她长发披肩,穿着时尚,一点也不像高中生,倒像个社交名媛,镇定自若地坐在人群里,自然散发出女王的威严,周围的人不敢贴近,只敢远远坐在一旁,瞻仰着女王的风采。

"真漂亮,我要是男生肯定为她动心。"我忍不住叹道。

安心和文雅瞥了我一眼,"你有点志气好不好? 她是很漂亮没错,可是你也不差啊! 依我看,你是太内向了,你要自信点,再稍微换几件衣服,绝对不比她差。"

"就是,看你这马尾辫,扎了多少年了?"文雅摇头叹道,"好好的美人胚子被你浪费掉了。"

我低头看了一眼自己,我的风格一直都保持着灰色,不引人注目。想到和王美心一样穿着时尚,我有些发抖。

"没救了,这个妞。"文雅摇头,又看着王美心,问安心,"咦,那个帅哥是谁?"

安心迅速地瞥了一眼,"这个男的,口碑不大好,没什么朋友,据说行为也比较异常,长得是很帅啦,绯闻、花边新闻很多的,以前有女生向他表白过,他听完当场就哈哈大笑,笑得别人哭着跑掉了。"

"这么狠?"文雅非常有兴趣,"是哪个女生?"

"这个我就不知道啦。"安心双手一摊。文雅有些惊奇,"你不是什么都知道吗?"

"拜托,我又不是百科全书。"安心有些哭笑不得,"关于这个人,我奉献最后一条信息,他喜欢王美心。"

我在一旁听着她们两人的话,越听越惊,她们说的不是别人,就是那个我最近老是碰到的卓维,那时候我都还不知道他的名字。

"他叫什么,你总知道吧?"文雅不依不饶,"这个家伙我碰到过他两次,确实有点神经。"

"他叫卓维。"安心笑得有些暧昧,"你可千万别动心哦,否则我可救不了你。"

文雅斜了她一眼,"胡说什么? 这不是我的菜。"

我远远看着他们,两人看上去仿佛小说中的男女主角,都是那么耀眼,似乎他们身上有着一盏水银灯,让他们散发着无处不在的熠熠光芒。

"好像他们吵架了?"具有极强八卦精神的文雅兴奋起来,拉着安心的手,"你看,你看。"

果然两人似乎吵得厉害,王美心站了起来,卓维头也不回往比赛场地走去。他冲进了球场,直接撵一位同学下场,裁判连吹口哨制止他。

"我换他,"卓维平静地对裁判说。"这不符合比赛规则,要先在场边和我说,再等暂停比赛之后你才可以上场。"作为裁判的体育老师耐心地说。

"这不是已经跟你说了吗?"卓维毫不退让,"我替换上场。"

体育老师愣了,"你说什么? 这不对的。我跟你说……"

"老师,老师,我有点不舒服,我下场。"那个被指名下场的男生赶紧说道,边说边往场外走。

"现在可以开始了吗?"卓维冷冷地问道,体育老师气得有些结巴:"你们,你们班还有没有……有没有其他替补?"

"没有了。"卓维手法极快地从旁边的同学手里抢过球,"我是唯一的替补。"

虽然很生气,老师也只好吹了哨子,"继续!"

"哇噻,真够劲爆的!"文雅激动不已,"他好酷啊!"

"看吧,我就说了,你别对他动心啊。"安心在一边窃笑,忽而又道:"哎呀,陈诺这次肯定气死了。"

三班和四班的这场比赛,原本四班占有绝对优势,现在却半路杀出个卓维,彻底中断了四班轻松获胜的梦想。卓维的动作轻灵飘逸,像个幽灵穿梭在球场上,带球过人,断掉对方的快速进攻后又迅速冲到对方的禁区投篮,活脱脱的一个流川枫。

体育馆里疯掉了,一班和二班的比赛完全没人关注了,都挤到三班和四班的赛场边大声尖叫,为卓维。就连刚才对他极其不满的体育老师也露出了惊异的笑容。

比赛结束,大比分逆转,三班反而赢了。卓维成了英雄,他却没有笑容,只是怀中抱着篮球,冷冷地凝视着赛场边的王美心。王美心露出了满意的笑容,仪态万方地从观众席上走下来,用甜甜的声音说道,"卓维,你是三班的英雄。"

卓维冷冷一笑,把手里的球用力砸到地板上,往体育馆外走去。

那颗球从地上弹了起来,砸向旁边不明真相的观众席里,最害怕被人关注的桂菲同学再一次成为焦点,我被那颗从天而降的球砸中了。

那颗球重重落在我头上的时候,我脑子里面闪过的第一个念头就是,天哪,我怎么又丢人了! 顺势蹲在地上,我真不想让人看见我的脸!

我蹲在地上,把头埋在膝盖上,想到那么多人盯着我看,我就觉得自己好像被人丢到锅里红烧了。上帝啊！我到底招了哪路神仙，为什么我越怕什么，越来什么？

远处传来王美心惊慌愤怒的声音："卓维，你砸到人了！"

卓维停了脚步，往人群中看去，一个女生捂着脑袋，满面羞红地蹲在地上，四周都是关心、好奇的人。他走了过去，冷冰冰地问道："你没事吧？"那女生头也不抬，只是拼命摇头。

"你没事就好，那我走了。"他若无其事地说。

"你这什么态度啊，砸到人，你还无所谓。"文雅愤怒了，"怎么能这样啊！"

"她都说她没事，那你还要我怎么样？"卓维有些不耐烦，"被球砸一下又死不了人，难不成我要对她负责一辈子？"

听到这话，所有同学都愣了，蹲在地上的我惊慌地抬起头看着他，天哪，他还要胡说什么！

卓维一看笑了，"原来是你啊，看样子我们真有缘。"他旁若无人地用力拉起我，"走，轮到你请我喝饮料了。"

我脑子瞬间短路，一句话都说不出来。众目睽睽之下，卓维像劫持人质一样，把我拖出了体育馆。

"卓维，你在发什么疯？"王美心忍无可忍，大声质问道。

"我和我女朋友约会，关你什么事情？"卓维头也不回，死命地拖着我往外走，急得半死的我，涨红了脸，只来得及喊了一声："我……"就被彻底拖出去了。

只剩下一体育馆满脸惊愕的人，文雅好不容易回过神，推了推安心道："看样子，你要救的人不是我，是那个妞。"

安心满脸匪夷所思，"不会吧，我的情报一向很准的，怎么她谈恋爱我会不知道？"

陈诺从人群中挤到她们身边，激动地问道："发生了什么事情？到底发生了什么事情？桂菲谈恋爱了？"

新的绯闻

我被一路拖过操场，开始时拼命挣扎，却发现引来周围关注的人更多，只好不挣扎了，一路不停小声地对卓维说："放手啊，放手，求你了。"

我快要哭了，这次事件比演讲事件更严重，我从来没想到自己会这么快就成为绯闻的女主角。一想到全年级乃至全校都在议论我，我就头皮发麻。苍天啊，大地啊，我活了十六年，连只蚂蚁都不敢杀，我到底做错什么事情了，非要这么整我？

卓维终于松手了，我夺路而逃，他说了什么我压根没听见，只是慌张无措地拼命往前跑，我现在顾不上周围好奇的眼光了，我觉得自己好像被当众扒光了，现在只想找个地方躲起来。

没有什么比这个更让当时的我觉得羞耻了，因为这次意外事件，让我把自己包裹进更厚更多的外套中。我甚至不想去学校读书，我恨死了卓维，还有那颗篮球。

一夜之间，我成了红人，走到哪里都有人指指点点，捂嘴窃笑。亦有人露出不屑，对我全身上下肆意点评，说的话和八卦节目主持人一样刻薄。

我竭力保持冷静，假装没有听见那些话，假装那些话说的是别人。文雅说，我仿佛是全身笼罩着防弹衣，面无表情，脸上挂着"刀枪不入"的字样。

只有我自己知道，我是纸老虎，表面镇定，内心慌张。所以卓维来找我道歉的时候，我压根都不敢看他，只是趴在桌子上看着地缝，心里不断地想，周围的同学不在该多好。

卓维是个倔强的人,他见我不出来,就站在门口等,引来无数围观者,本班的,隔壁班的。安心看不下去了,拖着文雅一起出去,对他说:"请你不要再来伤害她了。"

"对你来说,这不过是无所谓的小事,对她来说,这是比天还大的事,你不会知道你对她的伤害有多重。"安心说:"她是个非常内向的女孩子,最怕被人关注。这件事情对她来说打击太大了。"

文雅冷冷地说,"如果你真想道歉,请你离她远点,让大家尽快忘记这个谣言。"

卓维听完后,视线转向我。我刚好抬头想看看事情到底发展成什么样了,不小心目光交错,又慌忙低头,我听见他说,"我知道了,我会解决的。"

"你能怎么解决?"文雅瞪了他一眼,"悠悠众口,你能堵得住谁的嘴?"

卓维并不理她,转身走了。

过了几天,最新的花边新闻是卓维和四班一个女生在一起,两人很亲密地一起上学放学,牵手走到校园内。人们迅速忘记了我,聚焦在新的绯闻上。

我总算松了口气,虽然偶尔还会有人拿我与他的新晋绯闻女友相比,但我已然淡出了他们的视线。

文雅有些意外,对安心说:"真想不到,他真是花花公子啊。"

"别傻了,你真不知道他为什么这样做?"安心打了个眼色,"我现在觉得,他是个不错的人。"

"咦?安心,难道你对他动心了?"文雅露出标准的八卦表情,"什么时候开始的啊?"

"别胡说了,我们还是珍爱生命,远离卓维的好,"安心摇头,"你那么爱八卦,不如八卦下陈诺啊。"

文雅的眼睛又亮了起来,"陈诺最近有啥情况?"

陈诺的情况比较复杂,上初二那年,一向作风彪悍的她被高年级的同学欺负,就在关键时刻,这个男生从天而降,如传说中的英雄救美一样,帮她打跑了那些同学。从那以后,她就一直惦记他,可是这个男孩子却似乎毫不知情,每次见到她只是随便点个头,打个招呼。虽然她一向不拘小节,敢打敢冲,却偏偏对这个男生毫无办法。据说她在面对他时,胆子和我差不多大,连大气都不敢喘。

本来以为这样的状态会一直持续下去,可是那天篮球比赛,卓维的出现改写了他们班的命运,那个男生郁郁寡欢,陈诺看他情绪低落,忍不住去安慰他。说着说着,她一时没管住嘴,就把自己暗恋他多年的事情说出来了,把那个男生吓了一大跳。

"然后呢?"文雅听得津津有味,连声催促。

安心指了指教室里趴在桌子看书的陈诺说,"你没看见她这几天蔫了吗?"

"被拒绝了?"文雅惊讶地说。

"不知道啊,反正她最近变了,你没看她天天都在埋头苦读吗?"安心笑道,"你要不要上前打探一番?"

"当然要。"文雅急忙奔到陈诺面前,"嗨,你在干什么?"

"别吵,在背单词呢。"陈诺念念有词,边在纸上默写刚背的单词。

"真是稀奇啊,陈诺。"安心坐到她身边,"我认识你这么多年,第一次看你这么拼命念书。"

"我念书有什么错?"陈诺瞪了一眼安心,"难道我天天玩就对了?"

"念书是没错啦,"文雅笑眯眯地说,"只是时机有点问题,那天发生了什么?"

"哪天啊?"陈诺头也不抬,接着背单词。

"别装了,就是篮球比赛那天。"文雅看着她的脸,"莫非,你们有个什么约定?"

"谁啊,谁有约定啊?"陈诺的脸涨红了,慌张地在纸上乱写。

"和四班的某人啊。"安心夺过她的草稿本,上面写着四个字:浙江大学。文雅恍然大悟,"原来你们想一起去浙大啊。"

陈诺脸红得更厉害了,"把本子还给我,我想考浙大怎么了?我喜欢浙大,不可以啊?"

"当然可以,你好好努力。"安心把草稿本还给她,感慨道,"爱情真伟大啊!"

两人窃笑不已,陈诺脸上有些挂不住了,还想说点啥。两人却又联手攻击我来了,"菲儿,你在干吗?"

我满脸愁容,"我在做数学题,可是我发现我都不会做。快期中考试了,我要是再不及格,就完蛋了。"

"说这个事情,我觉得有点奇怪。我们数学老师怎么没被换掉啊?"文雅皱了皱眉,"按照惯例来说,他肯定是不合格的。"

"谁知道呢,不过文雅,你成绩那么好,不用担心。我和菲儿比较惨了。"安心叹了口气,"说起来,我们四个人,就你不用操心,各门功课都好。"

"有什么好的? 我还羡慕你们呢,你看你和菲儿成绩中等,老师怎么也想不起你们,我和陈诺就惨了,她成绩差,老师一骂人,总爱骂她。我成绩好,老师每次问那些奇怪的问题都会想起我,我要是答不上来,蓝清就得意了。老师每次提问,我都心惊胆战啊!"文雅叹了口气。

"那你自己愿意和蓝清斗,你怪谁?"安心笑着说:"除非你认输。"

"那是绝对不可能的。"文雅的眼里都冒出火来,"除非我死,否则绝对不向恶势力低头。"

"恶势力正带着一众喽啰打排球赛,你去看不?"安心笑得厉害,指了指窗外的操场。

"不去,有什么好看的。"文雅撇撇嘴,"看她,我还不如去找个帅哥看。"

"排球赛没有帅哥看,只有美女,三班那个校花今天也参加比赛。"安心走到窗边,"她今天好像是和我们班打。"

"让她加油帮我灭了恶势力,"文雅沾沾自喜地说道,"到时候我给她写篇校花颂。"

"校花颂?"安心看着操场,"我看你是没指望写了,准备写恶势力颂吧。蓝清赢了。"

我们来单挑吧!

蓝清和她的战友们带着胜利的喜悦回到教室,她们骄傲地对教室里面所有人宣布:"我们赢了,我们是冠军!"

教室里顿时响起一片欢呼声,蓝清擦了擦汗,挑衅地看了文雅一眼,径自说道:"我们二班是团结的班集体,今后我会带领大家为二班争取更多的荣誉,后面的比赛,大家都看着吧,即便我们不擅长,也会尽最大的努力,绝不临阵逃脱,让班级蒙受耻辱。"说完最后一句,目光落在我身上。

"蓝清,你说够了没有?"文雅站起身来,怒声说道:"你炫耀你自己可以,别带着打击别人。"

"难道我说的不是实情?"蓝清厉声说道,手指着我:"演讲比赛她逃跑了,丢下二班不顾,让全校师生都嘲笑我们班连一个敢参加比赛的人都没有!"

"你别在那里拿集体荣誉感说事,你要真的那么在乎二班的荣誉,就压根不该逼她上!"文雅冷哼一声,"你故意羞辱她,别以为我不知道! 那天在比赛现场就是你带头大笑,否则也不会引起全场都笑她! 你就是嫉妒她!"

"她有什么好嫉妒的?"蓝清嘲笑地看着文雅,"有什么值得嫉妒的? 很抱歉,我一点儿都没看出来。"

"大家当初选她做班长,不选你,就因为你太霸道,太自以为是!"文雅高高地抬起头,"你就是个独裁者!"

蓝清冷笑一声道,"你有什么证据说我独裁?"

"是谁替代我们签了同意数学老师继续教课的意见书? 是谁

同意揽下全校最难打扫的卫生死角？又是谁强迫她去参加演讲比赛？"文雅针锋相对，毫不客气，"你为了讨好老师，牺牲全班的利益，公报私仇，不但剥夺了其他擅长演讲的同学的参赛机会，更让一个不擅长的同学被羞辱！你口口声声说是为了集体荣誉，其实都是为了你自己！你算什么班长？"

一席话引起轩然大波，班里的同学都坐不住了，"蓝清，这是怎么回事？文雅说的是不是真的？"

"蓝清，你那么爱打扫卫生，你干什么不自己去啊！"

"蓝清，数学老师那么糟，你学习好，你不担心，我们怎么办哪？"

"蓝清，你搞错没有！我之前告诉你，我要参加演讲比赛，你还跟我说是老师指定让桂菲去的，原来是你啊！"

同学们把蓝清围得水泄不通，纷纷讨要个说法。蓝清脸色苍白，恨恨地盯着在一旁微笑的文雅。文雅抱着胸口，微笑地看着眼前的一切。

"文雅，你太冲动了。"安心走了过来，"你这样让她下不来台，她以后会更加疯狂报复的。"

"报复？"文雅悠然自得地说，"她先稳定了她的位置再说吧。再说了，她还能有什么阴招啊？无非就拍个老师马屁，打个小报告，找点麻烦活给我们做。没什么，我不怕。"

"你是不怕，我们三个人都没关系，可是菲儿怎么办？"安心叹了口气，"柿子拣软的捏，她算是被你害死了。"

"蓝清要再敢欺负她，我跟她没完。"文雅嘴角浮出一丝残酷的笑容。

"你刚才说的那个是真的吗？关于数学老师的。"安心问道。

"嗯，百分百正确，学校里面的规则是如果老师教学质量不好，会被辞退或者调任，除非他教的班级所有同学签名同意留任，并保证下次考试的时候会有明显进步，才有可能留下。"文雅点头，"你没看最近数学老师都有点抓狂吗？"

"我是觉得他有点奇怪，"安心仔细回想了一番，又苦笑道："不过他教得还是那么糟糕，我估计我和菲儿都够呛。"

"我能帮你们吗？"文雅看了看我，"或者你们不会的可以问我，我们探讨下？"

"我同意。"我举双手赞成，"我暂时不想有个家教。"

虽然文雅保证只要她知道的，一定知无不言言无不尽，可是事实证明，她是个非常糟糕的老师。她能把一道题目讲得支离破碎，完全偏离主题，最后安心和我只是瞪着眼睛看着她，完全不明白她在说什么。

尝试过三次后，文雅绝望地扶着前额说道："我放弃了，我承认，老师这个职业和我无缘。"

我试图安慰她，"可能不是讲的问题，是我们太笨了。"

"不用安慰我，幸好我的理想也不是当老师。"文雅笑嘻嘻说道。

"你的理想是什么？"安心放下手中的数学题，抬头问文雅。

"我以后想当个刑侦专家，研究犯罪心理学，专门对付蓝清这样的坏蛋。"文雅说到最后忍不住笑了，"其实我想当个科学家。"

安心咬着笔端对她说："这个理想，只有在小学生那里才听到过，你真特别啊！"

"当科学家怎么了？"文雅撇嘴道，"你们两个呢？"

"我想当个记者，"安心一脸神往，"真正的无冕之王，不是八卦报记者。"

"菲儿你呢？"文雅问道。

"我，我也不知道。"我有些迟疑，"我很小的时候想当个画家，后来想当个作家，后来我发现别人比我画得好，也比我写得好，我觉得我不太可能了。"

"菲儿，你什么都好，就是一点，你太不自信了。"文雅正色道：

"上次我推你当班长,没有事先告诉你,是我不对。不过以后我们长大了,很多事情都不会让我们事先准备好,会很突然地发生,但是你不能永远都说我放弃,这样真的不好。我虽然讨厌蓝清,可是她有一点我很佩服,她什么都敢上,什么都不放弃。你觉得她比你强,其实她真的不比你强,大家能选你做班长,并不完全是我拉票,是大家认为你可以。大家都认为你不错,你为什么不给自己机会呢?"

"罗马不是一天建成的,但是如果不建,永远都不会有罗马。"安心鼓励地看着我。

"那我试试?"我有些心动,两个好朋友一直无条件支持我,而我一直缩在壳里面,那感觉真羞愧,我天马行空地想了好一阵,终于找到合适我小小展示的项目:"那我报名参加运动会?"

"好呀,我帮你报名,你参加什么项目?"文雅兴致勃勃地站起来,"快点说,我去告诉体育委员。"

"标枪吧。"我想了想,有些害羞,"这个以前我投过。"

"不如参加长跑,我们比比。"蓝清走了过来,目光挑衅,"我输了,你就做班长。"

文雅目光锐利,"你又想干什么?"

"你说我上次强迫她,这次我是当着大家的面挑战她。"她的声音很大,吸引住所有人的目光,"怎么样? 敢不敢应战?"

"你这难道不是胁迫?"文雅怒不可遏,"你……"

"我应战。"我一咬牙,尽量平静地说。蓝清一愣,以为自己听错了。"我应战。"我重复了一次。

"好,800米长跑。"蓝清在手里的报名表上填上自己和我的名字,"到时候,不要又玩临阵逃脱。"

"菲儿,你行吗?"安心关切地问道,她用力握住我微微颤抖的手,使我不要那么激动。

"没事的。"我挤出一丝笑意,"我从明天开始锻炼。"

新来的转学生

　　跑步绝对不属于我强项,可我不想自己被人永远牢记着在选举和演讲时的笑话,我也不想让文雅总是因为我和蓝清吵架,虽然我知道,即便不是我,她们也是要不停地争下去。

　　事实上我做完这个决定后,就后悔了。可是这次是自己把自己架上去的,怨不得别人。于是,我开始在每个清晨跑步,因为人少,基本碰不到人,我可以尽情呼吸凉爽的空气。

　　每天清晨,很早我就到学校的大槐树下开始跑步,绕操场两圈正好八百米。我抬头看着那棵槐树,觉得很安心,我鼓足勇气对自己说:"这次我一定不会临阵逃脱的,我要证明给大家看!"槐树叶发出沙沙的声音,仿佛在回应我的话。

　　清晨的操场上,只有凉爽的风陪伴着我,看着朝阳渐渐升起,我觉得心里涌起无限希望,大步向太阳跑去。在心底种下了一粒种子,慢慢发芽。我觉得很快乐,那厚厚的防弹衣开始慢慢剥离,蒸发在每一天的朝阳中。

　　跑了几天后,在我的心里,已经和那棵大槐树成了莫逆之交。每天我都遥遥对它冥想一番,有时候也跟它打个招呼,可能它觉得我太孤单,给我找了个朋友。

　　那天早晨,我刚对着树打了个招呼,那棵槐树居然开口回答我:"早上好。"

　　我全身的毛孔都竖起来了,这棵槐树莫非真成精了? 一时之间各种妖魔鬼怪的传说涌上心头,我僵住了手都收不回来,这时从树后面露出一张男孩子的脸,"早上好。"

一个穿着运动服的男生从树后面走了出来，"你也晨跑?"

我长长舒了口气，激烈的心跳慢慢恢复平静。这人看上去有些眼熟，却又想不起来是谁。

"我先跑了。"他礼貌地对我点点头，开始跑步。我愣了愣神，等他跑了一段距离后，开始跑步。我们两人一前一后向太阳跑去，清晨的操场，只有两人沉重的呼吸声。

这是我和他的第一次相逢，我以为他是隔壁班的某位同学，一开始我真的很讨厌他的存在，打破了我每日晨跑的空间，就好像自己的领域被人侵犯一样。

可是一连几天，我都在操场上碰到这个男生，他总会对我微笑点头，先跑一段路。我跟在后面慢慢跑，再也没说过话，我渐渐习惯了这样的存在，每天在固定的时刻看见固定的人，从不习惯到依赖，就好像对手之间，平时恨得要死，可是如果对方突然不存在了，反而会觉得很恐慌。我多了个跑友，也没什么不好，况且他是个沉默的人，从来不和我说话。直到有一天，我看见这个男生走进我们班，才发现原来他就是新来的转校生——凌嘉文。

凌嘉文是数日前转校来的，就在我们四个女生和蓝清闹得不可开交时，他低调地走了进来，坐在教室最后一排，因此我们都没发现他的存在，直到有一天，期中考试成绩下来，他六门课都是第一，包括数学，远远超出了第二名一大截。

这件事情像水掉进沸腾的油锅，全炸开了。大家用惊奇的目光看着这个不起眼的转校生，他看上去没什么特别之处，衣着大众，不爱说话，相貌平凡，戴着眼镜，唯一引人注目的是他的沉默，他有着超出同龄人的沉稳。

"这个人肯定很有来路。"爱好八卦的文雅又忍不住和安心讨论起来，"进一中那么难，百里挑一，他竟然可以转学进来。"

"不一定啦，人家没准中考成绩非常优秀呢，你看他考了那么多第一名,老师开心死了。"安心拿着手里的试卷叹了口气,"我要是和他一样成绩那么好,一中肯定让我随便进。"

"那也不对啊,你看他转进来静悄悄的,老师都没做介绍。"文雅盯着凌嘉文琢磨起来,"你觉不觉得他可能比我们年纪大啊?成绩那么好,会不会是留级生?"

"你醒醒吧,我就算留级也不可能考这么多第一的。"安心忍不住又叹了口气,"老天,这数学让我觉得再重新学上两遍也不一定能及格。"

"对了,可能他是数学老师安排过来的,目的就是为了证明数学老师的教学水平。"文雅恍然大悟,"这就说得通了,数学老师为了保住他的工作,安排他来我们班,因为他成绩太好了,从而证明不是他教学的问题,是我们的问题。"

"文雅,你是不是电视剧看多了?"安心有点哭笑不得,"天哪,我头疼。"

"那你说吧,他到底怎么回事?"文雅有些不甘心,她拿过安心的试卷,"别想你的数学考试了,现在已经于事无补了。"

"这个人,和菲儿有的一拼。"安心有些无奈,"你看,他行为举止都非常低调,和菲儿一样不想引人注意。"

"所以呢?"文雅疑惑地看着安心。

"说实话,我真的不觉得你是做侦探的料,"安心终于忍不住了,"这说明如果他不是和菲儿一样内向敏感,那就是他的身份决定他必须低调,又或者他有什么秘密。"

文雅眨了眨眼,对安心道:"你真是天生的八卦记者,观察得真仔细,还会联想。"

安心拿回她的试卷,"你不信就算了,我希望新闻专业不用考数学。"

"那是不可能的。"文雅摇头,也不知道她说的是凌嘉文,还是新闻专业不用考数学，"看样子你和菲儿必须找个家教了。"

"谁告诉我，这些该死的数学题和记者有什么联系?"安心沮丧到了极点，"我从来没见过哪个记者还要用这些数学题去采访人的。"

"它唯一的用处，就是帮你敲开大学的那扇门，"文雅安慰道："有什么办法? 高考要考，你就要学，管它以后有没有用。"

高考，这个看上去还很遥远的事情，像乌云一样压了过来，这让她们更加清晰明确地意识到，必须跨过这道坎，才能实现她们的梦想。

"数学没考过三十分的同学，请带好笔记本到办公室去。"数学课代表转达了数学老师的意见。我抬起头茫然地看着坐在我身边八卦得正起劲的两个人，她们同情地看着我，就好像我是要去就义的斯巴达勇士："去吧，别怕，你的战友不少。"

我看着那张考卷，沉重万分地拖着脚步，和几个同样没有过三十分的数学难友们，带着壮士断腕的悲壮表情往老师办公室走去，气氛极其凝重，我们谁也没有说话，手里拿着的仿佛不是笔记本，而是炸药包。

虽然我们很希望能够再慢一点到达老师的办公室，但事实证明即便我们像蜗牛一样行动，也会有爬到的那一刻。其中一个同学突然开口说，"伸头是一刀，缩头也是一刀，还不如来点痛快的!"他说得大义凛然，大有慷慨就义的精神，我对他顿生崇拜之情。

好不容易磨蹭到了老师办公室，刚才还大义凛然慷慨赴死的同学，突然蔫了，躲在最后面，我则被挤到了最前面，低头做认罪状，默默接受已经化身为喷火龙的数学老师的咆哮，"你们这几个，居然没考过三十分! 我平时怎么教你们的! 就是随便猜也不会只有二十几分! 你们都在干什么? 你们脑子里面装的是什么? 你们这样对得起你们自己吗? 对得起家长吗? 对得起我吗?"

他的嘴巴若是真能喷火，相信我一定全身都焦了一遍又一遍，他叉着腰，在办公桌前反复奔走，以此表达他内心的苦闷："只有二十几分！我教了这么多年书，第一次碰到你们这么笨的！你们上课都在干什么？把你们的笔记本拿过来！"他抽过一个同学手里的笔记本，看了看丢了回去，"你这记的什么笔记？！"

又抽过我手里的笔记，打开看了看，微微一愣，丢回到我手里："记得这么差！难怪考试成绩这么差！"

我抱着笔记本，一时脑子没转过弯来，我记得班主任老师说过，数学老师表扬我的笔记是全班记得最好的一个，现在他居然说我记得那么差。

"你们要好好跟凌嘉文学！人家比你们晚来一个月，却考得那么好！"数学老师恨铁不成钢，还想继续咆哮，这时，救命的上课铃响了，他只好无奈地挥挥手，"走吧，下次考试要还是这么差，只有请家长了！"

我跟着其他同学一路小跑回到教室。"数学老师这下换不掉啦，凌嘉文成绩太好了。"

"人家成绩好，又不是他教的，人家晚来一个月说不定早就学过了。"

"唉，别提了，其实除了他，我们班这次数学考试和上次差不多啊，不过有个年级第一，老师肯定是不会换了。"

我心里慌慌的，无论他们怎么说，都不可能改变我的考试成绩。一想到妈妈知道我的成绩后那副表情，就恨不得去死。

妈妈是个极爱面子的人，虽然我从小到大成绩都不算优异，但是每逢大考必过，还是让她觉得骄傲的。尤其是我进一中后，妈妈对我考上一流重点大学充满了期待。对我妈来说，最关心的就是我的成绩曲线图，为了清晰分析我的成绩走向，她画了一张精细的图标，记录我的各门功课每一次的考试成绩，堪比股市 K 线图。

不论我考的是"牛市"还是"熊市",都可以直接在她脸上反映出来,我亲爱的老爹完全不用问我,直接就能从我妈的脸上看出我的成绩好坏。通常"牛市"时妈妈会口头表扬一次,但遇到"熊市"我就惨了,她会一直念叨,直到我考成"牛市"为止。有时我觉得,妈妈更关心的是我的成绩以及她的面子,至于其他的,按照妈妈的说法就是,一切等你考上大学后再说。我觉得考试像个套子,把我装在里面,慢慢地收紧袋口,让我越来越喘不过气来。

也许我可以帮你

奋拉着脑袋回到教室,老师正在调整课代表,每门功课考第一的同学担任课代表,但是凌嘉文不可能兼任六门功课,所以,老师让他担任学习委员兼语文课代表。

消息一宣布,文雅的脸顿时拉下来了,她用力咬紧嘴唇,竭力控制自己心里的不满。她是语文课代表,老师所有的课代表都不撤,偏偏撤了她的职,对她而言,这是奇耻大辱。蓝清微笑地看着一切,她回头看看坐在后排处变不惊的凌嘉文,心里觉得很畅快。

"死人,装沉稳,装神秘,什么课代表都不当,就偏偏抢我的。"文雅气愤难当,等到放学就忍不住对着我们三个发泄情绪,"不就考第一嘛?有什么了不起!"

"行了,行了,"陈诺搂住她肩膀,"你不就是不当课代表了吗?有什么可气的,不当就不当,无官一身轻。你现在和我们三个才是彻底平等了,都是平民了。"

"我才不想当什么课代表,"文雅依然气愤难平,"当着大家的面,别人不撤,单撤我一个,太没面子了。"

"那也不是他的问题,是老师要撤你的职。"安心提醒道,"他又没主动说要你的职位。"

"我不管,这笔账我算在他头上了。你们以后都不要配合他的工作。"文雅气愤地说,"我让他当个够。"

"文雅,你别气啦。来来,我爆个料给你。"安心神秘地眨了眨眼。

"什么料?"文雅果然被吸引了。

"就是，关于那个凌嘉文和你的死对头的。"安心故意卖了个关子，文雅更有兴趣了，"他们怎么了？"

陈诺更是急得不得了，放开文雅，缠住了安心的胳膊，急切地催促："快说，快说！"

"根据我的观察，蓝清对这位新来的同学有很大兴趣。"她干咳一声，宣布完等着看她们的表情。

陈诺和文雅果然兴致勃勃地追问，"你怎么发现的？有什么证据啊？"

"这个说了你们也不懂，反正你们以后多留心看蓝清的表情和动作，就知道我说得对不对了。"安心笑道，"菲儿，你怎么了？"

"没什么。"我低下头心想，我还是不要说每天早上和凌嘉文一起跑步的事情比较好。

"话说，如果凌嘉文真和菲儿一样内向，那他和蓝清的绯闻传了出去，不知道会多受打击呢。"陈诺异想天开。

"你就别想着怎么祸害别人了，担心下你自己吧，你和你的某某人的事情，已经有人在传了。"安心提醒道，"你们就算在一起念书，也别去太多人的地方啊，不是故意让人知道吗？"

"不是吧，你怎么知道的？"陈诺一阵紧张，"谁看到的？"

"谁看到的不重要，重要的是已经开始流传了，流言猛于虎，小心传到老师都知道了，你就等着完蛋吧。"安心说。

"其实我老爹没所谓的，只要我能考个高分，他可能也不在乎，哎……"陈诺叹了口气。

"我说，你们最近一起都干什么了？"文雅好不容易插上嘴，"你们发展得怎么样啦？快说说。"

"八卦流言都是因为有你这样的人才会传得这么厉害的，"陈诺鄙视地看着文雅，"阮玲玉就是这样被逼死的。"

"你这么长时间都没和我们在一起。放学就跑，搞得神神秘秘的,到底在做什么?"文雅完全不理会陈诺的鄙视。

"哎呀,就是约好了,他辅导我功课嘛,"陈诺说得坦荡,又有些羞愧,"可惜白浪费人家的时间,考得这么糟,我真没脸见他了。"

我们同时叹了口气,这让人郁闷透顶的考试。

晚上回到家,妈妈果然问起考试的事情,我不敢说话。她询问了半天,最后从我书包里翻出了那张数学考卷,气得连饭都不想做了,"我怎么生了你这么个女儿!只考了这么点分!你都在干什么?这样下去怎么考上大学?"

她念叨了一个小时,气愤难当,我坐在椅子上低着头,眼泪一滴滴落在衣服上,抑郁之情难以言表,我每天都在攻克那些该死的数学题,几乎天天做题目到夜里十二点,可是我没有这个天赋,有什么办法呢?妈妈自己也知道我天生对这个不敏感,她总说在我小的时候教我认汉字,能一直记得,可是教一加一等于二,用不了三分钟我就忘记了。我从来都不想当数学家,我也不懂这些数学题目对我的将来有什么用途。我觉得很累,每天都用所有时间来对付我完全不擅长的东西,却从来没有花时间在我的长处上,我为什么一直要和自己的短处斗争?那我的长处,如果长期搁置,会不会慢慢也变成了短处呢?

第二天早晨,我没有去跑步,还跑什么呢?数学考试都不到三十分,对于我这样的学生而言,什么都比不上成绩重要。考个好大学,然后再跑吧。我对自己说,什么都要等考上一所好大学之后再说。

既然我改变不了现实,高考它非要逼我做个全才,我也只能顺应时局,我只希望我未来的人生不会都用来和自己的短处搏斗。

我下定决心,利用所有的时间学习数学,下课后也依然捧着课本,把所有时间的空隙都塞满数学题,梦里都是 X、Y、Z,虽然我不知道这有没有用，但是至少心里觉得安慰一点。

我听见文雅对安心说，"菲儿疯了。"安心叹了口气说道，"我恐怕也要和她一样疯。"说完也掏出一本课外资料做起习题。

"你怎么不跑步了？"凌嘉文把作业本放到我的桌子上，我正努力攻克一道数学题，做得头昏脑涨的，一时没理解他的意思，只愣愣地看着他。

"不会做？"凌嘉文并不生气，看了看我正在做的题目。

"嗯。"我总算反应过来了，有些不好意思。凌嘉文坐了下来，拿过我的题目，"我看看。"

他三下五除二就把那道难死我的题目给做出来了，"你看看对不对？"

我接过习题，难以置信，这道题目我已经琢磨了一上午了，他只用了一分钟不到的时间就做出来了。我仔细看了看他的解答，似乎明白，又不是很明白。

很不好意思地看他一眼，他看我的眼神像长辈看着孩子，有几分慈爱的味道，他推了推眼镜，"不明白？"他笑的时候露出一排雪白的牙齿，我这才发现，其实他长得很有书卷气，倒是真有书生般儒雅的气质。

"很简单的，你看。"他飞快地讲完了那道题目，我听得似懂非懂，觉得很羞愧。

"明白了吗？"他停止了讲解，问道，我不好意思说没听懂，只好点点头。

凌嘉文放下手中的笔，拿着那叠没发完的作业本站起来，突然又说："你明天早上还跑步吗？"

我脸上有些发烧，迟疑了一下，点点头。

"好，明天早上见。"凌嘉文笑了，看来我不是唯一有依赖感的人。

跟我跑！

第二天清晨，我又早早地出现在操场上，凌嘉文果然已经开始跑步了。他看见我，只是微笑点头，接着跑步。我还是和从前一样远远地跟着他跑步，只是心里不那么平静。我想到的第一个念头是，如果文雅她们知道了，该是什么反应？第二个念头就是安心说的，蓝清对他格外关照。

我忍不住有些好奇地看着在远处奔跑的身影，初升的太阳罩在他的头顶上，像一顶血红的帽子，显得很滑稽。我越看越觉得有趣，忍不住笑出声来，却没注意脚下石头，摔了一个标准的"狗啃泥"。

"你没事吧?"凌嘉文跑了回来，我满脸通红拼命摇头，真是丢人丢到家了。

"脚扭伤了吗?"凌嘉文看我捂着脚，"最好去医院看下。"

我还是拼命摇头，终于说了一句话："不用。"我红着脸挣扎着站起来，脚还真有点疼，慢慢拖着往操场边走去，心里不停骂自己，真笨！真丢人！

"你的脚好像有问题，最好别勉强，去医院看下，否则很容易肿。"他看了看我的脚，"你等等，我去买瓶红花油给你。"

不等我摇头，他已健步如飞地往校外跑去，我坐在操场边看着他远去的身影，心里满满的感动。

不一会儿，凌嘉文就跑了回来，手里拿着一瓶红花油，"外敷，慢慢揉，活血化瘀的。"

我接过红花油，轻声说道："谢谢。"

"上面有写说明的,你看下。我还有半圈没跑,你先擦红花油吧。"他抬起手腕看看时间,"快要到上学时间了。"

他继续跑完剩下的路程,我坐在操场边,慢慢揉着那只有些肿的脚。清新的晨风混合着红花油的味道,还有一个向着太阳稳健奔跑的身影,在我的脑海中刻下深深的印记。即便到今日,我依旧清楚地记得那个不同寻常的早晨,像一股暖风吹过。

"你的脚扭伤了?"陈诺夸张地喊道,"要不要紧?"

"没事,已经用红花油揉了,"我挤出一丝笑容,我不希望她们担心,虽然脚已经痛得快站不住了。

"要不要去医院看看?"文雅听到陈诺的喊声,立刻跑了过来,"伤到骨头了吗?"

"没有,就是早上跑步的时候,不小心被石头绊了一跤。"我觉得不太好意思。

安心也走了过来,"没事就好,不过伤筋动骨一百天,你要注意点。"

"啊呀,要一百天? 那明天就是运动会了啊。"陈诺接着喊道,"你和蓝清的约定怎么办啊?"

"什么怎么办? 当然不能跑了啊!"文雅瞪了她一眼,"她这个样子,怎么跑?"

"只怕人家不肯啊。"陈诺看着远处的蓝清,"这下不知道她又要说什么了。"

"有什么好说的,摔伤是意外,难道还是故意的?"文雅气呼呼地白了一眼陈诺。

"菲儿,你明天别来学校了。脚扭伤了,还是去医院看看好。"安心弯腰轻声说道,"其他事情不用太在意。"

我心里沉甸甸的,我当然知道蓝清会怎么说了,说我怕输,故意说自己扭伤了脚，又是临阵逃脱。这辈子，我怕是翻不了身了，我有些后悔早上嘲笑凌嘉文，这么快就遭报应了。

运动会对于有些人来说无关痛痒，对于有些人来说则是盛宴，他们渴望着在这个时候展示自己与众不同的一面。对于蓝清来说，是树立自己威望的最好时机，对于我来说，则是渴望永不到来的明天。

我揉了一夜红花油，脚还是很疼。妈妈不让我出门，"菲儿，你的脚疼就不要出门了，运动会又没有什么课，请假在家休息。"

我换上运动鞋，脚踝肿得厉害，挤得运动鞋有点变形。我竭力站了起来，对妈妈说："没事，脚不痛的。"

妈妈叹了口气，"这孩子，真倔。"

十月的秋阳既温暖又冰凉，天空蓝得看不见一点其他颜色，喧闹的操场上满满坐着各班的同学们，有的在为同学加油，有的忙着做后勤，校报记者穿梭在各赛场，报道最新的消息。

我坐在树阴下面，呆呆看着操场，周围的喧嚣我都没有听到，我只想着和蓝清的那个约定。该死的脚疼得厉害，走到学校已是勉强，如何再跑八百米？

"菲儿，给你。"文雅走了过来，递给我一瓶饮料，"脚好点了吗？"

"没事的。"我的笑容很苍白，她们都不相信。

"你别跑了，"文雅认真地说，"我知道你不想让蓝清笑你，但是你不能拿你的脚开玩笑。"

"我的脚真没事了。"我咬牙站起来，走了两步，"你看。"

"菲儿，我替你跑。"陈诺拖过来一张椅子，"你就坐在一边看着我怎么给你出气。"

"陈诺说得不错，她笑你就是笑我们，"文雅点头，"我们替你也是天经地义的。"

"菲儿,你脚扭伤是个意外,不是你想逃避。"安心让她坐下,"今天你能站在这里,已经证明了你的勇气。"

我听完她们的话,微笑着说:"谢谢你们,不过我一定要自己跑的。有些事情是可以替代的,但是有些事情是不可以。"

她们交换了下眼神,文雅握着我的手说:"我明白了,我们三个会为你加油的,不过你一定不要勉强,逞强并不能表示你有勇气。"

"高一年级组女子八百米长跑即将开始,请各班运动员到起跑线附近准备。"广播里传来了最新的比赛日程。

我站了起来,脱掉了外衣,向起跑线走去,尽量让自己走路的姿势看起来正常,下脚的感觉真不是一般的疼。

"我对不起菲儿,"文雅在我身后哭着说,"我真不该把她卷进来。"

"别傻站在这儿了,去给菲儿加油。"陈诺跺了跺脚,跟着跑了过去,文雅和安心从后面追了过去。

"菲儿,菲儿,如果脚痛你就停下来,千万别勉强啊!"陈诺站在起跑线旁不停地说,"我会陪你跑的,你不舒服就打个手势,我立刻就拉你下来。"

我笑着点点头,做出起跑的姿势,现在我已经不想关注站在起跑点另一侧的蓝清了,我只想跑完全程。

发令枪一响,运动员们如离弦的箭飞了出去,震天的加油声响了起来。第一步迈出去时,钻心的疼,让我想立刻蹲下放弃。

不行,我不能放弃。我对自己说,难道你想被人嘲笑一辈子吗?

坚持,坚持,八百米很快就跑完了。顾不得脚疼,开始拼命往前跑,受伤的那只脚每次踩到地面都是钻心的疼痛,我尽量让受伤的脚轻点着地,让没受伤的脚去受力。可是依然很痛,每次落脚,我都忍不住深吸一口气，接着再抬脚往前，疼得满脸都是汗水，意识也有些模糊。我紧紧盯着前面那件红色的衣服，什么都不想，只是跟着衣服往前跑。

很快，我被人甩掉一大截，扭伤的脚越来越疼，陈诺、安心和文雅在一旁焦急地喊："菲儿，菲儿，停下来，停下来啊！"

已经跑了一半了，我不可以中途放弃。我咬着牙，用力抬起受伤的脚，轻轻放下，此时我已经不是在跑步，而是在走了，我的脚上好像套上了沉重的镣铐，那只扭伤的脚每动一下，就好像骨头断一次。到最后，我再也走不动，只能慢慢往前挪动。

好痛，好痛，要是停下来坐一会就好了。我看不见前面的红衣服了，第一名已经超过我一圈了，快到终点了。

"菲儿，菲儿，停下来吧，求求你了。"陈诺在一旁大喊，"你这样实在太勉强了！"

文雅边跑边哭着说，"别跑了，菲儿，快别跑了！"

我觉得很渴，汗水湿透了全身，短短的八百米距离，那么远，远得好像天边的太阳，永远也追不上。

安心塞了瓶水给我，我接过水泼在脸上。真疼，第一名已经到终点了，其他人也快到了，比赛快结束了，我输了。现在停下来和坚持到终点有什么区别呢？也许，我一辈子都不能赢过别人，我注定就是个失败的人，什么都做不好。

我停住了脚步，还是放弃吧，早点放弃，也早点结束痛苦，不是吗？我低头看着脚下的跑道，漆黑的跑道就是绝望的颜色。我想躺下去，就躺在绝望上面。

"加油，就快到终点了！"是凌嘉文，不知道从哪里冒出来的，"跟我跑！"

他对我鼓掌，像平常早上跑步一样跑在前面，我抬头看着他在前面的身影，不知为何，心里涌起无限勇气，慢慢挪动着脚步，一步步往终点走去。

不许放弃！桂菲！都快到终点了，为什么要放弃呢？我不放弃！我在心里大声命令自己，看着前面的终点线，紧紧咬着嘴唇，用力迈开双腿。

正午炙热的阳光照在我身上，我什么都听不见了，咬紧牙关，只跟着前面的那个身影往前挪。我只看见一道白光，以及他蓝色的运动服，像圣光一样引导着我，连脚都不那么疼了。

终于走到了终点，也不知道是谁带头，所有站在终点的同学都向我鼓掌致敬。而我疼得站立不住，跌坐在地上。

"天哪，脚都肿成这样了！"文雅小心翼翼地帮我脱下鞋子，大吃一惊。

"我在校医室那里拿了点冰块，先敷上吧。"安心永远都是那么细心，她赶紧帮我敷上冰块。

陈诺拿着好几种饮料递给我，"你喝哪个？"

我慢慢松开咬紧的牙关，几乎瘫在地上，等意识渐渐恢复的时候，本能地在人群中搜寻凌嘉文的身影，却只看到了卓维，他正站在远处看着我，若有所思。

迂回的秘密

这次"英雄"般的壮举让所有人对我刮目相看,代价也是很惨痛的,我被留在家中养伤一个月,妈妈既心疼又生气,她实在不能接受,我因为跑步而导致不能上课,幸好文雅她们每天下午放学后都来帮我补课,总算安慰了妈妈破碎的心。其实她们每天来主要是为了告诉我班里最新的八卦,顺带着给我补课。

蓝清赢了我后,却没有人向她表示祝贺,她很气愤,说我的脚伤根本就是故意弄的,怕输给她没有借口。

"你知道她这番话说出来后,是谁反驳她的吗?"文雅笑嘻嘻地说。

"是谁?"我有些好奇,"安心还是陈诺?"

"都不是。"文雅开心地说,"你绝对想不到,是凌嘉文啊!"

我愣了愣神,文雅接着说,"我现在对他的看法大为改观啊!你知道他当着蓝清的面怎么说的吗? 他说'桂菲的脚扭伤是事实,当时我在场。她不是你说的那种人。'"

我的脸红了,心里不知为何涌上一丝甜蜜,文雅一脸坏笑,故作严肃地问道:"我想问下,当时你扭伤脚,某人为什么在场?"

"坦白从宽,抗拒从严,"陈诺笑着敲了敲桌子,"这是我们的政策,快点交代。"

我祈求地看着安心,安心摊开手笑道:"没办法,我救不了你,这个是当着大家面说的。你就交代了吧。"

我只好把我们每天早晨一起跑步的事情交代了。文雅有些怀疑,"你们没有说过话?"

"没有。"我摇头，仔细想了想，"我好像一共就对他说过一句话。"

"哪句话?"陈诺追问道。

"就是他给我买了红花油，我说了谢谢。"我说完后三个人极其失望，"天哪，怎么会这么无聊。"

"对了。"我终于想起来了，"还有件事。"

"什么事情?"文雅顿时兴趣倍增，"快说，快说。"

"我忘记还他红花油的钱了。"我赶忙寻找我的小钱包，"你们谁知道红花油多少钱?"

她们三个人看我像看外星人一样，就差在我周围放上铁笼子了。陈诺翻了翻白眼，"你就只想到这个?"

"是啊，"我觉得有些奇怪，欠钱还不是件大事情，"你们谁帮我还他一下?"

"菲儿，我告诉你一条我们班的最新八卦绯闻，"文雅忍不住说道，"你要有个心理准备，是关于你的。"

我心里一惊，有种不好的预感，"不是吧，我都没有去学校，也能编造我的绯闻?"

"嗯，这要感谢某个见证了你扭伤脚，并且你欠他一瓶红花油钱的人。"文雅的嘴角已经露出了笑意，"就是说，现在都传闻你们两个在拍拖。"

我直愣愣地看着她们，一句话也说不出来。

"这么受打击? 看样子他们确实没什么。"安心看着我的反应，"话说，这个不算最糟糕的事情。"

"还有什么?"我感觉头顶上天雷阵阵，快要把我劈死了。

"哦，我说过蓝清对凌嘉文有意思吗?"安心同情地看着我，"蓝清现在比以前更恨你了。"

"让我死了算了。"我像泄了气的皮球，顿时觉得浑身无力，哀叹一声,我到底招谁惹谁了?

"我们挺你。"文雅唯恐天下不乱,兴奋地说,"那天凌嘉文说她的时候,你真应该看看她的脸,红变白,白变绿,比变脸还快呢,太好玩了!"

"你别说啦,再说菲儿都想自杀了,"陈诺打断了文雅的话,"菲儿,不要太担心,别怕蓝清,她要是再欺负你,我找人收拾她。"

"你就别添乱了,还想找人收拾她,"安心敲了一下陈诺,"你当我们学校是哪里呢? 以前有个小混混找我们学校同学的碴,放言说要废那个同学。你知道那个班的老师是怎么干的吗? 他让全班同学每个人都准备了一根棍子,棍子上面钉着铁钉,等那个混混带人来的时候,看到全班所有人同学都在,每个人手上都拿着棍子,顿时吓得跑路了,再也不敢找他麻烦了。"

这段传奇听得我们几个人眼睛发直,陈诺热血沸腾,"天哪,这么壮观的场面,我竟然错过了! 真是太可惜了!"

"那是从前了,现在保安压根不可能让这些人进来的。再说了,我们学校里面很多同学都很有家世的,轻易招惹不起。百年名校,并非浪得虚名。"安心教育了陈诺一番,"你别想着打架了。"

"你说的有家世的人是哪些人啊?"文雅的八卦细胞一刻也不停息。

"这我就不大清楚了,不过我听人说,历来省市领导,在本地根基深的家族,特别有钱的企业老板,他们的孩子都是在本校毕业的。"安心想了想,"反正也不关我们的事情,我们只要顺利读完学业就行了。"

"蓝清的爸爸就是个官,"文雅冷笑一声,"想起来了,她爸爸这几年提拔得很快,她嚣张的程度是跟她爸提拔的速度成正比的。"

我怀着沉重的心情再次踏入校门,进校门之前,我把自己绷得直直的,像个战士,准备直面那些用口水和眼神做武器的人们。

　　可是什么都没有发生，除了蓝清的眼神如刀锋一样，其他人和往常一样，好像我一直没离开过。我有些纳闷，回到自己的座位上时，我不经意地回头瞥了一眼凌嘉文，他正微笑着看我。眼神交汇的瞬间，只觉得慌乱，忙低头坐下，心里像揣着一只不安分的兔子，扑腾腾乱跳。

　　他径自走到我身边，放下五块钱，对我说："你还我的钱多了。"

　　我只觉得脑子嗡嗡地乱转，脸上热得快要烧出火来，想说句什么，却不知说什么好，好不容易才从嘴边挤出一句蚊子哼哼的谢谢，他早已走开。

　　我拿起那张崭新的五元钱，上面还有他的体温，让我有种说不出的感觉。我把那张钱小心地放在钱包里，懊悔刚才应该和他说几句话的。我坐在那里开始胡思乱想，如果下次和他说话，该说什么内容呢？

　　说什么好呢？打个招呼？感谢他？都太普通了。要不，问他还晨跑吗？如果他说还跑，那我就说明天一起跑吧。如果他说不跑了呢？我该说什么？要不问他数学题吧，反正我落下了这么多功课。可是，如果直接去找他，会不会不太好？不如这样，我先问几个同学，他们都不会做的话，我再去找他，就顺理成章了。到时候，也不会说我是故意靠近他的。那么，得找一道难度高点的题目，大家都不会做的。

　　我很满意最后一套方案，于是开始在数学参考书里面找难度最大的数学题目，那一整天，我都是勤奋好学的好学生，拿着一道数学题目，虚心地向身边的同学讨教。按照我的计划，一步步往他身边靠近，这真是一个艰难的小计谋啊，我一路都非常担心他们会做我选的这道题目，又担心他们看穿了我的目的。当那道题目终于无人可解的时候，我松了口气，我们相隔不过十排座位的距离，却是从早上运动到下午才挪到他面前。我把自己伪装成勤奋好学的同学,硬着头皮穿过教室,走到他面前,虚心讨教。

上帝作证,我连话都没说出口的时候,脸就红了,连忙把题目放到他面前,有些颤抖地说:"这道题目怎么做?"

那道明显难度过高的题目也难住了他,他皱眉在纸上划来划去,我在他身边实在站不下去了,周围那些眼神有种说不出的敌意,更让我接受不了的是蓝清的眼神,她坐在离他不远的地方,冷冷地盯着我,盯得我的心头毛骨悚然。

"坐。"他简洁地示意我坐在一旁,我屏住呼吸,不知道坐在哪里。

"坐下呀,你站着我别扭,来,这道题目我教你怎么做。"他指了指旁边空着的座位,我手心都冒出汗来,赶紧坐下。他开始在纸上划拉一番,说了一大堆对我来说就是火星文的内容,问我:"听懂了吗?"

我茫然地摇头,他耐心地问道:"哪里没听懂?"

我随便在纸上点了下他写的那些公式,他接着给我讲解,而我什么都没听进去,只是在脑子里面盘算着接下去怎么办?我要说点什么?

"这下你明白了吧。"他用笔指了指草稿本上的那道题目的解析过程。

蓝清探过头来,冷笑一声:"这么简单的题目,我都听懂了。"

我慌忙说,"明白了,谢谢。"拿着那道复杂的题目落荒而逃。

我花了整整一天时间,设计了这么迂回的方式,为的只是想和他说句话,到最后都没有说出口。

此后,我偶尔也会用这个愚蠢的小计谋接近凌嘉文,每次都持续不久,我们说话的内容除了数学题外,再没有其他内容。我有些遗憾,却也无可奈何。凌嘉文也很遗憾,他很困惑,为什么他和我讲解过那么多次数学题目,我怎么一次也没听明白过。我怎么能告诉他,其实我每次都是在想,怎样和他说句话,却从来没有机会说出口。

我们写小品吧!

安心发现了我的小秘密,我这种迂回的方式在她眼里就是欲盖弥彰。我们被分配大扫除的时候,她悄悄把我拉到一边,问我:"你每次都那么迂回前进,不累么?"

我连忙否认,手里的扫帚不停乱扫,"什么呀,你在说什么?"

安心指了指在远处拾落叶的凌嘉文说:"你知道的。你和他都说了什么呀?"

"什么都没有,我只是问他数学题。"我感觉到脸上又有些发热。

"少装啦,你要不想被文雅知道,就老实交代。"她对我察言观色,悄声对我说:"你是不是喜欢他?"

"没有,没有。"我急得差点大叫起来,心脏剧烈跳动,活像被人抓了个现行。

"我就知道,"安心脸上满是得意的表情,"你们是瞒不过我的眼睛的。"

"不要乱说呀,"我真的急了,"要是文雅知道了,那我就完蛋了。"

"放心吧,我不会出卖你的。"她笑了,"你知道这次为什么没人说你吗?"

"为什么?"我倒差点忘记了这个事情。

"你知道我们班现在是什么格局吗?"她没有回答我,还问了我一句莫名其妙的话。

"格局?"我有些茫然。

"我就知道,你什么都不知道。"安心叹了口气,恨铁不成钢,"自上次运动会以后,我们班就彻底分裂成两块了,蓝清带着她的那群班干部和文雅、陈诺带领的无官阶层正式开战了。"

我快把眼珠瞪掉下去了,格局? 开战? 莫非我不是在念高中,是在联合国安理会?

"蓝清对我们这些人实施的是报复性全面封锁消息和打压政策,比如各种下派到各班的活动名额啊,比赛啊,全部都由她指定人参加。最近纪律委员的小本本可没闲着,谁上课说话了,谁上课迟到了,笔笔在案,所以最近不遵守课堂纪律的同学屡屡被罚。"

"那我们呢?"我忍不住打断她的话,不由得着急。

"我们? 我们今天就被罚到这里打扫,"安心指着远处,"他们扫的那块是清洁工每天扫过的地方,而我们这里是卫生死角。"

"我们没有反抗吗?"我看着远处正蹲在地上跟一团垃圾斗争的文雅,实在觉得难受。

"当然有,我们主要是执行印度圣雄甘地的非暴力不合作计划,所有需要我们配合的事情,一律拒绝合作。"安心有些无奈,"没办法,我们也没什么权力。"

"我怎么都不知道呀。"我听得一愣一愣的,我这几天怎么一点也没发现?

"你的心思压根不在我们身上,当然不会发现。"安心窃笑道,"我就说吧。"

"那这件事情和我有什么关系?"我忙转移话题,还是有点不大明白。

"你怎么还不明白?"安心瞪了我一眼,"蓝清她不愿意听到大家说你和凌嘉文如何,自然是让她那边的人闭嘴了。文雅和陈诺我就不用说了吧,她们让我们这边人都不要说你,至少不公开说。"

我眼里有些湿润,她们是我最好的朋友,是我的姐妹。

　　高一年级第一学期,就在这样的拉锯战中迎来了我们的第一个元旦,按照学校历年来的惯例,各班都要举行元旦晚会。这对我们来说,是一场盛会,所以即便奉行不配合政策的同学,也会在心里幻想着闪亮登场。

　　从十一月开始,同学们摩拳擦掌,准备元旦晚会的表演节目,都想一鸣惊人。陈诺也不例外,上下撺掇着游说文雅、安心以及我,她想搞个小合唱。

　　文雅一听头都摇掉了,"别别别,这个你和其他人合伙搞吧。"

　　陈诺转而游说安心,安心笑着说:"我唱歌跑调,你又不是不知道。"陈诺很失望,转而笑眯眯地看着我,我慌忙摇头,"不,不可能的,打死我,也不会在大家面前唱歌的。"

　　"你看看你们几个人,真是的,还说要和蓝清战斗到底呢,我去文娱委员那里打探过消息了,基本上都是他们的人报名的,什么舞蹈,小合唱都有,我们这边什么都没有!"陈诺愤愤不平,把手里的歌谱丢到桌子上。

　　文雅也觉得局势不利,放下手头的活,翻了翻陈诺那本歌谱,"大姐,这都是什么年代的歌曲? 你好意思唱吗? 又不是红五月!"

　　安心扑哧笑出了声,"陈诺,亏你想得出来,唱着平原游击队迎接新年?"

　　陈诺也觉得有点不妥,她瞪了我们一眼,"那你们说你们能唱什么? 集体唱流行歌曲?"

　　我们蔫了,这个很不合适我们,尤其是文雅和安心,文雅从来没有完整地哼过一首歌,安心更离谱,我一直都没搞明白,她怎么可以把一首歌唱得没一句在调子上呢?

　　"我们排个小品吧。"文雅眼睛一亮,"我们这么多人,排个小品绰绰有余。"

陈诺第一个欢呼起来,"这个主意太好了!"

安心赞同道:"文雅,这是你今年说的最有头脑的一句话。"

文雅瞪了一眼安心:"你什么意思?我哪句话没有头脑了?"

安心忙转移话题,"你打算排哪个小品?"

文雅沉思了一下,说道:"这个需要考虑下,我们不排则已,一排必惊人。哼,她们唱歌跳舞算什么!"

这个主意一出,好多人一起来凑热闹,整个下午,我们走马灯般过滤了所有看过的小品,最后也没有合适的结果。我们吵得不可开交,最后文雅大笔一挥,拍板说道:"都别争了,我们自己写个小品,不用别人。"

此言一出,举座皆惊,自己写小品?怎么可能?高中生写小品?

"谁写?"安心问出所有人心中的问题。

"我和菲儿,"文雅目光扫了一圈,落在我身上,"我们两个负责写。"

这下只剩我一人发呆了,其他人如释重负,又有些怀疑,你们两个女生能写出什么小品来?

文雅神情严肃得像个将军,成竹在胸的模样,而我——她唯一的小兵,脑子里闪来闪去就三个字:写小品?

我写过诗歌,写过小说,写过歌词,写过新闻报道,却从未写过小品。虽然我一直对小品、相声等曲艺类节目很有兴趣,但是写小品真不是一般的挑战。虽然有些担忧,却又有点兴奋,这是一个尝试。

"文雅,你想好写什么小品了么?"我漫无目的地想了好久,从地球到月球,从科技到巫妖,从现代到古代,无数题材像流星闪过,却没有一个适合写小品。

"没有，"她有些挫败，"想不到写个小品这么难。"

"是啊，"我表示赞同，写小品果然和想象的完全不同，完全无处下笔。

"重点是写个什么故事呢，还要照顾那么多演员。"文雅不停地转笔，这是新近流行的娱乐，不知道是谁第一个转的，传染了全班，人人都开始转，看上去颇为壮观。直到有一天，老师终于忍不住宣布："你们都别转笔了！我头晕！"

我们讨论了很多题材，总是不太合适，三天过后，没有结果。文雅焦躁不安，时间对我们而言并不多，写完剧本，还要排演，都需要时间。

"要不，我们放弃吧。"文雅神色黯然，叹了口气，"我们排别人演过的小品。"

"再想想吧，"我也跟着转笔。

"唉，菲儿，我都有点后悔了。"她一脸凝重，"我们要自己写小品、演小品的事情已经传开了，现在真是骑虎难下啊。"

"没关系，我们慢慢想。"我也有点焦虑，千金一诺，她最重视自己的形象了，若轻易放弃，其他人怎么看她？

陈诺和安心也为我们着急，纷纷出谋划策，只是大家的主意都不怎么靠谱，这个小品成了我们的心病。

就在我们一筹莫展的时候，我无意间经过凌嘉文的桌子，瞥到他正在看的内容，一瞬间，如电光火石闪过，我顿时有了主意。

"班草"楚清

我们捣鼓了半个月,总算把我们认为的小品剧本捣鼓出来了,那时候还没有电脑网络,也没见过剧本是何模样,若干年后,我看到真正的剧本,不得不称赞文雅是个天才,我们的第一个小品剧本竟然像模像样。

我们每天从早到晚都粘在一起讨论每句台词,琢磨每个角色的性格,沉浸在写剧本的快乐中。我被文雅的才情折服,她对我的创意赞不绝口。

剧本出炉后,我们沉浸在巨大的喜悦中,大有指点江山的气势,马不停蹄地开始选角。对我们的小品好奇的同学们纷纷前来报名,连蓝清阵营中的人都忍不住前来找我们,想参与其中。

此时我们方知,我们已经成了全年级乃至全校的焦点,而且流传到外校,据说有不少外校的同学,已经决定元旦晚会时逃离本班的晚会,跨校跋涉来我们班看表演。一句话,我们红了。

这个消息让我们既兴奋又紧张,选演员这件事情显得格外重要,文雅综观全班所有人,逐个排出她心中的人物,总共八个人物,她列出了七个,只有孔乙己还没有选好。

"菲儿,你看他们怎么样?"她把列好的演员表给我看,我接过看了一遍笑道:"你真是个天才! 这些人都挺符合角色要求的。"

"孔乙己,你觉得谁最合适?"她用笔指着孔乙己的名字,我快速地看了一眼全班所有人,停在了凌嘉文身上。在大家都热火朝天地准备着元旦晚会的时候,他依然保持着自己的节奏,似乎一切与己无关。不知为何,我觉得他挺有孔乙己的感觉。

"你觉得凌嘉文如何？"我征询文雅的意见。

她惊讶地看了一眼凌嘉文，问我："他？你确定他对读书以外的事情有兴趣？"

"也许他有兴趣呢，再说，他虽然是班干部，可又不是蓝清的人。"我又接着说道："你不觉得他挺像吗？"

"是挺像的。"她看着凌嘉文，在演员表的最后一格填上凌嘉文的名字，"你去和他说吧。"

我本能地想说不，可是文雅已经走了，她去通知她选中的演员。我只有硬着头皮上了，这次有了正当理由，我可以正大光明地走过去，对他说："你有兴趣参加我们的小品演出吗？"

我酝酿了一下午，比写小品还艰难，设想了无数种方案，到了快放学也没勇气走过去。我已经很久没有走到过他身边问习题了，他现在的座位周围全都是蓝清的人，我从不从那里经过，不止是我，很多同学都自觉避开那一圈气场强大的地方。

熬到快放学时，文雅又来问我，"我们今天下午放学的时候开一次演员会议吧，到时候大家商量下排练的时间、地点，还有其他要注意的事项。"

我看着她，欲言又止，她狐疑地打量着我，又看看远处的凌嘉文问："你不会还没告诉他吧？"

我点头，她有些崩溃："我真搞不懂，这么简单的两句话，你就那么难说出口？"

"要不你去说，"我连忙说道。

"去，你自己提的，你自己去说。"文雅完全不理睬我，对我的同桌说道："楚清，你下午记得开会哟。"

我的同桌是一个男同学，准确地说是个非常帅的男同学，号称本班"班草"。他雀屏中选，出演楚留香，他是个害羞的男生，和女生说话超过三句就脸红。

安心说,他就是男版的我。我们坐在一起是一道奇异的风景线,上课无语,下课也无言,不似其他同桌打得火热。因为他长得帅气,喜欢他的女生极多,除了本班的,还有外班的,于是我无端端成了很多女生嫉恨的对象。

楚清正默默对着一本足球杂志发呆,突然听到文雅的话,有些茫然,抬起头来,习惯性地吹了一口前额的头发,"什么?"

"放学的时候,参加我们小品演员会。"文雅重复了一遍,她的脸上飞过一抹绯红。

"好。"他点点头,接着看他的足球杂志。

文雅转向我,"你记得快点通知,我先走了。"说完就快速走了,我看着她快步的身影有些疑惑。

我对自己说了十遍没问题,才鼓足勇气从座位上站起,已经快上课了,我必须速战速决。我飞速地奔到凌嘉文的身边,说道:"你想参加我们的小品演出吗?"

他一愣,我没等他回答,一股脑全说完了,"下午放学参加小品演员的会议。"

说完,我就噌地逃走了,坐下来后才想起来,他压根没有回答我到底要不要参加。想杀回去重新问已经来不及了,而且我也实在没有勇气再回到那个眼神可以杀死我的包围圈里面了。

我又搞砸了,这是我唯一的念头,看看我那沉默的同桌,断绝了想让他替我转告的念头。

放学了,小品演员们忍不住兴奋,留在教室里面讨论人生的第一次演戏,其他同学有些羡慕,有些好奇,有些无所谓,慢慢都撤离了教室。

我一直担心凌嘉文的行踪,焦急万分地盯着铅笔盒里面的小镜子,关注他的行踪。谢天谢地,他没有开溜的意思。

文雅很高兴,她分发下我们前几天辛苦抄写的剧本,又说了一遍每个演员对应的角色,最后确定每周末排练小品的时间,最后她说:"为了保持小品的神秘感,你们不要把剧本给其他人看,尤其是蓝清她们的人。"

所有人都没有表示,唯有凌嘉文发出了一声短促的笑声。

文雅有些不满,"你是什么意思呢?"

"没什么,写得挺好玩的。"他翻了翻剧本,放到一边,"为什么不让蓝清她们看?"

"这还用说吗?"文雅很生气,瞪着他说,我的心提起来了,这是怎么回事?

"我不明白,"他毫不示弱,"又不是什么见不得人的,干什么藏起来呢?"

文雅被噎住了,气呼呼地说道:"我跟你讲不清楚!你演是不演?不演就把剧本还给我!"

凌嘉文把剧本递给了她,"我是很喜欢你们的剧本,不过我很不喜欢参与你们之间的斗争。"他拎起书包,走出了教室。

文雅接过了剧本,气得脸都绿了。

因为这件事,文雅一怒之下把孔乙己这个人物彻底删除了,结局也另外重新写过。蓝清知道这个事情后,得意万分。她四处宣扬她的舞蹈组合,又拉拢我们的演员,企图让他们罢演。不得不说,她的工作是卓有成效的,没有几天,又有几个演员倒戈了。

而最让我们郁闷的是,她拉走了女演员后,还想拉男演员,想把她的女生群舞改成男女群体舞蹈。雪上加霜的是,我的同桌楚清同学,不知为何与另一名男演员掐起来了,两人掐的力度深准狠,堪比蓝清与文雅,他声称退出小品演出。

已经是十二月中旬了,眼看元旦在即,蓝清的舞蹈表演队已经排练了多次,而我们的小品因为演员总是七零八落,竟然没有组织成一次完整的排练。

我和文雅心力交瘁,我们坐在空荡荡的教室里,今天晚上原本定好的排练计划又破产了,刚才我们获悉,班主任老师听说我们对元旦晚会很重视,特意找了间空的活动室给我们排练,这把活动室的钥匙直接被蓝清据为己有。

文雅哭了,这么久以来的努力付诸东流,"算了,我们不排了。"

我靠在椅子上,觉得很疲惫,第一次觉得人生有时候即便付出也不会有结果的,各种各样的意外,层出不穷的麻烦阻挡在我们面前。我们以为成功在即,却只是海市蜃楼而已。

"你们怎么了?"楚清刚刚踢完足球,回来取书包。

"小品不排了。"我极端郁闷,说不出的绝望,他惊讶地问我:"为什么?"

"都和你一样,都不演了,怎么排?"文雅怒火冲天,抬头含泪看着楚清,"你们都不演算了,大不了不排了,我还不用再花精力了!"

楚清有些尴尬,"你们不是换其他人演了吗?"之前我们四个人轮番劝说过他,他坚持绝不相容的理论,最后我们终于放弃了。

"他们都害怕蓝清,都不肯来演。"我淡淡地说。

他沉默许久,拿起桌子上的那个破烂的剧本翻了一遍,"那我来演吧。"

"你说什么?"文雅不敢置信,楚清对我说:"这个剧本我拿回去可以吗?"

我拼命点头,第一次发现他长得可真帅气啊!他把剧本放进书包,有些害羞地笑了笑转身走了。

文雅拉着我，还是不敢相信："他说他要演？"

"是的。"我们两个又蹦又跳，比写完剧本那时还要高兴。

在楚清同学回归剧组的带动下，又有几个演员回归了，最后一个空缺，文雅决定自己亲自上。总算把演员给凑齐了，排练地点又让我们犯了难，在教室里面显然是不可能的，场地太狭小，没办法走动。活动教室早就被蓝清霸占了。幸亏陈诺有办法，在美术老师那里借到了美术教室，总算给我们找了个可怜的排练场地。

她喜欢，我就退让

十二月的天空，飘着冷雨，我们约定第一次的集体排练。周六的校园，冷清得让人不习惯，我和文雅打着伞往美术教室走去。

通往美术教室的路旁种满了银杏，金黄色的银杏叶落了一地，无端地觉得很悲怆。文雅幽幽地说了一句："不知道他们今天会不会来？"

我们已经数次被放鸽子，这次我们都不知道会来几个人，也许这次排练，人还是不会齐的。

"你说，我们到底是为什么？ 这么努力，花费大量的时间和精力，到底是为了什么？ 没有获得任何好处，还要看别人的眼色，我们还不如去看看电视，"文雅情绪很低落，"非要自讨苦吃。"

我拣起一片银杏叶，金黄色的叶子像一把漂亮的小扇子，"你说叶子落下的时候是什么心情？"

文雅对我这个问题很奇怪，"什么心情？ 舍不得？"

"春天的时候，它们是嫩芽，慢慢长成完整的叶子，经过三个季节的灿烂，现在落在地上任人踩踏，"我又拣起另外一片残破的叶子，"我们平时都没多看过它们一眼，它们是为什么呢？"

"它们不需要我们在意，"文雅取过我手中的叶子，"至少它们在落下的时候，觉得没有遗憾。"

"文雅、菲儿。"安心和陈诺在远处对我们打招呼。

文雅笑着说，"走吧，我刚想到了，那个台词最后几句再改一下更好。"

转过螺旋楼梯，就可以看到橘黄色的灯光，温暖的颜色照在美术教室外面的平台上，我们决定在教室门口那个平台上排练。

我们走上去的时候，就看见一把靠在墙边的雨伞，楚清已经到了，他站在灯光下仔细阅读剧本，嘴里念念有词，见我们来了，有些不好意思地笑了，"我来早了。"

那天他拿去剧本后，重新誊写了一遍，还把我那本破烂的手稿仔细粘贴好，他的认真让我惊讶。更让我惊讶的是他主动和那个死磕的男生化干戈为玉帛，两人好得和没吵过架似的。

文雅收了伞，拉着我要给他先排一段，因为他的戏份很重，而且之前没有排练过。我突然发现文雅变得比我还害羞，一直躲在我身后，小声说话，叫我传话。

我一直都是在她的位置，突然换过来，十分不习惯，硬着头皮传了三句，楚清皱了皱眉，"你说什么？我没听清楚。"

我求助地看着坐在一边的安心和陈诺，安心轻轻摇头并不说话，她的神情很奇怪，似有些失落。陈诺走过来替代了我，我如释重负跑到安心身边。

安心优雅地坐在椅子上，整齐光滑的头发上别着一朵素雅的花，穿着古雅，看上去仿佛旧时老广告里面走出来的女子，安静娴雅，掩不住的忧伤。她对我微微一笑，继续看着文雅她们排练。

"安心，你是不是有什么心事？"我忍不住问道。

她转向我，给我一个淡淡的微笑，轻轻摇头，"我没事。"

"你喜欢楚清？"我顺着她的眼神看过去。

她没说话，接着看他们三个人，幽幽说道："文雅喜欢楚清。"

我心里咯噔一下，文雅喜欢楚清？那安心和她？忙压低声音说："你没有猜错？"

"什么事情能瞒过我的眼睛？"她又笑了笑，笑容极其悲伤，"再说她亲口跟我说的，我怎么会弄错？"

我一时无言，这个局面是我从未想到过的。她用力掐住椅子，看着他们，过了许久，她说，"我不会和她争的，她喜欢，我就让她。"

排练的人员慢慢齐了,大家在文雅的指挥下开始有条不紊地排练。

安心对我说,"我们出去走走。"我对陈诺比了个出去的手势,拿着雨伞和安心一起走了出去。

我们捧着两杯珍珠奶茶在校园里面默默地走,雨水滴答,冷风刮过来有些寒意。我们找了个避风的亭子坐了下来。

安心放下手中的奶茶对我说:"刚才我说的话,别告诉文雅,免得她难过,她这人你知道的。"

我叹了口气,点点头。安心随手拨动长发,长长的头发搭在一侧肩膀上,显得极其妩媚。我想起那次,我们课间操时,有一排男生靠在栏杆上,安心也是这般拨动着长发,那一排男生动作一致转向她行注目礼,一直到她走远。

她是个美丽的女孩子,有着超越年龄的妩媚。她笑了笑:"比起楚清,我更在意你们。我喜欢你们三个人,我是个很现实、很冷静的人,很少做梦。遇见你们之前,我一直都很冷静,从来不做疯狂的事情,可是和你们三个在一起,就跟着做傻事了。这学期我做了好多从来没做过的疯事,但是很高兴,我想我的高中生涯里面除了考试和学习外,总算还有其他不一样的色彩了。"

我淡淡一笑,她的感受也是我的感受,从未想过的事情,如今却一件件做了,无论结果如何,至少我们都曾经努力过。

"你和凌嘉文怎么样了?"她又变成了那个神经敏感的八卦记者。

听到凌嘉文的名字,让我没来由地紧张,握紧了手里的奶茶,奶茶流了一手,安心忙从口袋取纸巾递给我。

"你们没再说过话吗?"她帮我擦掉手上沾的奶茶。

我点点头,那天之后,我每次见到他,都会别过脸去,凌嘉文不以为意,也不再理我。每次分发作业本,都是扔在我桌子上,从不多言。

"你打算怎么办呢?"安心关切地问我。

"什么打算怎么办?"我有些焦躁,"反正文雅也很讨厌他,不理就是了。"

"你真的喜欢凌嘉文吗?"安心的问题,让我无法回答。

雨水一滴滴落在掌心,冰凉透顶,我接了满手的雨水,轻声问道:"什么是喜欢呢?"

什么是喜欢呢?喜欢一个人和喜欢一件东西是一样的吗?喜欢一个人究竟会怎样?那些慌张无措的紧张真的是喜欢吗?我并不清楚。安心想了很久,也不能给我个标准答案。我们都很幼稚,幼稚得连情感都分辨不清楚。

"下学期,我们就要分班了,你打算学文科还是理科?"安心问我,"你知道的,他是一定会选择理科的。"

"你们呢?"我忙问道,安心毫不犹豫地说:"理科。"

"你们都想好了?"我觉得很意外。

"爸妈的意思,理科好找工作,文科就业率低。"安心苦笑了一声,"我是做不成记者了。"

"陈诺也学理科?"我不相信,她的理科成绩比我还糟糕。

"她?她学艺术,跟美术老师学画。"安心指了指远处的美术教室,"否则,美术老师能把美术教室借给我们吗?"

她们都打算好了未来,学什么科目,上什么大学,学习什么专业,将来做什么工作,一步步都清晰明朗。只有我的未来一片迷惘,连理想都不曾有。

"好冷,我们先回去吧。"安心打了个寒战,撑起雨伞,"一会他们要找我们了。"

刚走到银杏道,就碰到了卓维,他没有打伞也没有穿雨衣,站在雨中盯着远处的槐树,不知道在想什么。

我很久没遇见他,上次在篮球场的事情让我印象太深刻了,我躲在了安心身后,怕被他看见。疾步经过他身旁时,他突然对着我说:"元旦晚会,我会去看的。"

我停了脚步回头看他一眼,他的脸色冻得发青,神情怪异,看不出是在笑还是在哭,十分骇人。冰冷的雨水落在他的脸上,他用力擦掉脸上的雨水,挤出一个难看的笑脸:"加油。"

我咬了咬牙,把手里的雨伞递给他,他一愣,摇头笑道:"不用,我喜欢下雨,感觉很舒服。"

我转身准备离开,他接着说道:"有空吗?"

我愣了愣,摇了摇头,他咧嘴一笑,比哭还难看,像是对我说,又像是自言自语,"都没空,你们都没空,就我有空。"

他说着就转身离开,往音乐教室走去,一边走一边哼着不知名的曲子,那曲子和这天气一样,阴冷悲凉。

安心举着雨伞,笑得迷蒙,"我是说过珍爱生命,远离卓维,可他不是坏人。你自己决定。"

他的身影格外凄凉,像掉入了深井中,失去了光明和方向,既迷惘又悲伤。

"走吧。"我拉了一把安心,卓维的人生与我何干呢?

回到美术教室后,早已是排练得风生水起,陈诺和文雅配合得天衣无缝,一个指挥,一个配合。楚清一直神色认真地揣摩着文雅说的行动路线和角色感情。文雅不论做什么,眼神都会不经意地掠过楚清,却总躲在陈诺背后和他刻意保持着距离。

我看着她们通排了一次,眼前总是浮现卓维的背影。我对自己说,想他干什么? 想小品,千万不能再和他有任何瓜葛了,上次的事情你还没受够吗? 可是,万一他有什么事情呢? 他之前也帮过你,在你伤心难过的时候。

"你别杵在这里了,"安心在我眼前晃了晃手,"你都纠结这么半天了,要真有事情,都来不及了。"

我怔了一下,安心偷笑一声,"你下次自言自语的时候,小点声。"

我脸红了,讪讪地说道:"那个,我……"

"别解释了,"安心拿起雨伞递给我,"我也觉得他今天很不正常,万一真有什么事情,就真来不及了,放心,我帮你保守秘密。"

我接过伞,看着排练场,安心推了我一把,"快去吧,这里我帮你盯着。"

我冲出了美术教室,直奔音乐教室。

音乐教室掩映在一排高大的玉兰树后,在和学生会相似的古旧建筑里,红砖灰瓦,古堡似的穹顶,别有风情。

刚靠近音乐教室,就听到狼嚎般的喊声,凄凉悲切,让人不寒而栗,慢慢地,那喊声变成了低声的抽泣,听得揪心。

我慢慢走到了教室门口,卓维蹲坐在一个角落里面,用帽子挡着脸,无限悲伤。

"谁?"他警觉地看向门口,声音有些沙哑,我推开门走了进来,他有些意外,"你来干什么?"

"我……"我迅速地在脑子里面过滤所有的借口,他站起身来,冷冷地说:"没事的话,就快走。"

我顿时羞愤难当,冲动地说道:"我好心好意……"

"不用,滚。"他打断了我的话,目光冷冽。

我转身就跑了出去,桂菲啊桂菲,你就是个傻瓜,大傻瓜!自取其辱!

我没有再回美术教室,漫无目的地走到那棵大槐树下,它用悲壮的姿势向天空伸展着光秃秃的树枝,似乎想撕裂天空,却只是徒劳。

元旦晚会

因为文雅的缘故,我开始留意楚清。他的面容清秀,留着当时最流行的发型,有一缕头发总是落在他眼前,每次他紧张的时候,总会习惯地吹一下前面的头发,手里的笔不停地转。他的侧面看上去颇似张信哲。我们几个女生那时最迷恋张信哲了,不管会不会唱,都会哼两句。文雅是张信哲的超级粉丝,有时候我都怀疑,她喜欢的是张信哲,还是楚清,又或者两者都有。

楚清是我那时见过的最有风度的少年,每每回到座位上之前,都会拖开椅子让我先进去坐下,然后再自己坐下。与其他和女同学死命拼抢的男同学,大大的不同,多年后,我们每次想起他,都会想起他的风度。

之前我们无话可说,现在有了共同的话题,聊得很欢。于是两个内向的闷葫芦突然都变成了话匣子,时间久了,我发现他是个很好玩的人,总爱讲笑话给我听。

楚清让我觉得很轻松,不像面对其他人那般紧张。他也感同身受,与其他女生聊天时,时常还会脸红,和我说话却不会这样,他开玩笑地说:"我们像兄弟。"为什么不是姐妹呢?我很想问,想想还是算了,怕他受不了打击。

这份"兄弟"情并没有给我带来多少好处,首先,我发现那些原来时常借故跑到我座位旁边和我说话的女生数量锐减,接着,我发现她们看我的眼神带着明显的仇视。而文雅增加了新的爱好,每天都要问我关于楚清的种种情况,我每天多了一项复述的作业。复述内容包括:该日楚清讲了什么话,讲了哪些笑话,若是针对某个女生有什么特别的评价,必须完整复述,不能错漏一个字。

我其实是个有语言表达障碍的人,在我复述了三天后,终于崩溃了:"这个不行,我记不得了,我看还是干脆让老师把我们两个座位换换比较好。"

文雅白了我一眼,"我倒想呢! 整天看你们有话可说,怎么到我这里啥都不记得了。"

"哎,我下次拿支笔记录下来,"我举手投降,我怎么能不仗义呢?

安心在一旁笑道:"文雅,你就别难为她了,她的心思又不在楚清身上,说过什么,又怎么会记得?"

"哦? 你在想什么?"文雅又露出八卦的神情,"说来我听听。"

"我就想怎么排小品,马上就要表演了,我们的服装、音乐、道具可怎么办哪?"我忙转移话题。

文雅点头道:"我想过了,那个招牌,我找人写,陈诺说她可以问美术老师借个架子,把字贴在上面就可以了。音乐的话,就直接放磁带吧,不过要掐准点,只放主题曲的前奏,黄蓉的打狗棒好解决,弄根竹子就行了,服装就比较麻烦了,我们不认识戏剧团的人,又借不到,唉。"

"服装我们就用床单?"我随口说道,安心笑着问我:"你还有这手艺?"

我忙摇头,"文雅你觉得呢?"

文雅扶着我们笑得喘不过气来,"你真能想,用床单,我还用窗帘布呢! 问题是你从哪里搞这么多床单和窗帘?"

对于我们这个简陋的小品来说,服装的问题确实难以解决,最后我们商讨的结果是各自找最贴近人物形象的衣服穿,尽量贴近。

1997 年 12 月 31 日,天空飘起了那年冬天的第一场小雪。稀疏的雪花点缀着校园,像一条白色的围巾围在它身上。

上午的课大家上得心猿意马,下午干脆直接不上课了,布置教室,准备元旦晚会。有节目的同学,做最后的排练,争取晚上有完美的表演。我们亦不例外,再次把小品排练了一遍,所有的道具,反复仔细查看,防止有任何纰漏。

好不容易熬到晚上,元旦晚会开始,蓝清和文娱委员用标准的春晚体致辞,宣布晚会开始。列席的班主任老师和几位任课老师坐在旁边看我们尽情折腾,蓝清还请英语老师上台唱了一首英文歌。

蓝清的群体舞蹈博得掌声一片,她很是得意,跳完后,轻蔑地睨了我们几个一眼。她觉得她赢定了。凌嘉文居然出人意料地唱了一首歌。

安心悄声对我说:"看样子,凌嘉文是肯定加入蓝清的阵营了。"

我们的节目被压在了后面,大家有点意兴阑珊的时候,终于轮到我们的小品上场。蓝清用最简单的字句报幕完毕后,文雅抓紧我的手:"菲儿,我好怕。"我也不知道该如何安慰她,只是不停地说:"没事,没事的。"我也紧张得一手汗。

演员走到了教室中间,陈诺和安心在一旁紧张地配乐,我和文雅在一边指挥演员上场,安排道具。突然不知道从哪里涌来了很多人,把教室围得满满的,就连走廊也挤满了人。我有些傻眼,好不容易从这些观众中挤了进去,把道具递了过去。

后来,我才知道,很多班级都安排了探子在我们班专门等小品,小品一上演,他们就各自抛下了自己班的晚会挤到我们这里来。还有些冒雪而来的外校同学,他们等了好久,就是为了看我们的小品。

虽然人很多,却不吵闹,大家都竖着耳朵听,演到搞笑处,都忍不住哈哈大笑。我屏住呼吸，这场二十分钟的小品，对我而言比两个小时都长，我生怕他们会忘词，会走错路线。好不容易表演完毕，我已是全身虚脱，寒冷的天气里，愣是出了一身热汗。

我无法形容那一刻我们的心情，很多年后，我依然清晰地记得那时的掌声和笑声，我们四个人站在一起，没有说话，只是如释重负地一笑。

很多年后，我们都各自忙碌着自己的生活，回忆起曾经的岁月，想起这个小品，忍不住会心一笑。对于我们而言，它是我们那段岁月的亮点，比考十个第一名更值得自豪，它是属于我们的光辉岁月。

小品表演结束后，外班的同学全都散了，我站在窗边吹冷风，刚才我一直觉得缺氧，脑子里面还是晕的。

"小品很不错。"卓维像个鬼魂一样，悄无声息地出现在我身后。

我喊出了声，只是教室内，正有人歇斯底里唱着《精忠报国》，没人注意到我这小小的尖叫声。

"对不起。那天，"他欲言又止，"总之，小品真的很不错。"

他走了，悄无声息地消失在走廊的另外一头。我惊魂未定，愣愣地看着他长长的背影，说不出话来。

选　择

元旦晚会一过,即将到来的就是恼人的期末考试,我们自背上书包的那一日起,每年都有四次重要考试,期中考试,期末考试,每年的噩梦按顺序做四次,比什么都准。

当然,这仅限于成绩不好的同学,对于成绩优秀的同学,那只是一次又一次的增强自己信心的机会,他们迫不及待地等待着每一次考试的机会,彰显他们的骄傲。

对于凌嘉文来说,尤其如此,他的笔记成了全班最热门的读物,人人传阅。蓝清抓紧和凌嘉文培养良好的干部内部关系,以便他们更好地合作打击我们。凌嘉文是她最好的筹码,六门功课第一的成绩,足够笑傲一切。

文雅很无奈,因为排小品耗费了不少精力,成绩下滑在所难免。我们赢了晚会,却赢不了期末考试。成绩放榜的那天,蓝清尽情显露活泼天真,快乐地歌唱,还不断大声问其他班干部的成绩如何。

那一个接一个的高分,像一道道惊雷劈在我们脆弱的心上。除了文雅外,我们都有挂科,数学最惨。楚清拿着红色圆珠笔试图将试卷上的 56 分涂成 86 分。

分数,那就是学生的命根! 一张张考卷把我们拉回了现实,就算我们再会写小品也没用,高考只认分数,不认其他。教室就像灵堂一样,安静肃穆,心情比上坟还沉重。这次期末考试,让我们认清了这个现实,一扫往日没心没肺的玩闹,个个敛容肃穆,捧起课本和资料。

接下来的分班,无疑是新的打击,好不容易混熟的朋友,即将面临分别。文雅、安心和陈诺都留在了本班,而我则要去其他班,学文科。对于我的离开,蓝清毫不掩饰自己的高兴之情,她不止一次强调某些害群之马即将离开是一件好事,最后一次班委会上,她敲着桌子含沙射影地请我们四个人闭嘴。

文雅当场站起身来,冷冷地对蓝清说:"你不要高兴得太早了!"说完,拉着我们一起走了出去。

"你看刚才蓝清那脸,都快绿了!"还没走出教学楼,陈诺就哈哈大笑起来,手在空中胡乱比划,"我一定要把她刚才那个样子画下来。"

我为她们三个忧心,"我反正是要走了,今天这么搞,她以后肯定要伺机报复的。"

文雅不屑地一笑:"怕她? 等着吧,下学期我不会让她好过。"

安心揽过我的肩,"与其担心我们,还是担忧你自己吧。你要去三班?"

我绝望地点头,就在刚才我得知自己被丢到了三班。

"那你不是和那个叫卓什么的同班了?"陈诺笑嘻嘻地说,"你们要谱写一篇动人的校园爱情故事吗?"

"他说不准分到我们班了呢,"安心调侃道,"也许刚好调换一下。"

"哎呀,那就惨了。"文雅抿唇而笑,"你就要成为三流电视剧里面的女主角了。"

"你们……"我又气又羞,"都说了,我根本不认识他!"

"哦哦? 知道了,不认识。"她们挤在一起窃笑不止,"那凌嘉文呢? 你总认识吧。"

"我和他没任何关系!"我急忙说道。

"嗯,没关系好,没关系下学期我们好好折腾他。"文雅目露凶光,作势恶狠狠地挽起了袖子,样子堪比屠夫。

"算了吧,"我犹豫了一下,"你们别折腾他了,当他不存在好了。也别和蓝清闹了,都好好念书吧,没意思。"

"心疼啦?"文雅窃笑不止,"行,你开口了,我就答应你放过他了。"

"我们这学期为了他们斗,浪费了好多时间,结果只考了这么点分数,回家还不知道怎么交差呢。"我叹了口气,"再有才能又能怎么样? 又不能抵高考用。"

一席话说得我们四个人都蔫了,原本打算学期结束在一起小聚,晚点回家。现在兴致也没了,各自带着沉重的心情回到家里,少不得又挨顿骂。

我们愁眉苦脸地在臭骂声中迎来了第一个寒假,我在家被关了三天后,文雅打了电话来约我出去逛街。我征求了妈妈的意见,忙不迭地跑了出去。我早就做数学题目做得要吐了,实在忍受不了。

冬日的阳光冷冷的,这几日下了雪,到处都看到厚厚的雪堆在路边、树枝上,屋檐下结的长长的冰溜子往下不停地滴水。因快要过年了,街头人潮涌动,到处都是置办年货的人群,我们漫无目的地走在大街上,顺便等安心和陈诺。

不知道是哪家店里放着一首刘若英的歌,反反复复地唱着那一句,"很爱很爱你,所以愿意舍得让你,往更多幸福的地方飞去,很爱很爱你,所以愿意不牵绊你,飞向幸福的地方去。"一时之间被那首歌打动,不知道会是怎样的爱情,才能深情如斯。不计较,不考虑自己,只愿所爱的人可以幸福。

"你看那是谁?"文雅指着街道对面,我顺眼看过去,竟然是凌嘉文,他和一个女生并肩走在人行道上,有说有笑,让我意外的是那个女生竟然是王美心!

　　她不是三班的吗？怎么会和他认识？看样子两人还很熟。王美心一路引来无数男人的注目，她丝毫不为之所动，只是和凌嘉文说笑个不停。

　　"我真为王美心累得慌，你看见没，她快步走才能跟得上凌嘉文的步伐，"文雅啧啧摇头，"真是奇闻，王美心什么时候迎合过一个男人？这个凌嘉文真让我刮目相看。"

　　"我们找个地方坐下吧，我站累了。"心里有些不舒服，不想再看他们。

　　"走吧，我知道前面有个奶茶店，"文雅挽住我的胳膊，"我们去坐会，再等这两个妞。"

　　没走两步，却听见凌嘉文的声音，"你们在这里干什么？"

　　我们停了脚，回头看去，真的是凌嘉文，他变戏法一样出现在我们身后，当然还有王美心。

　　"去喝珍珠奶茶。"文雅饶有兴致地盯着他们，她全身的八卦细胞都开始蠢蠢欲动。

　　"哦？在哪里？"他似乎对珍珠奶茶很有兴趣，四处张望。

　　"就在前面。"文雅指了指前面，"你也有兴趣？"

　　"嗯。"他点头，"一起去吧。"

　　文雅没有拒绝，拉着我接着往前走，时不时问凌嘉文一些问题，我在一旁都打了几十个感叹号，这两个人怎么会这样！好像小品的事情从来没发生过一样！后来，我问文雅，你如何做到和凌嘉文友好地说话的？她白了白眼，对我说道，为了探出真相，我们可以深入敌后，伪装成敌人的朋友！

　　我们四个人对面而坐，气氛很古怪，凌嘉文和文雅有一搭没一搭地说话，我埋头消灭我的珍珠奶茶，王美心什么都不喝，眼神犀利地观察着我和文雅。

"你明年要去三班?"凌嘉文突然问我,我差点被珍珠呛到,好不容易咽下去,狼狈不堪地点点头。

王美心顿时有了兴致,"你要来我们班吗?"

我再次点头,她摆出女主人的姿态说道:"欢迎你到我们班来。"

文雅忍不住咳了一声,这是她最不喜欢的蓝清式官腔语调,我轻轻掐了一下她,对王美心说道:"谢谢。"

"那个卓维,学文科还是理科?"文雅用力推开我的手,问王美心。

王美心的脸上闪过一丝惊讶,接着说道:"他好像是学习理科,下学期可能要到你们班呢。"

"真的吗?"文雅对她说话,眼睛却瞟向我,我又掐了一下她的手。

"听说的,不过他这个人很古怪的,很难讲到时候会不会出现在你们班。"她说话滴水不漏,比起蓝清更胜一筹。

"下学期,你要好好读书,不要再玩了。"凌嘉文出其不意的一句话,让我很不舒服,他说得一本正经,和老师一样,我顿时觉得无比尴尬。

"高中三年,已经过了六分之一,不能再浪费时光了。"他接着教训我,我捏紧手中的纸巾,竭力不让自己跑路,真是奇怪,这个家伙难道有说教的瘾? 无论何时何地,亦可以循循善诱地教导同学好好读书。

文雅已然忍无可忍,忙打断他的话,"你们今天是去做什么?"

"学校有点事情,要我们去。"王美心饶有兴致地盯着我,"已经做完了。"

"什么事情?"文雅打蛇上棍,追问道。

"一点小事情。"王美心警惕性很强。她现在对文雅没兴趣了,转而盯着我，"你叫什么名字？"

又是名字！我心里暗暗地诅咒一声，却又不得不回答，刚想小声回答，却听见旁边有人替我回答了，"她叫桂菲，贵是贵人的贵，妃是王妃的妃。"

我张口结舌，抬头望去，竟然是卓维！他不知什么时候出现的，立在我们身旁，嘲弄地看着王美心，王美心的脸色一变，接着笑道，"贵妃？哪个贵妃？杨贵妃吗？"

"不错，"他顽皮地一笑，说了句莫名其妙的话，"可惜唐明皇不是你的。"

他的话说完，王美心已经是面露愠色，站了起来，"卓维！你又发什么疯？"

"喝杯珍珠奶茶不犯法吧？"他笑嘻嘻地晃了晃手中的珍珠奶茶，又对文雅说道："那边有两个女孩好像在等人。"

"啊呀，差点忘记了！"文雅忙站了起来，拉着我就跑，"安心和陈诺肯定气死了，快走，快走。"

一路跌跌撞撞，跑到约定的地点，安心和陈诺果然已经等得很生气，"拜托，你们两个搞什么？"

"请你们喝奶茶。"文雅忙举起事先准备好的奶茶，递了过去。

那天我逛街逛得心不在焉，一直想着奶茶店里发生的事情，只觉得卓维和王美心之间肯定有事情。还有凌嘉文，王美心很明显是在迎合他，真是古怪。想起他说的那些话，我恨不得把自己埋起来算了。怎么会这样说话呢？

新的开始

整个寒假,我总是会想起那天的事情,总觉得无比诡异。我仔细回忆我们之间少之又少的交集,发现我其实一点也不了解凌嘉文,我只知道他有很强的自制力,学习生活极有规律。此外,我唯一清晰明确的是,他很爱学习。他为什么会突然教训我好好读书呢? 而且说得那么一本正经。还有他和王美心,是什么关系呢?

那天卓维说的话是什么意思呢? 他那副神情总在我眼前浮现,既悲伤又嘲弄。我每每想起卓维,总不自觉地感觉恐惧,他的张扬让我害怕,可是他的忧伤又让人忍不住想靠近。上帝保佑,幸亏他下学期不在三班了,我松了口气,要是和他同班,还不知道会怎么样。

事实证明,我这口气松得太早了,开学那天,我迎来了悲惨的新学期。我忐忑不安地走进教学楼,经过二楼的时候,我停下了脚步,文雅她们肯定已经在里面了,真恨不得立刻走进去,此刻看见原来班级的人,不管熟悉的还是不熟悉都觉得亲切,甚至蓝清,亦让人觉得高兴。

我站在二楼,向二班张望,期待出现一个熟悉的身影,安慰下不安的心情。望来望去,总是不见人。恋恋不舍地看着二班,慢慢往三楼走去,一边不死心地继续看向二班,期待能出现奇迹。这时,我听到一阵嬉闹声,一个重重的物体砸向我,我的大脑瞬间短路,本能地抓住栏杆,同时有什么人紧紧抱住了我的腰。

我惊魂未定,好不容易回过神来,却瞥见楼梯口处,凌嘉文和蓝清站在那里看着我。准确地说是我们——我和卓维,他抱紧了我,似乎也吓得不轻:"你没事吧?"

我不知道他为何会出现在那里,只是觉得天旋地转,实在太悲愤了!好死不死的这时候冲下来,撞了我,撞下去就算了,为什么抱着我?还是当着凌嘉文的面!更悲愤的是,我听到楼上一群男生起哄的叫声:"卓维!卓维!哦耶!"抬头看到,不止是男生,还有女生在一旁窃笑不止,当中有着一张冷冰冰的脸,是王美心。

我成功地在进入新班级的第一天,吸引了所有人的眼球,成为众人瞩目的焦点。安心的话一点也没错:珍爱生命,远离卓维。

我耷拉着脑袋,穿过人群,徘徊在三班门口,不敢进去。王美心走了过来,大声说道:"你不是那个桂菲吗?怎么不进来?"

她的话音刚落,坐在班里面的男生女生笑得前仰后合,我顿时涨红了脸,王美心打了个手势,对他们说道:"不要笑,人家刚来我们班,这样不好。来,快进来。"她做出亲切的样子,"随便坐。"

我低声向她道谢,讪讪地走进教室,寻了个最偏僻的座位坐下,刚刚坐下,又引起一阵哄笑,笑得我莫名其妙,不知所谓,赶忙审视下自己身上,似乎并没问题,他们到底笑什么呢?

我忐忑不安地坐在那里,低着头不停地安慰自己,没事,他们肯定在笑其他的事,肯定不是你,你想多了……

不一会儿,教室里填满了人,在外玩闹的同学都进来了,等待班主任老师。我抱紧书包,拼命地缩小自己的位置,头也不敢抬。我觉得我身边似乎有个人站了一下,然后搬了张椅子拖到一边坐下,我心想,坏了,我是不是占了人家的座位?赶紧想给他道歉,转过头时,差点喊出声,那人竟是卓维!

顿时如五雷轰顶,苍天啊,他不是到其他班了吗?怎么会在这里!我没有走错班级吧?急忙往教室门口看去,没错呀,确实是三班,这是怎么回事?

我如坐针毡,想站起来把他的座位还给他,又不知道坐到哪里去才好,站也不是,坐也不是。急得和热锅上的蚂蚁一样。偷偷看他一眼,他似乎完全不在意我,只是慵懒地靠在椅子上,椅子往后倾斜着,后面两只椅跟着地,他一只手放在桌子上,一只手挂在椅子后面,脸上满是不屑的神情,活脱脱一个小混混。

这时,班主任老师走了进来,三班的班主任老师个头高大,戴着一副厚厚的眼镜,显得有些书呆子气,他显然对卓维的坐姿不符合学生应有的规范不满,一走进教室就对他怒喝道:"卓维!你这是怎么坐的!"

卓维同学压根不理睬眼里快要冒出火花的老师,懒懒地看着前面,这时王美心转过头来,狠狠朝他瞪了一眼,他心有不甘,却摆正了坐姿。

班主任老师显然以为是他的功劳,满意地环视所有人,接着说道:"新学期开始了,本学期是高一年级下学期,也是高一的最后一学期,希望大家珍惜时间,好好学习。这学期我们班来了几位新同学,希望大家好好相处,共同进步。下面请新来的同学自我介绍。"

我心如乱麻,脑子里面灌的全是糨糊,自我介绍?为什么要自我介绍?要介绍什么内容?留心听了一个同学的内容,翔实丰富,简直堪称一次小小的个人演讲。我听完后,更加慌张,我该说什么呢?

还未等我绞尽脑汁想出来,就已经轮到我了,我战战兢兢地站起来,结结巴巴地说道:"我,我叫桂菲……"下面的话,还没来得及张口,下面已笑倒一片,连老师都忍不住莞尔,几个男生在一旁挤眉弄眼,怪声叫道:"桂菲,贵妃娘娘!"

我很想放声大哭,这个班级真是糟透了!相比二班来说,这里就是地狱!我僵硬地站着,脸上红一阵白一阵,见此情景老师倒是放了我,不再要求我说完,便点头示意让我坐下。

我趴在桌子上面,几乎崩溃,我恨透了自己的选择,为什么我会这么倒霉到三班来？为什么！为什么他们都这样对我！

有人轻轻敲了敲桌子，我愣了愣慢慢抬起头，只见卓维在我的桌子上放了包纸巾，然后走了出去。我这才发现，很多男生都出去搬课本了，剩下的女生们坐在一起聊着寒假中发生的事情，亦有人饶有兴趣地盯着我。

我连忙收下那包纸巾，怕又被多事之人看出端倪，又有了新的笑料。那包未开封的新纸巾，鼓鼓囊囊地攥在手心里，倒有些安全感，一个男生随身携带纸巾，真不多见。这卓维当真是个稀奇古怪的人。

好不容易挨到抄完课程表，急忙往外走，我想去见文雅她们，想见二班的人。于是一路奔到二班，却见那里也已人走茶凉，只有值日生在打扫卫生。我很失望，转身打算离开，那个埋头扫地的同学抬起头叫住了我，"桂菲。"

是凌嘉文，我全身一凛，这还是他第一次叫我的名字，想不到他第一次叫我的名字，却是我离开二班之后。

"有事吗？"他走了过来，我顿时紧张起来，忙说道："我找文雅她们。"

"哦，她们已经走了。"他和善地笑了笑，寒假时那个一本正经教训我的凌嘉文不见了，我倍觉惊奇，没话找话说："你打扫卫生吗？"

"是呀，我值日。"他挥舞着扫把，不经意碰到了我的小指，凉飕飕的，如触电一般，我忙收回手，脸上烧得厉害。

他也有些不好意思，推了推眼镜，问道："三班好吗？"

"还好。"我胡乱地点着头，那个不经意的触碰搅得心里一片混乱，总觉得怪怪的。

"嗯，那要加油。"他点点头，"那我继续打扫了。"

我点头如捣蒜："那我走了，不打扰了。"偷偷看他一眼，他背对着我,突然问我:"你知道南开吗?"

我"嗯"了一声,中国哪个考生不知道南开? 他转身看了我一眼,笑了一笑,接着扫地。

那笑容很纯真,像要糖吃的孩子得到了满足,惬意舒适地笑,与他平常少年老成的形象完全不同。

我一时间回不了神,站在那里吃灰,看他扫地。直到他再次回头看我,我才窘迫地往校外跑去。

我要做你最好的朋友

　　凌嘉文的话究竟是什么意思？我揣摸不透，只是随口那么一说吧。我暗自思忖，一丝怅然滑过，像天空上飘过的一缕浮云，投影在湖心，刹那黯然。南开大学，那是个多么遥远的梦想，对我而言，简直遥不可及，远得就像我们之间的距离。

　　对于我这个外来者，三班同学表现出了强烈的排他反应，我像被丢弃在孤岛中，孤立无援。

　　我的座位被安排在了男生堆里，我旁边坐的就是卓维。几乎每一个老师对他都格外"关爱"，我一直提心吊胆，生怕他惹了什么事情，牵连上我。所有的老师都爱在我们身边徘徊，观察这个叛逆分子在上课的时候做些什么不靠谱的事情。

　　他通常上午的课程都用来睡觉，下午都用来看课外书，有时候不知道在写写画画什么。勉强带着课本，却从来没有记过一个字。每天他都低着头，长长的睫毛垂下来，一副半明半寐的样子，老师气不过就点他的名字起来回答问题，他总是带着无辜的眼神问老师："什么？"老师忍下气，再复述一遍问题，说来也神奇，他居然每次都能说对答案。老师气愤难当却也无可奈何，后来对他上课睡觉看课外书一事，老师们都假装没看见。

　　只有物理老师除外，物理老师是位年轻的大学毕业生，长相俊秀，戴着一副无框眼镜，看上去颇有儒雅之气，不过也只是看上去而已。事实上，他脾气暴躁，他开创了本校用教鞭打人的先河。这种事情在其他学校不算什么大事，可是在一中，却非常严重。他原本是班主任，因为打人事件，被停了班主任的职位，做了通报批评，并向被打的学生道歉。

不过显然这件事情并没有让他彻底改变,至少面对卓维这类爱睡觉的学生时,他还是忍不住丢了粉笔头,并怒道:"你来学校就是睡觉的? 那就滚回去睡! 别在这里丢人现眼! 你以为一中是什么地方? 菜园门? 想进就进,想出就出?"

那颗粉笔头精准地落在酣然入梦的卓维身上,又从他的身上弹到了我的额头上,打得我一愣。

卓维揉了揉眼,抬头看老师,又问了那个标准的问题:"什么?"

物理老师怒不可遏,冲到我们身边来,狠狠踢他的桌子,"你上的什么课! 上课睡什么觉!""哐当"一声,桌子被踢翻了。

卓维站了起来,面如寒冰,"你为什么踢我桌子?"

"我怎么不能踢? 像你这样的渣子,也混到一中来! 真是丢脸!"物理老师气得把手里的课本往我桌子上使劲一拍,吓得我面色如土。

"你凭什么说我是渣子?"卓维丝毫不畏惧,"我进一中是堂堂正正考进来的,你凭什么说我是混进来的?"

"你这是什么态度? 上课睡觉,你还有理了? 考进一中有什么了不起! 你还没考进大学呢!"物理老师气愤难当,越说越生气:"有你这样的学生吗?"

"打学生,踢学生桌子,骂学生是渣子,您这也是老师?"卓维露出一丝轻蔑的笑。

"你!"物理老师气得满脸通红,手高高地举起来,要往卓维身上打去。这时,不知是谁去通知了班主任老师,他正站在教室外,大喊一声:"卓维,你给我出来!"卓维瞪了物理老师一眼,傲慢地走出了教室。

我吓得魂不附体,我从来没见过学生敢和老师吵架的,而且离我这么近。物理老师显然也没见过这么嚣张的学生,气得走回了讲台才发现课本丢在了我桌子上,于是走回来取课本,也不知道看我哪里不顺眼,又把我大骂一通。

我很郁闷,那次物理课后,我成了卓维的替罪羊,物理老师有事没事就叫我回答问题,我战战兢兢地站起来,还没开口,就被他狠狠教训一通。我有一头撞死的冲动,这到底是为什么?

卓维物理课以后回来,成了全班淘气男生的英雄,称赞他勇猛有余者大把,生怕不够怂恿他更嚣张。我把桌子尽量搬离他远点,狠狠地拧过头,下定决心,这个学期我都不想再看他一眼。

"疯子"卓维显然不在乎我的感受,他依然我行我素,给我带来无限的麻烦,因为讨厌他,他的作业本通常都是从很远的地方抛飞过来。我的作业本亦有了等同的命运,经常好死不死地落在刚洒过水的地上,害得我时常晒作业本。

我恨透了卓维,他有时候对我说话,我也假装没听见,两张桌子之间有着巨大的鸿沟。本以为会一直这样下去,直到那节体育课。

那是一节球类运动的体育课,老师讲解了排球的基本规则后,让大家分成两组互相颠球。这是最基本的动作,握紧双拳,伸直双臂接住球轻轻往外一推即可。

颠球进行得很顺利,在球到我这里之前,我对面的女生接过球后,笑得诡异,把颠球的动作改成了扣球,嘴里还大声喊道:"接好球啊,贵妃娘娘!"

我一怔,只听见周围许多笑声,那颗球准确无误地砸在我的头上,我眼前一黑,往后一仰。

缓缓睁开眼,有些茫然,不知道身在何处。刚想说话,就看见一张脸无比靠近我,吓得我一激灵,立刻清醒过来,"你,你干什么?"

他的脸离我很近，呼吸的气息都可以感觉到，眼睛深邃得见不到底，那张宛如雕塑般俊美的脸，真好看，我忍不住犯起花痴。他一直盯着我的脸，看得我心里发毛，赶紧闭上眼，把枕头埋在脸上，他大笑道，"你这么怕我？"

我躲在枕头后面不吱声，他用力抢我的枕头，"别捂了，一会儿又缺氧晕倒了。"

我不肯松手，只用枕头捂着红红的脸，实在不好意思。

"好吧，你再晕倒的话，我可不抱你。"他松了手，我从枕头后面看着他，满脸问号。

"嗯，你刚才被打晕了，是我抱你来的。"他抱着胸笑道，"你可真沉啊。"

我是被他抱来的！我脸红得更厉害了，埋在枕头里面不敢看他。他笑得前仰后合，"你真是太好玩了。"

"我有什么好玩的？"我低声抗议，我又不是玩具，有什么好玩！

"真难得啊，我和你说了这么多句话，你总算开了金口了，有时候我都怀疑你是不是哑巴。"他坐了下来，好奇地看着我，"你那么怕我吗？"

我看着他那副无辜的神情，怒从胸中来，长久的积怨喷薄而出，"自从我认识你的那天开始，就没有一次不倒霉的！之前的事情就不说了，物理老师他明明讨厌你，干什么总是要骂我呀！还有我的作业本，为什么老被他们丢到水里！你上课不听讲睡觉就算了，可是我却要被你牵连，我这辈子被老师骂过的次数也没这学期多！还有那些人，天天笑我，我都不知道为什么！笑我名字就算了，为什么连带着你？我就想平静地读书上学，为什么老是不可以呢？我到底做错什么呢？在二班的时候，蓝清老是针对我，到这里，大家都那样对我，我连一个朋友都没有。就因为我的名字可笑吗？你告诉我到底为什么？"说到最后，委屈的眼泪已经克制不住。卓维收敛了笑容，默默从口袋里面掏出一包新纸巾递给我，我接过那包纸巾，讪讪地又问了一句："你为什么每次都带着新纸巾？"

"你是十万个为什么吗？"他挤出一丝笑，"有那么多个为什么。"

擦干眼泪，又十分后悔，话说出来了，心里舒服很多。看了看时间，体育课也该下课了，一骨碌爬起身，准备回教室。

他叫住我，"菲儿，之前的事情我很抱歉，我保证不会再发生。还有，我要做你的朋友。"他站在窗边，背着光，看不清楚他的脸。

我想都没想，直接拒绝道："不要，我还想多活几年。"

他压根不管我的意见，走了过来，对我说道："我要做你心中最好的朋友。"他霸道地宣布完后径自往前走，边走边说："上课了，走吧。"

我目瞪口呆，还有这样的人，竟然不管对方同意与否，就宣布要做他的朋友，而且还是最好的朋友。我看着他的身影，说道："绝对不可能。"

"我们走着瞧。"他毫不在意，对我摆了摆手，笑着往教室走去。

我把卓维的行为讲给文雅她们听，那三个没心没肺的家伙在一旁笑得前仰后合，压根不管我的感受。我急了，问她们，"我可怎么办呀？"

那三个小妞竟然完全不理会我的心情，顾左右而言他，径自讨论着下周的春游。文雅说道："听说这次春游还是要去旅游景点，超级没劲。"

"是啊，那几个地方都去烂了，还不如窝在家里看漫画。"陈诺撇了撇嘴，"安心你说呢？"

"你们听谁说要去那里？"安心毫不知情，"我怎么不知道？"

文雅惊奇地说:"咦? 这两天大家不都在说吗? 好像还是蓝清说的。你怎么会不知道?"

安心也很惊奇,"真奇怪,我听说还没定呢! 蓝清听谁说的?"

三个人边说边走,我落在了后面,看着她们与我渐行渐远。我们总在不停地往前走,原本以为天长地久的感情,会随着时间的变化慢慢疏离,原本亲近的人会逐渐遥远,直到某一天,我们停下了脚步,才发现自己早已不在原来的位置。

她们停了脚步,发现我落在了后面,向我招手,"菲儿,快点,你磨蹭什么呢?"

我追上她们,文雅挽着我的胳膊,笑嘻嘻地说道:"生气啦? 刚才逗你玩呢。"

陈诺在一旁乐不可支,"菲儿,你真好骗,笑死我了。"

安心拉着我,一本正经道:"给你说个好消息,凌嘉文貌似和蓝清闹翻了,上次开班委会的时候,蓝清的提议,他公然反对,让蓝清下不来台。"

"这算哪门子好消息?"我哭笑不得,"他们好不好与我有什么相干呢?"

"这么快就不关心他了?"文雅笑道,"看样子还是卓维的魅力大。"

提起卓维,我气不打一处来,"你们几个,刚才我问你们怎么办? 你们倒好,没一个人理会我。让我自生自灭也就算了,干什么还要这样说话。"

见我真生气了,陈诺忙笑着说:"菲儿,大家开玩笑呢,闹着玩呢。"

我恼了,对她说:"什么事情不好开玩笑,偏拿人最在意的,戳人伤处,你们知道我最烦这些话,待在三班就够难的了,个个嘴里都没一句好话,当你们是姐妹,本来想说给你们听听,排解一下,现在倒好,你们几个也取笑我!"说着说着便觉得鼻子发酸,赶紧硬生生把眼泪憋了回去。

三人沉默不语,许久,文雅握住我的手说:"对不起。我们真不知道你如此难过,以后绝不再开这种玩笑,我发誓!"陈诺和安心在一旁点头道:"我们保证。"陈诺努力做出漫画里的表情逗我笑,捏着脸,鼓着嘴,样子很可笑,我们都笑起来,那些不快就在这笑声中荡然无存。这是我们四人唯一的一次争执。

美好的事物都不长久

春游,对于我们来说,是个非常纠结的日子。从小学一年级开始,每年都要例行游览附近的几个景点,一来二去,很多地方都反复游过很多次,对于大部分人来说,甚是无趣。可是相比在学校里念书,还是宁愿去游一趟。

在老师宣布春游地点之前,大家都在猜测究竟是去哪里,把城郊附近几个能去的景点全部猜了一遍,没发现一个有趣的去处,猜到最后,都没了兴致。

班主任老师手中拿着厚厚一叠纸走了进来,大家顿时对那叠厚纸兴趣十足,探着脑袋想看个究竟。老师让组长把纸发下去,在黑板上写了一个茶字,对我们说:"明天要去春游,地点是霄坑村,这里是我们水州最好的茶叶产地。明天春游回来,每个同学都要填写一份调查报告,大家不要只带着饮料和零食去,记得还要带上脑子。"

四下顿时鸦雀无声,全然没想到会是这样。老师接着说:"调查报告的填写方式,请参考课本,这算一次课外作业,大家要做好。明天上午八点在校门口集合,请不要迟到。"

老师一走,班里就像炸开了锅,全都讨论起明天的春游。我看着那份调查报告表,有些茫然,我还从来没这样春游过,明天岂不是还要带纸和笔?

第二天早晨,学校门口挤满了人,等车的同学们,在班长的带领下勉强分出了各班的界限。大家一边三三两两地聊天,一边应付着老师点名。我站在与二班交界的位置,跟文雅她们聊天,她们很兴奋,和我八卦着最近的新闻,我心不在焉地点头,眼睛不时瞟向不远处的凌嘉文。他独自站在队伍的最后面,不与任何人交谈,只是静静等待,偶尔看下手腕上的表。蓝清忙得脚不沾地,前后奔跑,时而对着点名簿点名,时而穿梭到老师面前,她挤到凌嘉文面前,凌嘉文往后退了一步,皱了皱眉,蓝清对他说了些什么,他神情冷漠地点头,接过她手中的点名簿,不知在上面写了什么。

"你们班点你的名了,"陈诺推了推我,"快点答应。"

我回过神来,慌张地答了声到,周围声音太吵,我可怜的声音完全听不见,王美心又大声喊道:"桂菲!"

我窘迫地往她身边挤,试图让她看见我,以免她再大声喊我的名字。这时卓维走到她身旁,朝我指了指,王美心看了我一眼,皱着眉在纸上划了下。卓维对我笑了笑,径直往我这里走来,我一阵慌张,急忙往回挤,顾不得周围同学的抱怨,一心想离他远点。

刚挤回文雅她们身边,楚清走了过来,对我笑道:"好久不见。"文雅和安心都有些不自然,我笑着说:"你还好吗?"

"嗯,"他点点头问道,"三班好吗?"

"还行,可惜没有好同桌。"我笑着说,一瞥眼却看见卓维在离我很近的地方站着,饶有兴致地看着我们。我忙说:"要排队上车了,我先过去了,下车再聊。"说完赶紧蹿到队伍最后面,等着上车,眼光控制不住地瞟向凌嘉文,他站在离我不远的地方,目不斜视,神情肃穆地盯着队伍,随着队伍缓缓往前移动。

"车子满了,等下辆车。"我快移动到车子面前的时候,车子满了。每个班级都有剩下来的小尾巴一起上了最后一辆车。

我上了车,发现凌嘉文独自坐在中间靠窗的位置,他的前后排都坐满了人,只有他身边的座位是空的,我的脑子闪过一个念头:坐到他身边去。我被这个念头吓坏了,后面的同学连声催促,我往前走了几步,走到凌嘉文那排时,我停住脚步,在他左边的那排座位坐下,心里紧张极了,坐在窗边假装看风景,透过玻璃的倒影,依稀可以望见他,他转头朝我这里看了看,又接着看窗外。我松了口气,有点失望。

这时我身边坐下一个人,我差点跳了起来,"你怎么在这里?"

卓维伸了伸懒腰,故作惊讶地问我:"我不在这里,在哪里?"

"你不是上了前面那辆车吗?"我明明看见他上车的,怎么会到这里? 他笑嘻嘻地说:"上车难道不能下车吗?"

我不知该说什么,转头看向窗外,他接着说道:"我是为了成全别人的美事,才临时决定下车换他的,和你没关系,你可别自作多情。"

我为之气结,狠狠瞪他一眼,"我才没有!"

"没有最好,我先睡会,太困了,昨天晚上通宵没睡,到了你叫我。"他又伸了个懒腰,调整下姿势,舒服地靠在椅背上。

"你为什么要坐我身边?"我很想推他一把。

"你是我邻桌呀,虽然没有好同桌,有个好邻桌也不错啊。"我很想抽他那张笑得很贼很贱的脸,这家伙偷听到了什么?

我还想接着说,但是卓维丝毫不配合,他很快睡着了,像门神一样卡在我旁边,我想出去也不行,只能在我那个小小空间里看着窗玻璃发呆。

我一路看着窗外,阳光明媚,鲜花似锦,杏花开满枝头,粉白晶莹的花朵簇簇成林,惊艳了街头。阳光下,护城河波光粼粼地唱着歌,蓝空下,湖面清澈,肥美的水草引来无数小鸟,几只白鹭正在天地之间飞翔。山花摇曳,各种粉的,白的,紫的,黄的开了一路,漫山遍野的映山红在丛林中格外夺目耀眼。

不知为何,我觉得那些红得快要烧起来的映山红很像卓维,都是那样毫无顾忌地尽情释放自己的魅力。而我就像竹林里的竹笋，裹着一层又一层厚厚的硬壳。

"真美。"卓维不知何时醒了过来，也和我一样往窗外看去，"你觉得呢？"

我点点头，他喃喃低语道："可惜美好的事物都不长久。"

"可至少美丽过。"我的脸都快贴到玻璃上了，一路上，我都小心翼翼保持着我们之间的距离。

他不理我，又靠在椅背上睡觉。

我透过玻璃偷窥凌嘉文，他的邻座和卓维一样靠在椅子上酣然入梦，他却一直盯着窗外，嘴角含着一丝笑意，似乎也被春光打动。

爬了七里山，又下了八里坡，好不容易才到了这个村落。霄坑村怕是几辈子都没这么热闹过，一下子多了几百名学生熙熙攘攘地围在村口。这是一个峡谷中的村落，放眼望去，四面都是山，山高处云雾缭绕，见不到顶，村落就从山顶蜿蜒至山下，颇有几分世外桃源的味道。

集合后，老师宣布了几条规则：不许破坏植物，包括野花；不许攀爬山岩；不许到瀑布下玩；必须跟在村委会安排的村民导游身后，防止任何意外发生。

老师言之凿凿，大家阳奉阴违，没走多久，队伍就乱了，都各自和平日里要好的同学走在一起。我快步走到队伍前面，打算和她们三个会合。

"你的调查报告资料还不准备？"卓维狡黠地笑道，他努了努嘴，"那边，导游在说。"

我只好眼睁睁看着她们三个离我越来越远，拿出本子和笔走到田埂边听我们班的导游讲解关于茶叶的内容。

卓维没有写，他的手插进口袋里，漫不经心地站在人群外，看着周围的山发呆。

我记录完茶叶的制作过程,从人堆中挤出来,看见他两手空空,问道:"你怎么不记?"

"你记了就行了,到时候借我抄。"他笑得狡诈,我为之气结,"想得美。"

他不以为然,指了指前面,"前面有意思,我们去看看。"

"我还没记完呢,"我要再往人堆里挤,他哭笑不得,"你怎么这么实诚呢? 还真记,回去找点相关的资料不就行了吗?"

"那怎么行?"我从未想过,还有这样的作弊法,"我要亲自记录,一会还要看茶叶的制作过程。你自己去吧。"

卓维为我的顽固不化摇了摇头,径自往前走。我就跟在导游身后一边问一边记,也不知道兜兜转转多久,等我翻着满满几大页资料,非常有成就感的时候,发现身边已没剩几个人了。导游被我问烦了,一直不停地擦汗,好像被我榨干了。

我心满意足地停止接着压榨他,提出去看制茶,他立刻就答应了,带我们几个人直奔茶厂。这是我第一次看到茶叶的制作过程,它们被采摘以后,经过筛选、杀青、揉捻,几番磨折后才能形成一杯好茶。

茶厂的师傅见我看得认真,泡了一杯新制的绿茶给我,适才还是萎靡萎缩的干茶,见到水后,立刻还魂,复活成鲜嫩模样,伴着袅袅清香,比还是新鲜叶片的时候更显滋味。

人生亦是如此,经过风浪几许,方见生命本色。谁知道此间的折磨会不会是为了让生命更加精彩——就如这绿茶一般。

从现在开始，你就是我的徒弟

正想着茶叶与人生的相似之处，凌嘉文也走了进来，见我在里面，他微微一愣，笑道："你怎么一个人在这里偷喝茶?"

"导游被我问烦了，把我丢在这里了。"

"是吗? 那我们同病相怜，"他拍了拍手中的笔记本，"我也渴了，来讨杯茶喝。"

我放下手中的杯子，去找制茶师傅再要个茶杯，师傅有些为难："茶杯今天全被你们带跑了，只剩那一个了。"

凌嘉文听了，顺手取了我的杯子喝了一口，我的心咚咚狂跳不止，他竟然用我的杯子喝水!

他仔细品评一番，说："我一直很讨厌喝茶，总觉得不好喝，今天感觉很不一样。"

制茶师傅笑道："那是当然，你是北方人吧，北方人很少喝绿茶，这个是我们的上好毛峰，芽头很嫩，汤色很好。你慢慢喝，我要去做茶了。"

他丢下我们两个，回到车间去了，只剩下我站在一旁，浑身不对劲，脸上发烧，看着他手里的玻璃杯发呆。

凌嘉文放下茶杯，对我说道："你怎么了?"

"没，没事。"我结巴地说。

"出去吧，不要在这里耽误别人生产了。"他指着门外，"我刚走来的时候，看见一个亭子，很漂亮，一起去坐会儿。"

如果这时有医生测试我的心跳，肯定以为我犯心脏病了，他竟然叫我和他一起去亭子! 我木然地点点头，跟在他身后。

　　一路上凌嘉文的兴致很高,和我说个不停,他说他一直很喜欢这样的地方,希望有机会能够到这里来,没想到梦想成真。

　　我们走到了那个亭子,有些残破,亭下是溪水,四面翠竹环绕,暗香浮动,细细闻来,竟然是兰花的味道。亭子有围栏,当中是破旧的石桌绕着四张石椅,我们对桌而坐。

　　亭里没有别人,只有我们,此刻吹着山风,听着溪流潺潺和鸟鸣声,看着云雾缭绕的山顶人家,一时有些恍惚,仿佛我们早就在这里,生根偕老。

　　"听说你在三班很活泼。"他开口说道,"有很多朋友。"

　　"你听谁说的?"我吃了一惊。

　　"一些人,"他言辞闪烁,看着远处,接着说道,"你现在学习能跟上吗?"

　　"凑合吧。"自卑感顿时让我有种想遁地的感觉。

　　"别玩得太厉害,好好读书。你想过要考哪所大学吗?"他旧调重弹,令我有些羞愤。

　　我淡淡一笑,"我倒是想去北大,可惜人家也不会要我呀。"

　　"你怎么知道去不了? 现在努力读书还来得及。"他不停翻动着手中的笔记本,神色凝重得让我有种错觉,仿佛他是个长辈,在教育我这个不好好念书的孩子,"两年前,你在哪里?"

　　"初中。"我有些不耐烦,他不介意我的不耐烦,接着问道:"两年后呢?"

　　两年,我有些惶恐,两年前的时光依然在眼前,两年是如此飞快,两年后,我会在哪里? 做什么? 认识什么人? 说什么话? 我会考上大学吗? 还是会补习? 文雅她们呢? 两年后,她们又在哪里呢? 也许,我们到时候的距离已不止是一层楼,而是千里之遥。安心说过,她们都在按照规划好的人生轨道,一步步往前走。那我的轨道是什么呢?

"两年后,你会在哪里?"他令我感到陌生,他每一次出现都以一种奇特的方式提醒我,要面对残酷的现实。

"两年后,我会在上海。"他答得笃定,我丝毫不怀疑他说的话,他就像个精准的发条,清楚自己的轨道,精确地行动,绝不容许一丝错误。

"运动会的时候,你拖着伤脚坚持跑到了终点,我觉得很好。拿出跑步的毅力来,朝着自己的方向努力,就没有什么不可能。"他放下手中的笔记本,对我说道。

我觉得羞愧,我的方向都没有,朝哪里努力呢? 整天浑浑噩噩的,只知道念书,备战高考,至于自己的人生却从未考虑过。我想要什么? 我没有答案。

"你们真会挑地方,"王美心笑吟吟地从旁边走了过来,"怎么有这么个好去处。"

她走到我们中间的位置坐了下来,不停用手扇风,嘟囔道:"热死我了,才四月就这么热,"她的脸颊如涂了胭脂一般,红得妩媚,眼神也很妩媚,一忽儿转向我,一忽儿转向凌嘉文,快要滴出水来。她又咬唇笑道:"你们两个在这里,说什么悄悄话?"

"没说什么。"我摆摆手,怕她又生出什么流言。

"是吗? 那神情都那么严肃干什么? 不知道的,还以为你们在商讨国家大事呢。"她揶揄道,又指着桌子上的茶杯问道,"这是哪里来的?"

"前面茶厂里弄的,"凌嘉文顺手一指,"不过杯子没了,这茶味道真不错。"

"是吗?"王美心蹙眉,为难地说道,"我渴死了,竟然没有杯子了。"

"不介意的话,这杯茶给你。"凌嘉文把杯子递了过去,王美心的手指动了动,嘴里说道:"那怎么能行,我怎么能用你的杯子,这可是间接接吻。"

一句话说得我脸红到耳根,凌嘉文挑了挑眉毛,瞥了我一眼,"是吗?那算了。"他收回了杯子。

王美心的神色不太自然,接着又说道:"对了,你们班长蓝清呢?"

"不知道。"凌嘉文答得干净利落,手又不停地玩起笔记本。

"咦,真稀奇,她不是每次都在你周围十米内活动吗?怎么今天不在了?"王美心笑得很甜,"你用了什么办法甩掉她的?"

"不要每次都开这样的玩笑,"凌嘉文皱着眉头,站了起来,"我和她没有任何关系。"

"开个玩笑嘛,"王美心不以为意,漫不经心地瞥了我一眼,似乎嫌我是多余的。我站了起来,准备离开。

凌嘉文又说道,"你要去哪里?"

"去那边看看,"我随手乱指了一下。

凌嘉文顺着我指的方向看过去,"看上去不错,我也去。"

王美心站了起来,狠狠地盯着我,那眼神令我心慌意乱。

实在想不出有什么好借口,凌嘉文拿起茶杯和笔记本往我这里走来,我看着王美心,心里大叫救命。

卓维像是听见了我的召唤,神奇地出现在一旁,打量我们三个一番:"你们在这里干什么?"

我忙对凌嘉文说道:"差点忘记了,我和卓维说好要去找大队支书做调查,你们慢慢玩,我先走一步。"

凌嘉文停了脚步,看看卓维,又看看我,"哦,那你们去吧。"

卓维很配合,立刻对我说道:"你一个人跑到这里了,又不和我说一声,害得我四处找你。"

我胡乱点头,转身就跟他走,老天,快点让我离开王美心的视线吧!

"桂菲,你要记得我说的话。"凌嘉文的话从背后传来,同时绊住两个人的脚。

卓维奇怪地看看他,问我:"这个奇怪的家伙又说什么了?"

王美心走到凌嘉文身旁问道:"你和她有什么约定吗?"

我想自绝于红尘,真是怕什么来什么! 这么一句不清楚的话,指不定要给我背上多大的黑锅,连忙说道:"他勉励我好好学习。"

王美心听到后,笑而不语,卓维却生气了:"怎么? 学习不好就不能活了?"

凌嘉文觉得莫名其妙,依然回答道:"高考决定命运。"

"哼,真可笑,你们这些人就只知道读书、高考,还知道什么? 难道考不上好大学就低人一等吗? 我看未必吧,很多成绩不好的同学很有才华,校长都说过学习的能力才是最重要的,一个高考能衡量出什么?"卓维像是愤怒的刺猬一样,全身的刺都竖了起来。

"你说的可能没错,可惜现行的制度就是这样的。"凌嘉文冷冷地说道:"高考确实不可能全面衡量一个人,但是它是改变命运的那根横梁,跃不过去,你就比别人的起点低。一个人如果连自己的命运都不能把握,谈什么其他的?"

卓维顿了几秒,转向我:"你哪门成绩不好?"

我被他们吵得头昏脑涨,过了一会怯怯地说道:"数学。"

"你想考哪所学校?"他接着问道。

怎么又是问我这个问题? 我今天难道不是在高一,是在高三? 他有些不耐烦,接着问道,"那你想去哪个城市读书?"

"北京。"我随口说道,真奇怪,今天是怎么回事,个个都问我这个问题。

"好,现在开始,你就是我的徒弟,两年后,我和你一起去北京。"卓维挑衅地看着凌嘉文。

假如你是杨贵妃，我愿意是昏君唐明皇

我嘴都合不上了，我是他徒弟？和我一起去北京？

王美心在一旁捂着嘴笑，歪了歪头，"卓维，你就不要误人子弟了，就你那个数学水平，你还教她？别把她越教越差。"

卓维冷冷地看了一眼王美心，"那你等着看好了。"又对凌嘉文说道："高考改变命运，你说的，我会帮她考上大学，看看到时候是不是一张文凭就可以改变命运。"

凌嘉文点点头，眼里隐隐有些怒气。王美心脸上闪过一丝惊异，"卓维，你没事吧？"

"走。"卓维不看她，拉了我一把。我这才反应过来，我怎么又成了别人争斗的夹心饼干？

"干什么？"我狠狠地撇开他的手，"你要和人打赌，就自己上。拉上我算什么？"

卓维接着问我："你想不想数学考好点？"

"想。"我抵挡不住诱惑，刚才满腔的怒火立刻丢到爪哇国了，比起能考个满意的分数来说，其他事又算得了什么呢？何况这个赌约对我没有坏处呀。

"那你同意，对吧？"他压根不给我否决的机会，我只好点头，他露出一抹胜利的笑容，"小徒儿，跟着为师走。"

凌嘉文用力泼掉手中剩下的茶水，大步迈向茶厂，王美心心情复杂地看了我们一眼，跟在他身后走了。

卓维冷哼一声，看着王美心的背影，问我："你上学期期末数学考了多少分？"

"43分。"我小声说道。

"啊?"卓维转向我,惊讶万分:"43?"

我红着脸,这个羞愧的成绩,我一直都不敢说出口。卓维意识到自己夸下的海口有多么大,他绝望地呻吟一声:"不是吧。"

我不好意思地翻着手中的笔记,试图掩饰我的窘迫:"你考了多少?"

"60。"他笑嘻嘻地说:"刚及格。"

现在轮到我惊讶了,"你哪里来的那么大自信?"凌嘉文的数学成绩是91分!

"没事,教你还是绰绰有余的。"他看着他们的身影,自言自语道:"我肯定不会比他差。"

我疑惑地看着他,他为什么老是和凌嘉文过不去呢?

"小徒儿,先把你的笔记给我抄抄。"卓维嘿嘿一笑,拿过我手中的笔记本。

我瞪着他,抄我的笔记,还能教我学习?

他翻着我的笔记,感慨道:"菲儿,你可真是眉毛胡子一把抓,啥都不漏,完全就是录音机啊。"

我试图拿回我的笔记,他举得高高的,不让我够得着。我急了,跳起来试图抢回我的本子,不想脚下不稳和他撞了个满怀。我的胳膊挂到他的肩膀上,整个人扑进了他的怀里,看上去我们像是在拥抱。

有那么几秒钟,我们都没有反应,卓维愣住了,等我们反应过来时,飞快地分开,离得远远的,差不多有几米远。

我们很尴尬,我心跳得很快,低头不敢看他。过了一会,他讪讪地说:"那个,笔记。"

他伸手把笔记本递给我,我远远地伸手拿过笔记,飞快地跑到远处。跑得急切,慌不择路,直到瀑布前才停了脚步。

刚才只是个意外。我努力让自己镇定,连掬了几把水洗脸,清凉的泉水让我渐渐冷静了下来。忘记刚才的事情,我对自己说,没人看见的,就当没发生过。

日渐高升,已是过午,肚子早就咕咕叫了,我翻开包包,想找点吃的。我一向讨厌春游的时候准备乏善可陈的零食,首先掏出来的就是我最厌烦的苹果,我从小就不爱吃这个干巴巴的玩意,吃苹果比吃药还痛苦,一个小时能吃完半个就不错了。接着翻出来的是面包,它们在我的包里翻滚到现在,皱巴巴一团,里面的奶油早就欢快地跑了出来,贴在玻璃纸上。我叹了口气,实在很倒胃口,打算找出饼干随便对付下得了。

这时,只听见头顶上传来楚清的声音,"咦,你一个人在这里野餐? 真会享受呀。"

他从上面走了下来,看着我的包:"有啥好吃的?"

"没啥,就那些呗。"我把包里所有吃的全部掏了出来展示给他看,两只苹果,几块面包,一袋苏打饼干,一包牛肉干和一瓶矿泉水。

"挺丰盛的,"他拍了拍自己的书包,"比我强多了,我就带了两包方便面和一瓶矿泉水。"

"嗯,你真是比我惨,我心理平衡了。"我笑着说。

他在另外一块石头上坐了下来,"累死我了,爬到山顶又爬下来。"

"上面好玩吗?"我仰头看着那片云雾缭绕的山顶,他把手伸进水里洗了洗,"云雾很深,看不见下面。也没啥,就是风景呗,还有茶叶。"

"你跑得真快,文雅她们,你有看到吗?"这三个妞还说和我一起吃中饭,结果一个也没见到。

"她们三个？开始好像还在我后面，后来就不知道去哪了。估计也爬到山上去了，还没下来，"他躺了下来，摊开手脚，感叹道："真累死我了。"

"文雅她们最近怎么样？"我拆开饼干，取了一片慢慢嚼。

"她们？和以前差不多，还是和蓝清闹来闹去。"我把饼干递给他，他也拿了一片慢慢嚼："和你在的时候差不多。"

"哦。"和她们说的差不多。

"蓝清竞选组织部长的职位，四处拉票，她们就和她唱反调。不过她还是成功了，这是没办法的事情，不认识学生会的人，改变不了任何情况的。"楚清消灭完了那块饼干，又把魔爪伸了过来。

"你随便挑。"我指了指石头上的食物，"反正我都不爱吃。"

"那我不客气了，"他捞起一个苹果，接着向我售卖信息，"下个月不是红五月吗？学校举行大合唱，各班都要参加的，好像这次就是蓝清负责的。"

"学生会全权负责吗？"我记得从前初中的时候也有这样的惯例，只是都是各班班主任负责。

"是啊。"他含混不清地点头说道。

"文雅会不会借这个机会要做点疯狂的事情？"我太了解她的性格了，怎么会放过到手的机会呢？

"不知道，"他摇摇头，"可能会吧。"

"楚清，你会帮她吗？"我问他，他沉默了一会，说道："肯定会帮的。"

我笑了，文雅若是知道，肯定很高兴。

"咦，你现在又在和谁约会？"王美心幽灵般地出现了，站在高处俯视我们，"一会儿工夫都和三个人约会了，娘娘，你可真前卫。"她的言辞毒辣得让我惊愕。

我不知道如何反驳她，只是说："没有。"

"你不用给我解释，有没有的，与我无关。"她眼神犀利地扫了我们一眼，"不打扰两位了！"

王美心走后，楚清转向我，"这个女的是不是王美心？"

"你也知道她？"

"校花呀，谁不认识？她太有名了。那个卓维，你知道的，说过一句话，假如她是杨贵妃的话，他愿意为她做昏君唐明皇。"

"你怎么知道的？"我极度震惊。

"这个事情是公开的，他当着很多人的面说的，很多人都知道。"楚清同情地看着我，"你到他们班这么久，居然都不知道？"

"那她什么反应？"我还是难以消化这条消息。

"她当场就翻脸了，很生气，当时骂卓维骂得很难听的。"他八卦起来的样子，居然和文雅有着几分神似。"去年闹得沸沸扬扬的。"

"我真的不知道。"我怎么没听安心说过这个事情？

这么说，卓维是喜欢她的，难怪每次对她都那么古怪，篮球比赛的时候说我是他女朋友，肯定是为了气王美心的。想起来也是，每次我碰到王美心，就一定会碰到卓维，巧得不能再巧了；新学期开学那天，卓维那么傲慢，王美心回头看了他一眼，他马上就改了；他刚才和凌嘉文作对，怕是因为吃醋吧；他们笑我的名字，应该是联想到这句话，我的思绪飞转，把所有的碎片拼在了一起，都有了合理的解释。因为喜欢，所以乖张，为的是引起她的注意。男生们总是这样，越欺负越喜欢，只是为了让她多看一眼，多记一秒，哪怕是讨厌的。

我开始同情卓维了，这个可怜的人，用这样的方式来表达爱情，真是太不容易了。看似比谁都不在乎，其实比谁都在乎。

我正同情心无限泛滥地想着可怜的卓维，楚清装尸体躺在石头上尽情休息，这时陈诺的大嗓门出现了："楚清！"

113

话音刚落，三个小妞的身影出现了，看到我都很意外："咦，你怎么在这里?"

"我在等三个说好要和我一起吃饭，结果把我丢掉的人。"我嗔怪道。

"不能怪我们呀，你太慢了，我们回头找你的时候，也见不到你人影了，"陈诺率先冲了下来，"帅哥，腾个地方。"

楚清坐到一旁，让出了大片地方，陈诺坐了下来，拍了拍石头，"这就是我们的餐桌，快点，把吃的喝的给我拿上来。"标准的女土匪相。

落　水

　　四个人把吃的全扔到那块石头上,那块石头顿时像被施过魔法一样,堆满了各色零食小吃,种类之丰富令人难以下手。

　　陈诺的手比较快,一手抓住巧克力,一手抓住牛肉干,先用牙咬开巧克力包装,猛塞了几块,满足地叹道:"真幸福,饿的时候吃啥都好吃。"

　　楚清拣了一小包豆腐干,轻轻咀嚼,相比之下,比她文静多了。

　　文雅和安心各自找了喜欢的零食,优雅地吃着,我总是很怀疑,她们即便遇见了灾难,是否也会保持着这样的优雅姿态吃饭走路?

　　填了一阵肚子后,文雅歪着头问:"你上山了吗?"

　　我摇摇头,取过那袋难看的面包,还是自己灭了它吧。

　　"我们三个爬到半山腰,实在太陡了,也不知道这些人怎么能住在这上面,好不容易才下来。"文雅犹自有些惊吓。

　　"你们才到山腰?"楚清有些自豪,"我可是爬到顶了,不过真的很累,我现在两条腿都软得没力气了。"

　　"就没有几个人上去,"安心笑了笑,"我们是爬不了。"

　　"菲儿,你们班物理老师是不是也来了?"陈诺开始消灭那袋牛肉干。

　　我一愣,仔细回忆了下,"好像是来了。"

　　"那肯定没错啦,一定是他。"陈诺对安心说,"我就说嘛。"

　　"你们在说什么?"我很奇怪,她们三个挤挤眼,笑得很神秘。

　　"没什么,"文雅打开了矿泉水,掩饰不住满脸笑意,"就是我们看见你的物理老师了。"

"那怎么了?"我还是觉得奇怪,看到物理老师有什么好笑的。

"他不是一个人。"陈诺抢白道。

"不是一个人? 他带了朋友来吗? 还是和其他同学走在一起?"我对这条需要猜测的八卦消息十分不满,"你们说清楚点,我怎么不明白啊?"

陈诺白了我一眼,"你真是不具备侦探的眼力和头脑。他和一个女生走在一起。"

"那又怎么了?"我望向楚清,唯一和我一样迷茫的局外人,他露出了一丝笑意,低头不语,像是顿悟了。

"算了,你直接告诉她吧,以菲儿的迟钝来讲,你让她猜到明年她也不会知道。"安心笑着说。

"你知道师生恋吗?"陈诺放下手里的牛肉干。

我手里的饼干不知不觉落在了石头上,师生恋?!

"我们猜的啊,不要外传,你回去可以观察你们物理老师。"陈诺笑得贼兮兮的。

"不可能吧,怎么会?"我难以消化这个消息,师生恋? 这又不是琼瑶小说!

"怎么不会? 我以前的学校里就有,我们那个学校的音乐老师长得很帅,和高年级的同学发生师生恋,后来不知道怎么被闹大了,那个女孩子留下遗书,要上吊自杀,学校发动好多人去找,好不容易才找到她,差点就来不及了。"陈诺答道。

师生恋? 我很难接受,我一直都怕老师,见到老师和耗子见到猫差不多,我不能想象那个凶狠的物理老师会和学生谈恋爱,那是多么难以想象的画面啊,假如她的物理学得好,可能还少挨骂,要是物理学得很糟糕,那会是什么场景?

我用力捂着嘴,防止自己叫出来,今天发生太多事情,多得让我难以接受,所有事情像一锅粥在脑子里面不停地搅拌。

楚清很有兴趣地问道:"你们是怎么看出来的?"

"我们跟了他好久啊,跟踪这个属于技术活,尤其是三个人跟踪。"陈诺兴致来了,"本来我们也没发现,从山上往下爬的时候,看见他们两个人,开始离得还挺远的,后来越走越近,那个老师就牵着她的手继续走,那个动作绝对不是老师对待学生的,就是情人的。"

"你好专业啊,"楚清佩服万分,"情人的牵手和老师对待学生的,有什么区别?"

"区别太大了,"陈诺一脸正色,"首先,两个人靠得不可能那么近,而且学生对老师都很害怕,肯定不敢和老师牵手,就算牵,也是特殊情况下的师生互助。他们可不是,动作非常自然,距离很近,亲密的磁场很清楚。"

楚清被唬得一愣一愣的,陈诺得意得很,胡乱吹嘘起来,"我从小就看我爸查案,这算什么?"

楚清一听立刻有了兴致,"你都查过什么案?"

"那多了。"陈诺一顿胡侃,把我们看过的侦探小说里面的故事添油加醋了一番,又嫁接到我们本地,说得煞有介事,可怜的楚清以为这些都是真实的事,一脸崇拜地看着陈诺。

我们三个想笑又不敢笑,只见陈诺说到兴起,在石头上手舞足蹈,上蹿下跳,一个不留神,脚下一滑,竟然掉到水里去了。

"啊!"我们全站起来,这是瀑布冲成的湖水,水很深,陈诺在水里扑腾,大声呼救。我们急坏了,在我们所有学习过的技能中,并不包括游泳,楚清蹬掉鞋,一个猛子扎了下去,安心跑到路上大声呼救,文雅和我四处分头寻找长竹竿。

到处都没有粗竹竿,地上只有细细的竹枝,我们急得不行,我看了看眼前那棵竹子,对文雅说,"我们把它弄断,快快!"

竹子虽然轻巧,却很结实,我们只有一把小水果刀,用力砍了几下,完全没有任何用处,回头看湖中,楚清已经够到了陈诺,两个人在水中挣扎,估计也支持不了多久。

水果刀在竹子上磨了半天,才磨出一道细细的口子,"不行,我们拔吧,连根拔。"

我们合力去拔,这根竹子的根很深,土埋得很严实,我们赶紧蹲到地上拼命挖土,一边挖一边摇,好不容易才撼动了一点,心里顿时觉得有希望了,更加努力地挖,一边挖一边对湖里喊道:"再坚持下,就好了!"

"快点,我的腿抽筋了!"楚清的声音也有点慌。

"该死的!"文雅骂了句脏话,拼命地拔竹子,"快点! 安心,别喊了! 快来帮忙,快往上拔!"

我们三个使出吃奶的劲,还没拔出来,手开始发抖,咬着牙继续用力拔,心里急得要命。这时,卓维冲了过来,帮我们用力拔出竹子,抱着竹子就往水里丢。刚好丢在他们面前,楚清和陈诺用力抓住竹子,我们拉着竹子,一点点把他们拉到岸上。

等到两人浑身湿透爬上岸时,我们都全身虚脱坐在地上,松了口气,想起刚才的事还觉得后怕,再差一点点,后果就不堪设想了,我们全身脏兮兮的,坐在泥里,手指甲缝里都是泥土。

卓维松了口气,也坐了下来,"你们玩得也太刺激了。"

陈诺抱着安心大声哭了起来,楚清脸色苍白,坐在石头上一动也不动。

整个下午,我们几个人就坐在岸边晒太阳,陈诺无论如何也不敢再靠近湖边了。她和楚清把衣服拧干铺在石头上晒。我们商量,这个事情不能汇报给老师,否则肯定完蛋。

于是,那个下午在集合时间之前,我们坐在一起聊天,经过这次生死劫,我们的感情突飞猛进,楚清一下子成为我们最铁杆的朋友。

她看起来就是个受气包

我们坐在草坪上,陈诺倚在安心身边,我和文雅靠在一起,楚清坐在我们对面,卓维靠在旁边的大石头上,仰头看着前方,不知在想什么。

我们有一搭没一搭地说着闲话,什么风景不错,茶叶很好,渐渐又扯回到二班,控诉起蓝清越来越霸道的行为,她一人独揽大权,完全不问同学的意见就自己决定了。这次五月歌会,她也没问大家的意见,直接定了两首歌。

"她现在就是个暴君,"文雅说,"比你在的时候还严重,以前还遮掩,现在根本不管了,当了组织部长后,气焰更嚣张了。上次竟然说,我们班完全不应该民主,因为我们的存在。"

"她就是希特勒,"陈诺狠狠地骂道,"今年的金龙杯画展,竟然对我封锁消息,本来我完全可以参加的。"

"你们那么讨厌你们班长?"卓维饶有兴致地问道。

"她算什么班长,"陈诺愤怒道,"就知道欺负我们,我们班的班费明细开支,她也没公开过。别的班都是贴出来让大家看,我们追问她,她就说没有弄好。还有每周一期的黑板报,别的班都是选择会画画会写字的同学来做的,她偏不让我画,老是让她的人来弄,每次都搞得非常难看,丢死人了。"

"那你们怎么不换掉她?"卓维支起一只胳膊,接着问道。

"哪有那么容易,上次选举的时候,本来是菲儿赢了,结果她不肯干,其他同学的票没有她多,只好是她了。"陈诺恨铁不成钢地看了我一眼。

"还有这种事?"卓维瞄了我一眼,又笑着说,"不过,她看起来就是个受气包。"

"别提啦,就因为她的选票比蓝清多,蓝清后来一直欺负她。"文雅原原本本把蓝清和我的冲突添油加醋地说了一遍,卓维和楚清听得津津有味。

卓维听完后,大笑道:"原来她是为了逃避蓝清的魔爪,跑到我们班来了。这不是政治避难吗?"

我狠狠瞪了他一眼,"胡说,谁是为了逃难,要真是逃到你们班,那我真是天下第一倒霉蛋,才出狼群又掉虎窝。"

"菲儿在你们班也被人欺负,卓维,你照顾她下。"安心换了个坐姿。

"当然,她现在是我小徒儿了,我不照顾她,照顾谁?"卓维笑着说。

"小徒儿?"她们疑惑地看着我。

"他说,他要教我数学。"我指指卓维,从牙缝里面挤出一句话。

"嗯,我还在后悔,她数学成绩也太差了。"卓维摇了摇头,"我压力很大啊。"

"这也没办法,我们班数学都不好,"楚清叹了口气,"本来是要换数学老师的,结果蓝清代表全班签了字,同意数学老师留任了。"

"哦?"卓维有些惊异,"这事她都敢做? 你们班长还真是相当别具一格。看样子,造成我今天压力根源的还是她呀。"

晒到衣服大干,我们往集合点走,一路说说笑笑,上了最后一辆大巴。我们四个女生各自坐了两排,卓维和楚清坐在我们后面聊足球世界杯,聊得不亦乐乎。

不一会儿,其他人都往车上跑了,各班长上车点名。蓝清上来扫了我们几个一眼,在本子上划了几道,接着凌嘉文也走上来了,王美心紧随其后,恰好碰到蓝清。

蓝清说:"前面的车子还有位置,你到这里干什么?"

"我来的时候就坐这个地方。"他指了指我的位置。

我一愣,忙站起身来让他,陈诺低声说,"这人是不是有强迫症?"

车上已经坐了不少人,没有两排连座了,我们只好分开坐在其他人身旁。凌嘉文看到我们走开,忙说道:"你们接着坐呀,不用让我。"

我轻轻摆手,陈诺不耐烦地说,"坐你的吧。"

凌嘉文顿了顿,"算了,我还是去前面的车。"说完当即准备下车,蓝清在一旁立刻笑了。王美心却拉住了他,"你不是和我说好了吗?"

这句有点暧昧的话,立刻引起全车的注意,凌嘉文站住了,似乎在考虑该不该下车。

王美心走到卓维面前说道:"你怎么不去前面的车? 我们班的车空座位很多。"

卓维看着她,歪着嘴笑道,"我坐这里也不违反规定吧。"

"前面的车子太空了,都散着坐,那班车有什么意义?"王美心又对我说道,"桂菲,你也去吧。"

我犹豫了下,这辆车现在的气氛太诡异了,蓝清脸色和猪肝差不多,凌嘉文的也好看不到哪里去。王美心的态度很明显是要撵我走,以便凌嘉文没有心理负担地坐在他原来的座位。算了,我站了起来,不掺和的好。

文雅叫住我,"你真的要去?"

我点点头,笑着说,"下车后见,这车子人多,我去那边找个宽松点的地方。"

我从他们三个人身边挤过去,王美心唇角上扬,径自坐在那个座位上,蓝清狠狠地瞪了我一眼,抱着手里的点名簿,凌嘉文则面无表情。

卓维站了起来,跟着我一起下车,往三班的班车走去。

这辆车果然很空,上面就没几个人,我拣了个偏僻靠窗的座位坐下，卓维坐在我身边，摇头叹道："你果然是个受气包。"

"我今天很累，想清净地休息会，难道不行吗？"我瞥了他一眼，靠在座位上。今天发生了很多事情，身心疲惫，我觉得全身每个关节都一寸寸地融化了，眼皮无比沉重，意识开始模糊，我睡着了。

我做了一个梦，梦里我坐在学校那棵最大的老槐树下，它开满了雪白的花朵，风一吹那些花就全掉了，我拼命地捡，想要挡住它们掉落，它们却掉得越来越多，把我埋了起来。我大声呼救，他们都听不见，反而丢更多的东西在我身上。我觉得快要窒息了，这时，卓维出现了，他用力扒开厚厚的花堆，把我拉出来。

醒来时，发现我的头靠在卓维肩膀上，忙坐起来，车上的同学差不多都睡着了，卓维也不例外，他靠在椅背上，脸朝向我，睡得很沉，他的面容很安静，隐隐透着说不出的忧伤。

我想起他那句话，若她是杨贵妃，他愿意为她做昏君唐明皇。应是为此忧伤吧，我暗自思忖，是什么样的爱，可以如此疯狂？忽然有些羡慕王美心。她只需要招招手，便有无数男生为她前赴后继，女子果然是生得漂亮便可以拥有无数的爱。

我看了看自己，灰头土脸的，又摸摸那两个麻花辫，想了想把辫子拆开，用手指随便划拉两下，对着玻璃看了看倒影，头发好像烫了一样，蓬松地落在肩膀上，无端添了几分妩媚。我推开车窗，风吹了进来，一下子吹得头发覆满了脸，待我把它们拨乱反正后，才看见卓维睁开了眼，靠在椅子上看着我。

"醒了？"我小声问道。

他点点头，眼神温柔得让我觉得不自在，他只是静静看着我，一言不发。我有些尴尬，转向车窗外，四月的暖风不停吹着我的头发，吹乱了我的思绪。

好不容易熬到了学校门口，我如释重负，赶紧下车回家，让这刺激的一天赶紧过去吧。

你变了吗?

第二天是周日,爸妈不在家,我在家埋头苦睡,家里的电话却一直不停地响,我只好爬起来接电话,心里不停诅咒大清早打电话的人。

"是我。"电话那头的声音响起时,我立刻就清醒了,竟然是凌嘉文!

"有什么事情吗?"隔着电话也不能让我减少紧张。

"我为昨天座位的事情向你道歉。"他郑重地说。

"没事,和你没关系,是我自己主动的。"我飞快地说道,"再说我本来也想坐前面的车,还能先到家。"

"对不起。"他沉默了一会说完最后一句,挂掉电话。

电话挂了,我却睡不着了,他是什么意思呢? 我站在窗边看着外面。

阳光落了进来,看看时间才七点钟,索性摊开那份调查报告开始写。我整整花了两个半小时才写完,整整一千字,我很满意,对于需要文字来解决的东西,我总能轻松搞定,可是面对需要符号的,我就好像没了智商。

写完报告我有点饿了,打开冰箱想找点垫肚子的,这时电话又响了。

我接起电话,电话那头传来卓维欢快的声音,"小徒儿,起床了吗?"

"早就起来了。"我有些奇怪,大周末的怎么一个个都打电话来了。

"那快点出来,记得把你昨天的笔记一起带出来。"

"为什么?"这家伙想抄我的笔记?

"这是师父的命令,你不想补数学了?"又拿数学威胁我。

"卓维,你真的可以教我数学吗? 以前文雅她们也教过我,但是我完全没有数学细胞。"

"那是他们教学水平的问题,我是谁呀,能和他们一样么?"他自信满满地说,"别啰唆了,我在学校等你,记得带上笔记。"他挂了电话。

我犹豫了下,还是拿着笔记和数学书以及一堆课外资料,往学校走去。

虽然是周末,学校里面的人可真不少。有人在打篮球,有人在踢足球,几乎每个班里都坐着几个住校生在埋头苦读。他们都是来自农村的同学,学习优异,性格内向,与城里的学生不同,他们很少参加学校组织的课外活动,却常年排在成绩榜上的前几名。无论何时,他们都在认真学习。据说,有的同学在晚上熄灯后,去路灯下继续苦读,有的则在被窝里打着手电筒看书。他们的意志很是让人敬佩,我们远远没有他们那样努力。在我们还在要父母早上叫起床的时候,他们已经能独立安顿自己的生活了。

教室里面只有卓维一个人,他坐在桌子上,百无聊赖地搓纸球往垃圾桶里丢,见我来了笑嘻嘻地把手一伸,"笔记拿来。"

"你不是说自己抄资料吗? 为什么要我的笔记?"我想起他昨天讥刺的话就有气。

"嘿嘿,还是抄你的好,书上的资料太少了。"他腆着脸说。

"你不是说教我数学吗?"我坐到座位上,打开书包,掏出那堆数学资料。

"一会儿,等我写完。"他继续伸手问我要资料,"我这可是为你做出的巨大牺牲,你还不把你的笔记给我?"

"什么牺牲?"我觉得莫名其妙。

"我一向都不写作业的,你不知道吗?"他一脸正色道。

"那和我有啥关系?"我有点紧张。

"当然和你有关系,我要做好学生了。"他不待我反应过来,直接夺过我手中的笔记仔细翻阅。

我犹自在纳闷,他要做好学生和我有啥关系?

半个小时后,他把笔记还给我,对我说道,"好了,上课了。"

我有些傻眼,"你不抄笔记吗?"

"不用,我看完了就知道了。"他指了指头脑,"都在这里了。"

我接过笔记,还是不敢相信,他笑嘻嘻地坐了下来对我说道:"你不信? 你可以随便问我。"

"茶叶的最佳采摘时间是什么?"我随口问道。

"早上 9 点,大概太阳出来前,最好是用竹制器皿盛放,如果是布袋容易造成茶叶梗部发酵变红。"他毫不犹豫地给出了答案。

我彻底愣住了,他接着说道,"我小时候读书很厉害的,每学期都是我们学校第一,而且我从来不写作业。"

"你们老师不管吗?"

"当然管,我们老师恨死我了。他老是让我找家长,每次开家长会我都要被点名批评。"

"不会吧,那是为什么? 你又不是学习不好?"

"她说我是个坏榜样,带坏了其他同学。因为我不写作业,但是每次都考第一,可其他同学写作业的,却成绩不好。证明她教学有问题,所以她恨透了我。我每次都为写作业的事情被我妈打得到处跑,后来我就和老师谈判,她说如果我能每学期都考第一,她就可以让我不写作业。"

"后来呢?"我听得津津有味。

"我只好努力每次都考第一,我到小学毕业的时候,一直都是第一。"他笑嘻嘻地说。

"那你现在为什么不努力呢?"我觉得好奇怪,他有如此天赋,学习应该非常轻松。

"觉得没什么意思,考第一又怎么样? 第一名和最后一名真的差距很大吗? 只是擅长的东西不一样。我以前只是讨厌写那些无聊的作业,所以才要考第一。现在老师又不肯接受我这个条件,我为什么还要努力?"他的逻辑让我目瞪口呆,竟然会有这样的人。

他看着我,解释道:"你不知道那些作业有多无聊,没事把什么字抄个几十遍,或者某篇课文抄几遍,我完全都认识了,我抄它干什么? 又不是练书法。"

"可是你不想考大学吗?"我完全不能理解他的想法,他就像是外星来客。

"天下熙熙皆为利来,天下攘攘皆为利往。"他喃喃念道,"社会上的人追名逐利,我们的成绩就是我们的名利,那些名牌大学、重点大学都是名利场。说白了,我们念书的目的很功利,并不是为了掌握知识,只是为了追逐名利。"

我咽了一口口水,"我是俗人,我要追逐这个名利。"

"我现在也要当个俗人,"他拿起我桌子上的数学书,正色说道,"我如果不能站这个名利场的顶峰,就没有资格说清高的话,说了也没任何意义,别人还以为我是眼红。"

一瞬间,他的神色凝重沉稳,与平日里不着调的样子大相径庭,变得很成熟。他翻开了课本的第一页问我,"要不要我从头讲起?"

他给我讲了几道习题,我半懂不懂,似乎明白又似乎不明白。他耐下性子给我做了各种比喻,讲了几遍后,他问我,"你上学期的课本带来了吗?"

"没有。"我摇摇头,他使劲拍了下桌子,仰头看着天花板,吓了我一跳。

"你们那个天杀的数学老师,因为你上学期的数学基础没学好,所以即使你听懂了现在学的内容,也只是一部分而已,数学就是一个链条,缺了前面的基础,后面就很难接上。"他深深吸了口气,"算了,我反正也要重新学,下次我们从上学期的数学开始讲。"

正说着,几个住校生走了进来,看我们在这里露出一丝怪笑,走回自己的座位做自己的事情。我看看时间已快到十一点,示意卓维先撤退。他也同意,和我一起走出教室。

我们走到操场上,我又习惯地看了一眼那棵大槐树,它已满是翠绿叶子,静静等待着枝头挂满花朵的日子。

卓维推着自行车陪着我一起走,一路和我说他小时候干过的坏事。用椅子腿压同学的钢笔帽,拿磨刀石磨爸爸的手表,把皮球切成两半,因为想知道为啥球能弹起来。家里所有能拆的东西他都没放过,每次拆完重新装回去后,总是多几个零件,东西也坏了,他就不说,等着爸爸发现后给送到修理部去。修完后没多少时间,他又拆了,以致他爸爸很纳闷,为什么家里的东西老是坏呢?

他说得眉飞色舞,我笑得前仰后合,真是出人意料的淘气。他看着我说,"这样多好。"

"什么?"我不明白。

"笑得这么开心,记得我刚见到你的时候,你连笑都不敢大声,活脱脱一个封建社会里面的小女子。"他笑着说。

我愣了愣,我都没曾发觉自己变了,我问他,"你变了吗?"

"我也变了。"他点头跨上了自行车,"上来,我送你回家。"

我摇摇头,我从来没坐过男生的车。他拍了拍后座,"放心,不会让你摔倒的。"

"我上初中的时候，和我们班的一个女生放学一起走路，她的个子高，留着短发，有点像男孩子，我习惯挎着她的胳膊走路，结果被我爸的朋友看见了，他和我爸妈说我早恋，害得我解释了好久。"我淡淡地说，"舌头根子压死人，我最怕了。"

"有些人真的很无聊，不明情况就爱瞎猜，还不负责地乱传，好多人都被流言蜚语搅得不安生，其实对付流言最好的办法是不要理睬，你越介意他们越起劲。"他慢慢地骑着自行车，尽量和我保持一致。

"那是你脸皮厚，"我窃笑道，"当然不在乎了。"

"嗯，我知道你脸皮薄，想当初啊，我差点成了罪人。"他啧啧叹道，"不得已，只好牺牲自己的名节来成全你。"

"你还有名节？"我笑得肚子疼，"天哪，你可是绯闻榜上响当当的人物。"

"都说了是某些人的臆测而已，看我和某个女生说一句话，他们立刻能联想到我们谈恋爱了，想象力丰富得很。"他完全不在意。

"那唐明皇呢？"我脱口而出。

"什么？"他停住了车子直直地盯着我，像只受伤的小动物，我后悔得很想给自己一嘴巴。

他不说话，我只好也跟着沉默，绞尽脑汁也没想到一句打破僵局的话。

"哼，你也知道了。"许久之后，他从自行车上下来，继续推着车走，"就是我喜欢她，她不喜欢我，很无聊的一个故事。"他故意说得很平静。

我不知道说什么好，看见拐弯的地方有奶茶卖，赶紧对他说："我请你喝奶茶。"

　　两杯热乎乎的奶茶下了肚,总算不那么尴尬了,卓维又恢复了平日里的样子,奚落道:"等你这杯奶茶真不容易。这算是拜师茶吗?"

　　我一心想弥补自己的过错,忙点头说道,"师傅大人在上,小徒儿有礼了。"

　　他乐得哈哈大笑,手一挥说道:"放心,跟着为师后面混,保证你前途无量。"

　　四月的街头,银杏树长满了绿叶,无数的小扇子向我们招手,阳光迷离而温暖,我们仰头看着蓝天,觉得心头暖暖的。

原来是你

星期一早晨,我刚到班里就觉得有些不对劲,说不清楚到底是哪里不对劲,总觉得每个人看我的眼神都是怪怪的,他们三五成群,窃窃私语,边说边窃笑,还瞥向我。

他们一直都不喜欢我,不过开学那阵子过去后,渐渐也把我忘记了,现在忽然这样,莫非又发生了什么事情?

卓维今天一反常态,比我还早到学校,我来时,他认真地翻着课本,桌子上面破例放着几本作业本,所有功课作业一门不少。见我来了,眨了眨眼,微笑着低头接着看书。

早读课刚过没多久,老师走进教室宣布,"五月红歌大合唱比赛要开始了,请班干部组织好大家参加,协调好比赛内容。另外各位同学要注意,期中考试快要到了,要注意学习。最近有不少同学老是上学迟到,上课迟到,从明天早上开始,纪律委员要记录每天迟到的同学,我先说明下,只要是迟到的同学都要作公开检查,谁都不能例外。"

一石激起千层浪,全班同学哀声一片,有同学问道:"能不能不作检查啊?"

"不行,你们现在太懒散了,一点进取心都没有。我警告你们,谁都不能找纪律委员求情,我会不定期抽查,如果被我发现,纪律委员撤职写检查。"老师丝毫不让步,"你们继续看书吧。"

卓维翻了翻白眼,这条规矩几乎是为他量身打造的。他几乎没有不迟到的时候,有时候会迟到整整一节课。我问他怎么会迟到那么久,他振振有词道:"反正都迟到了,迟到十分钟和迟到一节课有什么区别?"我一时语塞,找不到反驳的话。

早读课后,我问他:"你还迟到吗?"

"我想想。"他真的陷入了沉思,似乎这是个非常难以回答的问题。

其他同学更热衷讨论的是五月歌会,每年五月,几乎所有学校都要举办类似的"红五月"的歌唱比赛,内容简单到乏味,所有学校的模式都是一致的,每个班级唱两首集体大合唱,多数老师都选择革命歌曲,以表达爱国主义教育的主题。这就造成了新的问题,革命歌曲就那么多,很多班级选择的歌曲都相同,这就造成了审美疲劳,我们经常会在那天下午,不得不听相同的歌曲被唱了一遍又一遍。为了完成这个走过场的任务,挤出有限的时间让大家唱整齐已经非常艰难了,什么二重唱、领唱通通都没有。由于一个学校只有一个音乐老师,他只好兼任各班的指挥,整个下午,我们就见他站在舞台上挥汗如雨,累得半死,不停指挥各个班级的同学。时常会有同学在台上紧张,在老师未举手指挥前就开唱,其余同学听见,以为是自己错了,连忙跟在后面唱,于是整个节奏都乱了,导致原本庄严肃穆或者激情奔腾的歌曲变得十分滑稽可笑。

我对"红五月"实在没有什么好感,尤其听说蓝清作为组织部长要负责本届"红五月"歌唱比赛以后。不过王美心却不这么想,她是三班班长,她想抗衡二班班长,我们作为三班的同学没有理由不支持,事实上也不敢不支持,除非你想被扣上叛徒的帽子。王美心在下课间隙宣布,让大家考虑下备选歌曲,班会的时候进行讨论。于是,今天的下课期间,总会听到有人在讨论提议什么歌曲好。

熬到快中午放学,卓维突然对我说,"我想好了,不迟到。"

我一愣,这个问题居然让他思考了这么久,忍不住追问了一句:"为什么?"

"你喜欢写检查吗?"他对我投以诧异的目光,"还是喜欢公开作检查? 我不会让'地中海'看我笑话的。"

我们学生时代总是爱给老师取外号,各种各样的外号都有,三班的班主任老师长相大众,没有什么可以攻击的,唯有脑袋中间一圈秃顶,他极喜欢用四边的头发遮住发顶,无奈顶上实在秃得太厉害,以致盖上很多头发后,依然清晰可见中间的光亮。起先,他们叫他"地方支援中央",后来嫌念起来麻烦,直接叫了"地中海"。有类似绰号的还有我们可怜的语文老师,因其个头矮小,被精准地取名为"根号二"。

"地中海"其实很善良,对卓维的各种恶劣行为都给予包容,并没有因此让他请家长,事实上,他一直采取的"怀柔政策",本次突然宣布的迟到写检讨是他第一次飓风行动。

我对卓维指出"地中海"老师对他的手下留情,他却讥讽地一笑,不置可否,反倒问起我,"你们那天说物理老师师生恋,是和哪个女生?"

我一愣,我压根没问起这个事情,"不知道。"

"哦。"他有些失望,站起身来往教室外面走。

他上课又迟到了,纪律委员洋洋得意地在本子上写下他的名字,并扬着笔记本装出无奈的表情说:"我也没办法,是老师说的呀。"

"你跟了'地中海'这么久,还是这么笨? 他说的是明天,不是今天。"卓维冷笑道,"今天迟到的不算。"

纪律委员气得脸上白一阵红一阵,狠狠划掉他的名字,扬言道:"明天开始,你只要迟到一秒,我就记下来。"

"随便你,拿着鸡毛当令箭。"卓维大笑一声。

放学后的班会是王美心主持的,同样是班长,王美心的风格更加柔和,她慢条斯理地说我们的目标是夺取第一云云,然后让大家提议歌名。

一首首唱了又唱的歌曲名被列在黑板上,总有人不满意,大家都乐意选择自己会唱的,讨论到最后只有投票,最后选出了《黄河大合唱》和《爱我中华》。

王美心宣布每周三和周五下午放学后留校练习,就各自散了。我对这个结果毫无意外,基本上大家也没什么兴致,老调重弹而已,那些梦想着唱流行歌曲的同学们各自收拾着破碎的梦想回家了。

我是个从来不会迟到的人,原因是我不敢,从小胆子和老鼠差不多大的我,最害怕的就是老师严苛的目光,我一直都认为那些敢于在最后关头进入教室的人都是心理素质极佳的人,能够在老师的怒视和同学的注目下走到自己座位上,绝不是什么好滋味。从小学开始,我每天去学校的路上,基本都保持着竞走或者慢跑的姿势。

不过,我这十年的记录居然在老师宣布要写检查的第二天打破了,真是天欲亡我!我那天早晨怎么也醒不过来,待我模糊地睁开眼睛看见闹钟的时候,吓得一激灵,赶忙爬起身,胡乱穿好衣服刷完牙,擦了一把脸,拎着书包就开始冲刺。

事实证明我真不是一般的悲剧,刚好那天早晨车子和人特别多,我在夹缝中寻求速度穿越却总是遭遇巨大的阻碍,最后胜利在望的时候,我已经跑得上气不接下气,看看时间只有五分钟了,而我从这里跑到教室,绝对不够的。莫非我就是那第一个要写检查的人?

这时卓维恰如上天安排的最后一根救命稻草,骑着自行车出现在我身边,只对我说了两个字:"上车。"

　　我很纠结,我很想上车,可以赶得上最后的时刻,可是我怎么能坐在他的车子上呢? 这对于我来说,真是太大胆的事了,何况周围还有许多和我一样奔命的同学,众目睽睽之下,我可怎么坐上去?

　　虽然是老天给的救命稻草,我还是狠狠心拒绝了,做出冲刺的姿势,这时卓维对我说:"你想作公开检查?"

　　我跳上了他的自行车后座,他踩着车子往学校狂奔,我不敢睁开眼,总觉得芒刺在背。大清早的,一个女生坐在一个男生的自行车后座上,很难不引起大家的联想。

　　事实证明我的担忧果然不错,我和他总算在早读铃响起的前五秒到达教室,躲过了犀利的纪律委员的目光,可是却没躲开全班同学暧昧的目光。

　　下课的时候,卓维和往常一样往教室外面走去,他一向在班里坐不住,每次下课都要在外面溜跶。

　　"别迟到啦。"我提醒他,他背对着我摆了摆手走了出去。

　　"别迟到啦。"坐在我前面的宋凯转过头来,挤眉弄眼地学着我说话。"小夫妻感情真深呀。"

　　"你胡说什么!"我心里一沉。

　　"你和卓维呀,谁不知道你们两个,上学期就搞上了。"他继续说道,"听说他本来要去别的班读理科的,结果为了你留了下来。"

　　"你胡说什么!"我又气又急,昨天早上觉得怪怪的感觉莫非就是这个?

　　"嘿嘿,干什么不承认呀,我们大家都知道了。你们到哪个阶段了?"他一脸猥琐地说道,"一开学就激情拥抱,真够大胆的,现在发展得怎么样了?"

　　我眼前一阵阵发黑,气得浑身发抖,恨不能劈死眼前这个人,我万万没想到竟然会有一个男生对着我说这样的话,一时间只觉得手脚冰凉,气血逆流。

见我说不出话来,他接着说道,"听说你们星期天还到学校见面,早上他还骑车带你到学校来,古诗上面是怎么说的来着? 一日不见……"

他的话未说完,一把椅子就砸了过来,卓维走了过来,一把拎住他的衣领,眼神冰冷地说:"你再说一遍。"

宋凯吓得脸色发白,嘴里犹自说个不停:"敢做就不怕被人说!我说的是实话!"

卓维很不客气地把他按倒在桌子上,一场大战即将在我眼前上演,我吓得连刚才的怒气都丢了,连忙对卓维喊道:"住手!住手!"

喊住手的还有一个人,王美心和其他同学一起围了过来,她抓住卓维的手,冷冷说道,"住手!"

卓维看着她,王美心毫不示弱,对他说道,"男子汉大丈夫,敢做敢当,你做得出,就不要怕别人说。"

卓维松了手,表情很复杂,他说:"原来是你。"

王美心脸上闪过一丝慌乱,她接着说道:"我难道说错了吗?"

"你没错,"他走回座位坐了下来,面无表情地说:"是我错了。"

这场大战立刻烟消云散,宋凯不死心,觉得自己太没有面子了,想在口头上找回点尊严,但是在看了卓维的脸色后,咽下了自己未说出口的话,恨恨地坐好,再也不回头看我们。

我坐在座位上发呆,这是什么状况?

花开的时候,你会去许愿吗?

更头疼的事情发生在物理课上,因为是实验课,我们都带着课本去实验室上课去了,在实验室上课座位都是自由组合,平时关系要好的同学都坐在一起。我和卓维显然成了全班公敌,没有人肯跟我们坐在一起,卓维很生气,找到一个空桌子,让我和他坐在一起。

发生了打架的事情后,我就有意躲避他,可是现在我却没地方坐。我哀求地看着一个女生,希望她可以让我坐在她身边,她立刻低下头完全不看我。放眼望去,除了嘲弄的眼神外,别无其他,我死心了,只好走到他身旁坐下,刚坐下,周围又是一阵怪笑,很多男生对着我们挤眉弄眼。

我一直以为,八卦是女生们的最爱,可现在看来,八卦也是男同学们偏好的话题,他们津津有味地说着关于别人的闲话,臆想着可能发生的事情。与女生的八卦不同,他们不但喜欢说,而且喜欢当面说,时不时嘲笑一番,看着当事人气急败坏的表情,就会发出一阵哄笑,迅速跑开。

卓维坐在那里,一言不发地看着所有人,眼神冰冷,全身散发出威严的气息,让人不寒而栗,仿佛他随时会置人于死地。那些嘲笑我们的人通通闭了嘴,转过头去,不再理睬我们。

那次物理实验做得很不顺利,因为要协作,可我总是小心翼翼地和他保持距离,以致整个实验失败了好几次。

卓维最后把实验用具一放,对我说道:"你在干什么?"

我不自然地往后退了一步,他愣了,"你怕了?"

我手里拿着实验用品,说不出话来,我的确害怕,我害怕那些流言蜚语和嘲笑闪烁的目光,我甚至犹豫是否要和他彻底保持距离,和当初一样。

"你以为你和我保持距离,他们就不再说你了吗?"他神色哀伤,"如果真是这样,我永远不和你再说一句话,可惜不是。你忘记我说过的话了吗? 你越在意,他们越起劲。我们坦荡荡的,怕他们干什么? 我们偏要在一起,气死他们。"

他的话吓了我一跳,细想之下又似乎不无道理,可我是个讨厌麻烦,讨厌变动的人,我实在冒不起这个风险。我犹豫了许久,还是没说话。

现在对我而言,下课是一种考验和煎熬,我更喜欢上课的时候,至少没有那么多人明里暗里指指点点,我很迷惑,为什么人们总是要对别人的私事如此关心,并且津津乐道呢?

放学后,三个小妞在楼下等我,一见到我,就连忙询问关于我和卓维的事情。按照她们的说法,我现在出名出大了,原本忘记我的人们,联想起上学期种种事情,我和卓维的早恋已是板上钉钉的事实了,并且还有人揣摩出无数个版本,什么我上演了类似"双琪夺面"事件,把我比喻成梁咏琪,说我和卓维的"女朋友"发生了如何如何的争吵,如何如何地抢了卓维。说得有鼻子有眼,有地点有时间,好像他们都在现场一样。而我至今都不知道他的"女朋友"是谁! 我实在哭笑不得,又胆战心惊,我为他们非凡的创造力惊叹。

文雅说:"菲儿,别太在意别人的说法,那样很累。我们告诉你,是为了让你有个心理准备。"

陈诺说:"菲儿,随时需要,我们随时出现。"

安心对我说了句耐人寻味的话:"当心王美心。"

我对她们说卓维的话,她们三个人一致赞同他的话,文雅说:

"他说的很对,让那些人说去,又不会少块肉,你在三班也就他一个朋友,不能被人离间,再说他肯教你数学,比什么都强。"

"菲儿,其实卓维真的很不错,你不能因为这些流言蜚语失去这个朋友,我觉得他很照顾你。"安心也对我说,"你不要把那些不重要,对你没有任何意义的人看得太重,你为了这些人失去了朋友,才真的可惜。"

她们都说得很对,我想了许久,心一横,不在乎了,什么都不在乎了,你们爱笑就笑去吧!

第二天早晨,我掏出上学期的数学课本对卓维说:"师父,什么时候上课?"

他惊讶地看着我,身体松弛地靠到椅背上,对我笑道:"你想开了?"

"嗯,没有什么可以阻挡我对数学成绩的向往。"我尽量轻松地微笑,我知道周围不少人在悄悄盯着我们。

"很好,"他接过书,"今天就开始补习。"

我们利用下课间隙,见缝插针地补着上学期的数学课,我发现他在教学方面竟然很有天赋,讲解风趣而有耐心。把那些让我一头雾水的内容讲得生花一般,让人觉得眼前一亮。

我不禁有些感叹,同样都是讲解数学,为什么差别这么大呢?我认真地问了他这个问题,他哈哈大笑,只说:"我是天才,你不知道吗?"

放学后,第一次歌唱练习开始,这是非常无聊的事情。王美心不这么认为,她找来音乐老师给我们测声部,然后根据声部排列队形。这倒很新鲜,因为从前合唱的队列都是按身高排列。

这次排练完全出乎大家的意料,正规得让人意外。音乐老师有条不紊地听完所有同学的试音后,选出了领唱。

我被分配在二声部,站在右边。老师分配好大家的位置后,接着说,"我们把歌曲按照声部来唱,我挥动左手的时候,一声部开始唱,挥动右手时,就是二声部,听明白了吗?"

王美心担任音乐指挥之余,还编排了舞蹈,让几个同学根据歌的内容跳舞,为这个例行刻板的事情增加了一点花样,虽然只是一点小小的创新,却令不少同学为之振奋。

王美心越发得意,她在老师的指导下站在众人的面前,眼光掠过所有人,像是一个将军看着他的部下,轻盈地挥动指挥棒,指挥着属于她的军队。她的军队都很听话,只有一个人例外,卓维永远是不和谐的音符,他松松垮垮地站在那里,要不就不唱,要唱的话就拖着长腔把合唱的节奏破坏掉。

王美心很恼火,用指挥棒指着卓维说:"卓维,你认真点。"

卓维眯了眯眼,不理她。王美心提了提声调,用女王的姿态说道:"你要想参加就好好唱,不想参加就出去。"

卓维听完后,歪了歪嘴角,对我说:"徒儿,去补习。"

我头皮发麻,我没想到下定决心不在乎后,需要面临的第一个考验竟然是这个。众目睽睽之下已有人笑出了声。

王美心冷哼一声,"想走的都快走,别在这里坏了一锅好粥。"

卓维听完哈哈一笑,"不知道谁才是老鼠屎。徒儿,快走。"

我已经感觉到身边散发的愤怒气息,他们愤怒地看着我们,恨不能把我们撕成碎片。

我咬咬牙,离开我的位置,跟着他往外走。我知道,这一走,我们的传闻不可能再洗白了。可我不想再像从前那样活,我不能再被他人左右,不能讨好所有人,也无需要讨好所有人,我要对自己负责。

那一刻,我有些悲壮,却又很释然,好像裹在身上的厚重外套终于脱掉了,连走路都觉得轻盈,那些曾经让我战栗让我恐惧的目光、嘲弄通通失去了威力,我微笑着回头看了他们一眼,头也不回地跟在卓维身后走了出去。

"小徒儿。"走出音乐教室后,卓维停了脚步,关切地看着我,他很担忧,"你还行吗? 担心吗?"

"担心有什么用? 嘴长在他们身上,难道能堵住吗?"我笑了笑,远远看着那棵大槐树,碧翠满眼,"槐花就要开了。"

"嗯,"他依言往槐树那儿看去,"花开的时候,你会去许愿吗?"

"会。"我点点头,终于快到花开的时候了。

"你还是想许愿考大学吗?"他笑着说。

"你呢?"我不回答他,他很难琢磨,不知道到底想些什么。

"世界和平,"他哈哈一笑,拨弄下我的头发,"快走,去补习去!"

我现在算你好朋友吗?

我们是全班唯一没有参加五月红歌会的两个人,也坐实了情侣的绯闻。我摆出一副死猪不怕开水烫的姿态,不论谁再用什么样的方式来讥讽嘲弄我,都只会看见我平静的表情,时间久了,我学会了反击,令他们狼狈不堪。

因为白天时间不够,我们选择上晚自习,方便他给我讲解。卓维难得的好性子,风雨无阻,白天晚上都不迟到,耐心给我讲解。晚上下自习后,他骑着自行车送我回家。夜晚的校园很安静,我们走在路上,抬头看着满天的星星,那一颗颗星散落在天幕中,宛如天鹅绒上散落的钻石,夺目耀眼,令人目不暇接。

我喜欢星空,那些神秘又闪耀的星星深深地吸引着我。在美丽的星空中找到各种星座,更是极大的乐趣。不过这种乐趣也让我付出了代价,我习惯边走边看,时常会不小心撞到东西,卓维就在一旁哈哈大笑。后来,他放弃看星星,专心给我引路,让我看个够。

有天夜里,我继续仰头看星空,卓维在一旁不经意地问道:"我现在算你好朋友吗?"

"算。"我毫不犹豫地点头。

"那算最好的朋友吗?"他继续问道。

"不算。"我依然没有犹豫,"我心里最好的朋友是她们三个,你排第二吧。"

"总有一天,我会成为你最好的朋友。"他依然和上次一样自信满满。

"卓维,你为什么一定要成为我最好的朋友?"我一直觉得纳闷,我这么不起眼的人,成绩也很一般,到底有什么值得他那么费心地要当我的朋友。

"我们第一次见面是在哪里,你还记得吗?"他反问我。

"好像是在大槐树?"我不太记得了。

"是在操场上,你和文雅说要搞侦探社的时候。"他笑了,"你编了两条长长的麻花辫,垂了下来,低着头,有些冷漠,有些拘谨,很有民国时期女孩子的味道。很特别的感觉。我觉得你特别好玩,傻乎乎的,很爱脸红,还特别容易相信别人。"

"我既然傻乎乎的,你为什么要和这个傻瓜做朋友?"我抗议道。

"我开始可没想和你做朋友,我从来没见过哪个人像你这样,把别人的看法当成圣旨。后来,觉得你人还不错,有改造的空间,本着救人的思想,我来拯救你的。"他笑得自行车都握不稳了,假装叹了口气,"没准上辈子我欠你的,这辈子还你。"

"胡说!要还也是我还你,我要不认识你,得少多少麻烦啊!"我怒不可遏,还有这样往自己脸上贴金的!

"当然是我还你,否则我用得着当复读机教你数学,还要当车夫送你回家吗?"他夸张地摇头,"还没有工资,赤裸裸的剥削啊!"

"那是另外一回事,"我词穷了,气鼓鼓地说:"总之就是我欠你。"

我们在到底是谁欠谁的争吵中回到家,最后也没争出个结果来。

让人既期待又害怕的五月终于来临,期待了许久的槐花一夜之间开遍枝头,每棵槐树上面都挂满了白色的花朵,香气沁人心脾,一串串白色的像豆荚一样的花挂满绿色的枝头,远远望去,像雪花覆盖的松树,有圣诞节的喜庆。只是这雪是甜的,是轻的,温柔的,空气里到处都是淡淡的甜香。风吹过时,槐花随风而落,一片片打着旋飞舞,像雨落般,铺了一地雪白。

我迫不及待地去大槐树那里许愿,和我有相同想法的人很多,槐树花开之后,那棵大槐树下就没少了人,基本每节课的课间十分钟都有人在那。好不容易等到放学,还是有很多人在,我耐心地站在远处足足等了一个小时,终于见没人了便跑过去。这是一场比赛,捷足先登很重要,前面有好几次,都在我快要跑到的时候,半路杀出个程咬金,比我先到,我只好又在附近徘徊,等待着下次机会。

这次机会终于被我抢到手了,我迫不及待地站到树下,想把心里的愿望说出来,突然想到,许愿会不会要什么仪式,或者特别的姿势呢? 刚才我没留心看其他人,如果万一我做错了,不灵了可怎么办呢?

我深深后悔之前没有问清楚这个事情,在树底下徘徊起来,我需要扶着树说吗? 还是应该双手合十? 是大声说,还是小声说呢?

"我就知道你今天肯定在这里转,"卓维从旁边冒了出来,"来了就许愿,你围着它转干什么?"

我掂量了一下,把我的烦恼告诉他,他听完后笑得喘不上气来,"菲儿,也就是你才会想到这些东西,服了你了。不就许个愿嘛,至于这么讲究吗?"

我愤怒地瞪了他一眼,"你不懂,这很重要,心诚才灵。"

"对啊,心诚则灵,你讲究那些形式干什么?"他嘻嘻一笑,摸着那棵树,神色郑重地说:"我的愿望是,世界和平。"

我目瞪口呆,他居然许这个愿望!

"好了,我许完了,该你了。"他乐不可支地看着我。

我犹豫了半天,终于伸出手摸着那棵大树,那粗糙的树皮磨着手心,痒痒的,我深吸一口气,对那棵树说,"我的愿望是和文雅、安心、陈诺以及卓维做一辈子的好朋友,即使我们将来分开,无论相隔多少年,希望当我们再见面时,也仍然如刚刚分离一般。"

他愣住了,低头微微一笑,拾起了地上的一朵槐花。

五月的夕阳下,微风吹过,满树的槐花如雪花飘落,眼前的少年干净沉稳,仔细看着手中的槐花,嘴角浮出的笑容温暖而适意,就像这五月的天气。

为什么你们都喜欢他?

我对八卦事业一向不甚爱好,从娱乐明星到身边的人,他们的私密新闻或者丑闻,我概不关心。因此我认为流言这个东西,和流行是一样的,随着时间的推移会被人忘记,所以新的流言出现后,他们就会把我忘了。但是显然我低估了他们对我们的憎恨,很快这件事不但在同学之间流传,也传到了老师耳朵里。

老师很愤怒,本届早恋的第一对苗子竟然出现在他的班级,简直是奇耻大辱。等到班会时,老师毫不掩饰地盯着我和卓维说:"最近,我们班里有些不良的现象,男女同学做朋友可以,但是不要往邪路上走。这个年龄,你们该做什么,不该做什么,你们应该明白,精力不要放在其他方面。"

我全身冰凉,死命咬住嘴唇,虽然我不在意同学们说的话,可我没想到老师会这样说。

卓维很生气,他抬头看着老师,脸色阴沉得让人害怕,我真担心他会和老师吵架,以他的性格,什么事情都做得出来。如果真的和老师吵起来,那可就彻底闹大了,没准我们会被开除。

谢天谢地,他总算忍住没有冲动,等到下课,他踹开椅子直接走了。我不知道他去哪里,也不敢多问,怕又落下口实,又被人告密到老师那里。

爱说我们闲话的同学们趾高气扬,他们获得了前所未有的胜利,获得了老师的支持,那是多么不容易的事情,他们更加肆无忌惮地对我指指点点。我有一种错觉,仿佛置身在一座牌坊里,大家推动着沉甸甸的牌坊向我压来。而我一点也没搞明白,到底为什么。说我们的闲话,告到老师那里,对他们有什么好处?

我背着书包往楼下走,刚到二楼却碰到了凌嘉文。春游之后,我就再也没看到他,这次突然碰面让我心里发慌,我也不知到底慌什么。

我挤出一个笑脸,和他打了个招呼。他冷淡而礼貌地回应了我,就走开了,我们各自走向一边楼梯,不再说话。

我们沉默地走到一楼,为了避免接下来同路的尴尬,我选择从教学楼后面走,紫藤萝开满了花架,无数紫色的花朵如流水般随意流动在叶子中间,这也是一种集体力量大的花朵,单看一朵并不觉得有多吸引人,可是一旦花叶成群,便有着动人的魅力。它们是最靓丽的风景线,每天都有无数人站在这个花架下啧啧称赞,为它们的妩媚心动不已。可我没有心情去欣赏这些漂亮的花,花架再美也安慰不了我的恐慌。

晚自习的时间到了,我不想去学校,也不想在家待着。漫不经心地在街头游荡,路上行人很多,我走走停停,也不知道往哪里去好,每个人似乎都有自己的目的地,就我没有。我坐在马路边,霓虹灯很亮,连星星都看不见。

"嗨,小徒儿,"卓维骑着自行车停在我面前,他背着一把吉他,笑着说:"竟然敢逃课,为师抓你来了。"

他似乎毫不在意下午老师说的话,拍拍自行车后座对我说:"上车。"

"我不想去学校。"我断然拒绝。

"不去学校,我带你去别的地方。"他笑着说。

"去哪里?"我犹豫了,继续坐在路边也很不合适,不少路人用怪异的目光看着我。

"放心,不会把你拐卖掉的。"他把吉他摘了下来,"再说了,你又不值钱,卖不掉的。"

"我怎么就不值钱了，"我抗议道，看看他的吉他，"你准备去上课吗？"

"嗯，不去了。"他把吉他递给我，"背好。"

我接过吉他，背在身上，他看着我，大笑道："你可真像个琴童！走了，琴童！"

我坐在他的自行车后座上，他载着我一路往东，夜风吹起裙角，穿过高大的法国梧桐道，我们到了东门大桥。

夜晚的大桥没什么人，我们站在桥中央，四面无人，星空之下，只听见河水流淌，晚风拂过，说不尽的温柔。

我们静静站在大桥上，都没有说话，任由夜风涤荡郁结的心情。许久之后，我问道："你在想什么？"

"要是这大桥现在塌了，我们就算跳进黄河也洗不清了。"他淡淡一笑。

"我以为你什么都不在乎呢。"我惊讶地说。

"你以为我在乎'地中海'的话？"他看了我一眼，"他就算说得难听十倍，我都不在乎。"

"那你为什么这样说？"我问道。他刚才说话时神情落寞，悲伤满溢。

他笑了笑，指着河岸说，"我们去那里坐坐。"

我们坐在河畔，卓维拨动吉他，边弹边唱，有我听过的，有我没听过的。我从未听过他唱歌，之前他合唱时唱得那么糟糕，我以为他五音不全，看来是我错了，他完全可以开个人演唱会。他的歌声既沧桑又深情，对着河水尽情抒发着自己的情绪，让河水带走一切。

他唱了差不多十首歌才停，拨动琴弦问我："你想唱什么吗？"

"我不会唱歌。"我怯怯地摇头。

"我那天听你唱，没有五音不全呀。"他又随意拨动着琴弦，弹着一首我没听过的旋律，轻轻柔柔地，像融化的巧克力，化成千丝万缕，不经意间融化了心扉。

"你为什么在合唱的时候故意捣乱呢？让他们恨上我们了。"我感慨道。

"你喜欢参加合唱？"他瞄了我一眼，接着弹吉他。

"没有，我只是不喜欢和人争执。我做人最大的准则是不得罪人，唉，如果不是你，我肯定可以一直这样下去，像一颗普通的星星那样，藏在星空里，很难被人注意到。"我撑着胳膊看着星空。

"做一颗不招惹是非的星星？"他嗤笑一声，"你以为你不找麻烦，麻烦就不会找你吗？"

"为什么？我这么普通的人，又没有出色的地方，成绩也不好，找我麻烦干什么？"

"你以为他们这么对你是因为我的缘故吗？"他停了手中的琴。

我惊奇地看着他，不是因为他，难道还有什么原因吗？

"你知道他们为什么要找你麻烦吗？嘲笑你的名字，用球打晕你，说你的绯闻。他们并不是容不得外人，其他和你一起进班级的同学，没有任何麻烦。就只有这样对你。"他把琴放到一旁，"并不是因为我，你即便不和我说话，他们还是会找出新的由头来欺负你，而且他们都知道，这样对你最有效。"

我惊骇得说不出话来，他接着说道："你知道为什么吗？就和你在二班被蓝清欺负一个道理。"

我连连摇头，"我在二班被欺负是因为文雅。"

"那只是一个原因，还有个原因你不肯说，我替你说，是因为凌嘉文。"他冷哼一声，"那个书呆子有什么好？为什么你们都喜欢他？"

你们？我窒息得说不出话来，难道王美心也喜欢他？难怪那么多次见到她都跟在凌嘉文身旁,难怪每次她看见我时的态度和眼神都那么怪异!

"凌嘉文也奇怪,那么个死板现实的人,竟然会对你动心。"他讥笑道,"难怪她们会这么恨你了,比起那么优秀的她们来说,你实在太普通了。"

我的脑子里面轰成一片,凌嘉文对我动心? 不可能! 怎么可能? 如果,如果他说的是真的,那么所有的都是王美心指使的。我不寒而栗,想不到这一切远比我想象得复杂。我顿时明白了,卓维为何那么难过。

"你知道这次春游为什么忽然临时改主意到霄坑去吗?"他接着问我,不等我回答,自己接着说,"本来学生会和学校商量好了,后来王美心提议说去霄坑。你一定不知道吧,凌嘉文最想去的地方就是那里。"

我傻傻地点头,我对凌嘉文了解非常有限。他看上去并不神秘,却从不让人真正靠近。

"学生会长周通,就是那个演讲的家伙,你记得吧,那个家伙一直在追王美心,王美心说什么,他立刻照办。"他冷哼一声,"本学期他就要卸任了,到时候还想用特权泡王美心怕是不可能了。"

这些是我从未听说过的,一直说不出话来,脑子都快跟不上他说的话,好不容易才挤出一句话来,"你为什么每次都要气她?"我咽下去下半句话,既然你竞争对手那么多。

他睨了我一眼,接着唱他的歌,仿佛我问了一句废话。我想了很久也没有想通。

"你不用想了,用你的脑子想一百次都想不通的,"他唱完了歌,又放下吉他,"很多事情你都不会明白的。"

"那你的意思是我连累了你?"我怯怯地说道,天哪,如果真是按照他的说法,那我怪罪了他这么久,原来竟然全是我的错! 我真想一头钻到草里去。

"嗯,是的。"他郑重地点点头,"你太连累我了,要不是你,我可以做颗普通的星星,不得罪所有人,做颗不招惹是非的星星。"

他把我说过的话重复了一遍,神色凝重,声调哀伤,仿佛他才是最大的受害者。我足足有五秒钟说不出来话,直到他忍不住大笑,我才敢确定他是在开玩笑。

"你真是太好骗了。"他笑得直捶板凳,"真可爱。"

我的脸红了,恨恨地转过头去,我刚才还内疚得要死,他居然是骗我的!

"别生气了,"他见我真生气了,推了推我,我不理他。他指着天空说,"咦,流星!"

我忙抬头看,哪里有流星的影子?他又骗了我!

我怒不可遏,站起身来准备走,他也站了起来,对我说,"别走别走,我给你唱首歌。"

他果然拿起吉他边弹边唱,是我从未听过的歌,"怎么会迷上你,我在问自己。我什么都能放弃,居然今天难离去,你并不美丽,但是你可爱至极……"

这首叫《灰姑娘》的歌,旋律简单,朗朗上口,却清新动人,我停了脚步,静静听他唱着这首歌。他唱完后冲着我笑,"菲儿,我保证一定保护你,让谁都不能欺负你。"

我淡淡一笑,他保证有什么用?他就算能堵上别人的嘴,王美心的呢?他那么喜欢她,虽然表达的方式很奇特,"你能拿王美心怎么办?"

他没说话,用力拨了下琴弦,发出一阵刺耳的声音,"走吧,我送你回去。"

我们在忽明忽暗的路灯下疾驰,谁也没有说话,直到我家楼下,我下车准备上楼时,卓维说,"明天晚上,我继续帮你补数学,快考试了。"

我沉默了一会,哑声问道,"那老师那里?"

"我会和他说清楚的,你不用担心,你接着好好看书、做题,其他不用你操心。"他简单明朗地说,"你只要能顶住同学们的闲言碎语就行了。"

我不敢相信地看着他,他只是一笑,"我说到做到。"

考试人生

我不知道卓维用了什么办法，但是老师再也不说昨天的话了，改口说道："同学之间应该互相帮助，互相促进学习。"

我瞄了一眼卓维，他神色自若，只留给我一个"听我的准没错"的表情，我依然纳闷不已。王美心听完老师的话后，特意看看卓维，眼神若有所思，意味深长。

我没有研究她的眼神，也研究不来，对我来说，赶紧补上数学才是人生第一要务。没有老师干涉，我们依然每天上晚自习，卓维无比耐心地教我数学。

一切都没有改变，唯一改变的是，我放学后，走到二楼总会遏制不住往二班里看的念头，如果看到凌嘉文刚好走出来，我就会立刻退到三楼，等他走后，我才下楼。我害怕遇见他，比从前更甚。虽然卓维说他对我有好感，可我却一直记得最后一次我们生硬地打招呼，说不出话来的情景。

无话可说，我发现，其实我们一直都没什么话说，说来说去就是学习。倒是和卓维说的话多，他是个话篓，成天在我耳边念叨个不停，上至天文地理，下至文学历史，时政评论音乐美术，除了他和王美心的事情，我们无所不谈。王美心似乎对我们也失去了兴趣，把精力放在了合唱比赛上。她选择无视我们。

期中考试如期而至，考数学的那天早上，我拼命祈祷，无论如何一定要让我这次及格了。我有些后悔那天没有许愿让自己数学成绩好点。

考试前，我拼命地翻看做过的习题，又把所有公式从头背一遍，心慌得不行。倒腾了十几本资料书，一会儿翻这本，一会儿翻那本。

卓维在一旁笑到不行，"菲儿，你以为数学是历史吗？这么拼命背。"

"万一能碰到一样的题目呢?"我瞪了他一眼，他怎么会明白我的心情。

"嗯，你就等着撞大运吧，"他摇摇头，这家伙居然什么都不带就来考试了，连笔都是借我的。

我没空再理他，争分夺秒地继续翻书，他也不逗我了。走到窗边静静看着外面，不知在想些什么。

考卷发下来了，我颤抖地接过试卷，急急浏览了一遍，立刻在草稿纸上疯狂写我记得的公式，整堂考试，我一直拼命写啊算啊，不敢停顿，生怕一停顿我还记得的那些公式就离我远去了。

待到交卷，我才慢慢安静下来，心悬地听着旁边的同学对答案，盘算着我这次大概能考几分。

卓维很无所谓，嘻嘻哈哈地和旁边的同学打闹，等着第二堂考试。见我一直脸色沉闷地坐着，就来打趣我，"你怎么不翻书了？一会儿考哲学，你倒不翻了?"

我翻了翻白眼，趴到桌子上，"除了数学，我啥都不担心。"

"都考完了，你担心有什么用?"他摇摇头，"你怎么老担些无谓的心。"

"我要是再没考及格，就要去跳河了。"我难过地说。

"早说啊，我帮你作弊多好，肯定能及格。你干什么把自己往死路上推?"卓维大吃一惊，"就一个数学不及格，至于吗?"

"我都两次没及格了，唉，我可能真的没有数学细胞，从小数学就不好，这么多年，我一直都把所有的时间都用来学数学了，可就是不行,我拿三分之一学数学的时间来学其他的科目,都可以轻松考前几名。可就是数学,怎么也不行。"我不停地揉着额头,十分抑郁。

"你真会浪费时间,"卓维又丢了一包纸巾到我桌子上,"先给你,一会儿你哭了,我丢给你,老师还以为我作弊呢。"

"我怎么浪费时间了?"我愤怒地问道,"我这九年的寒暑假都贡献给数学了,还浪费?"

"对啊,你基本把生命都浪费在和自己的短处搏斗上了,"他笑着说,"难道不是浪费吗?"

"你不明白的。"对于一个天才来说,他怎么能明白拼命努力才能勉强跟上的痛苦?

"是挺不明白的,也不明白我们的教育制度为什么偏要让我们跟自己的短处搏斗呢?孔子还说因材施教呢,我们却得做个全才。"他喃喃地说。

我震惊地看着他,我从未想过去质疑教育制度,我一直都认为是我的问题。所有人都是这么告诉我的,如果别人可以做到,而我做不到,那肯定是我自己的问题,因此我学不好数学,一定是我不够努力,并不是我不适合学数学。

所有人都在这座桥上挤,我从未想过,其实人跟人是有很大区别的,并不是人人都可以做全才的。比如陈诺,她可以画一手好画,我们就不行。她的绘画难道不是一种天赋?

我们一直都在被教育,要挤过高考的独木桥,我们一直都认为成绩好的同学才是完美的人,成绩不好的则被人另眼相待。可悲的是我们必须爬过这座高考独木桥,按照他们的规则,拼命地和自己的短处搏斗。因为这是制度,爬不过去,就会被划成截然不同的人生。

考试铃响了,我攥着手里的纸巾,又想问他,为何他口袋里总是有没有开封过的新纸巾呢?

浑浑噩噩地考完了期中考试,有种虚脱的感觉,但是并未解脱。我交完最后一张考卷,第一个念头竟然是期末考试。

我们被考试包围了,小测验、月考、期中考、期末考、中考、会考、高考。考完一次,紧接着的就是下一次考试。

"五月红"歌会

　　期中考试结束后,"五月红"歌会姗姗而来,按照往常的惯例,还是要在剧场举行。王美心镇定自若地指挥,负责服装更换、化妆、入场等所有关于演出的问题。虽然她一直针对我,但是我很佩服她的沉着稳定,她和蓝清是同类人,骄傲自信,有遮不住的光芒。

　　卓维在前一天问我,"你要去吗?"

　　"去吧,文雅她们想让我去呢。"我点点头。

　　"你是不是担心她们又搞出什么花样?"卓维笑着说,"文雅那么精灵古怪。"

　　"应该不会太离谱吧,今天好多老师都在呢,再说关系到集体荣誉分,真要扣光了,老师肯定会生气。"我吃不准文雅的想法。

　　"我还是蛮期待的,"他嘻嘻笑道,"希望她们不会让我失望。"

　　"你真是唯恐天下不乱。"我瞪了他一眼。

　　节目如我所料的枯燥,三个班级唱完竟然已有两首重复的歌曲。卓维不耐烦地走到二班,问他们是第几个上场。得到明确答复后,他回来对我说,"出去透透气,还有好久才轮到他们。"

　　各班班主任今天都在压场,不好混出去,我们商量好,他先从通往厕所的通道出去,如果五分钟后他没回来,我就出去找他。

　　没有等到一分钟,他就撤回来了,坐到座位上,神色异常,半晌都不说话。我问道:"你被发现了?"

　　他看了看我,说道:"看节目。"

　　"怎么了?"我奇怪地看着那条通道,两个人影走了进来,剧场

156

里面很黑,看不清楚是谁,依稀可见是一男一女,可能是两个老师抓到他了吧。

他们两人各自走开后,男老师坐在靠近门口的位置,不住地四处张望,不知道是在找谁。

"没事。"他压低声音,专注地看着舞台。

此时舞台上,一群穿着校服,脸蛋涂得红红的同学在唱《五月的鲜花》,声音低沉,气氛凝重,脸色更凝重,可惜高低起伏的声音,像是破了的喇叭,到处漏音。

我没看出什么端倪,悄声问卓维:"我们班什么时候上台?"

"快了,"他指了指已经站起身来的王美心说道,"他们准备登台了。"

王美心引导着大家悄无声息地往后台走去,很快我们班的这片座位,就只剩下我们两个人在座。报幕员深情地报幕时,一直在张望的老师走了过来,拍了一下卓维。卓维站了起来,跟着他走了。借着舞台微弱的光线,我赫然发现,那人竟然是物理老师!

自从上次物理老师愤慨地踢翻卓维的桌子后,他们相安无事了很久,一方面卓维不再打瞌睡,另一方面,物理老师假装忘了这个事情,有时候还故作亲切地让卓维回答问题,美其名曰关心。卓维也很配合,从来不给他批评自己的机会,不但每次正确回答了问题,连一向不屑做的作业也都一字不落地做完了。老师虽然恨得牙根痒痒却无可奈何。

这次他突然找他干什么?肯定是和他刚才出去有关,我陡然想起陈诺在春游时候说的话,如果真是他们说的那样,刚才那个女的不是老师,而是物理老师师生恋的对象?可能他们出去的时候,刚好被卓维撞到?

天哪,那物理老师找他干什么?要灭口吗?我的脑子里面瞬间飘过无数侦探小说里面的情节。昏暗的剧场,加上偌大的空间,只有我一个人坐着,顿时生起无数的恐怖念头。

我紧紧攥着椅子上的扶手,紧张得汗都出来了,就在我想要跑出去看看的时候,卓维回来了。

"你不舒服?"他看着我,"要去医院吗?"

"刚才物理老师找你出去干什么? 是不是因为你看见他和他女朋友在一起?"见他平安回来,我连声问道。

他惊讶地问道,"你怎么知道的?"

我大略把陈诺她们看见的事情告诉他,他听完后笑道,"不让你们组建侦探社真是可惜了。"

"你先告诉我,物理老师刚才找你做什么?"我急切地问道。

"没干什么,他就跟我说,他刚才是在帮她吹眼睛里的灰,让我别瞎想。"他故意拖长了音调。

"你怎么说的呢?"

"我说,原来是这样,我之前什么都没看见。"

"他肯定不相信。"

"是啊,他问我有什么要求,我就说我要回去看节目了,就这样。"

"那他没再说什么了?"

"他是还想说什么,不过我没理他。这家伙真是大意,居然在过道里和女朋友抱在一起,以为两头都挂着帘子没人看见。"他不屑地摇摇头,"打死我也不选那个地方。"

"我担心物理老师和你结梁子了。"

"再说吧,还能怎样?"他毫不在乎,指着舞台说,"他们唱完了,该二班上场了。"

我闻言往舞台上看去,果然轮到他们了,文雅和陈诺站在第一排,却遍寻不着安心。他们穿着白衬衫,黑色西裤,标准的合唱服装。楚清很惹眼,站在最后一排的最旁边,一拉开幕布就可以看见他,他没有和其他男生一样扣紧最上面的领口,显得很清秀。凌嘉文站在另一边,神色很不自然。蓝清站在最前面,背对台下,举着指挥棒等待音乐开始。

这时,楚清忽然从高台上走下来,站到舞台最前面,变戏法般地从身后变出了一把小提琴,夹在脖子下面开始演奏。蓝清被这突如其来的变化惊呆了,她转过头惊愕地看着楚清,高高举着的手都忘了放下来,台上的同学神情各异,文雅和陈诺笑得很甜,而台下早已是尖叫声一片了,楚清就在这些女生的尖叫声中,从"班草"成功晋级为"校草"。

楚清手持琴弓专心演奏,原本照满整个舞台的灯灭了,只有一盏聚光灯落在他身上,比明星还要耀眼。他的动作灵秀飘逸,十分帅气,使得台下女生的尖叫声此起彼伏。

我以前从未听说过他会拉小提琴,还拉得这么好。他像一个天生的明星,点燃了整个剧场的激情。一曲完毕,我听到陈诺的声音在黑暗中传出,如同寂静黑夜里传出的希望之声。她唱的是《东方红》,等她唱完,舞台上的灯全部亮了,蓝清的脸色很难看,她手里依然拿着指挥棒,却没人听她的。文雅已经替代了蓝清站在舞台中央,指挥大家唱《红旗飘飘》。

待到表演结束,整个剧场已经沸腾了,很多人站在台下和他们一起合唱,他们毫无悬念地拿下了本次比赛的第一。

对于二班来说这是个令人满意的结果,对于蓝清则不是,她勉强站到表演结束,第一个冲下了舞台。

卓维看完表演后,问我:"我记得你说过楚清是男版的你?"

"嗯,他很害羞的。"我激动得手都拍痛了。

"是吗? 我觉得他没有那么害羞。刚才的表演也很自然。"他若有所思,"上次小品表演好像也有他?"

"是的。"我兴奋地点头。

"既然他是男版的你,如果今天是你在舞台上,你也应该和他一样了?"卓维笑眯眯地说。

我却觉得荒唐无比,这个能等同起来吗? 要我上舞台独自表演,还不如杀了我更容易。

楚清走到台下时,很多同学激动地站起来围着他,学生会好不容易才派人疏通了过道。蓝清的牙都要咬碎了,文雅她们这么一折腾,像一剂强心针打进了昏昏欲睡的人群,令他们不再乏味无聊,大家对后面的合唱丝毫没有兴趣了,之前还是在台下小声说话,现在已经毫无顾忌地大声喧哗,比起舞台上的歌声还大。

好不容易勉强等所有班级的歌唱完,现场观众已经走了不少,剩下来的同学也是在互相聊天,厌烦地等着结束。这大约是有史以来最糟糕的一次红歌会,也是最抢眼的一次红歌会。

活动一结束,我立刻和文雅她们会合,一起走出了剧场。天气很好,阳光灿烂,文雅她们的心情更灿烂,我们四个手挽手,横行无忌。

文雅她们很兴奋,和我说起今天的事情,她们已经计划很久了,蓝清宣布完歌曲后,她们就一直盘算着怎么弄才好,后来听说楚清会拉小提琴就设计了这么个开场,为了让舞台能按照她们的想法来进行,安心特意在后台协调音乐和灯光。

"你不知道,我们等这一天等得好辛苦啊,不断地练习还不能让别人知道,怕走漏了风声。今天下午我们一直都很担心,生怕安心没有阻止音响师放音乐,又担心楚清会怯场。"陈诺感慨道,"真是相当的不容易。"

"太厉害了,楚清呢? 我真没想到他这么厉害。"我四处张望也没看见新诞生的"校草"。

"他可能走了吧,刚才人太多了,都挤不出来。这比我们搞小品还轰动呢!"文雅开心地说。

"我刚在后台看见蓝清,气得要命,学生会长在说她,好像说活动组织得不好,怪可怜的。"安心叹了口气,"其实要是她不折腾我们,我们也没必要,都是一个班的同学,老是这样斗也没意思。"

"你忘了她在排练的时候怎么说我们了? 那么难听的话,她都能说出口,她都不念我们是同班同学,我们凭什么要念?"文雅撇撇嘴,"她太嚣张了,把我们当成她的下人了,什么都是她说了算,你忘记她在数学老师那里打我们小报告,害得我们被罚了好久啦?"

"安心,我反正是不会同情她的,"陈诺接着说道,"她不止一次在老师面前说我们坏话,还没收了我的漫画书。"

"你们现在还闹得这么厉害?"我叹了口气,在哪里都有争斗,无论是三班还是二班。我们这些异类,总让他们如临大敌。

"你呢,在三班怎么样? 王美心是不是还欺负你?"文雅关切地问道。

"还好了,无非就是流言蜚语、孤立这些把戏,也没什么大不了的,我现在都麻木了。"我淡淡笑道。

"卓维他帮不帮你? 我听说他很喜欢王美心。"安心看了看四周,小声说道。

"他是很帮我,但是我很内疚,他喜欢王美心,却要帮着我。"我说得含糊其辞,其实我自己也想不透,这是个什么乱七八糟的逻辑。

"你不要管那么多了,只要他帮你就好,"陈诺手一挥,"别想其他的。"

"嗯。我知道了,期中考试你考得怎么样?"我随口问道。

"我们今天这么高兴,能别提那么扫兴的事情吗?"陈诺哀嚎一声。

"那好吧,你和那个谁怎么样了?"我指着四班的那个男孩子。

"没怎么,我们好久都没说过话了,"陈诺露出一丝无奈的笑容,这还是我第一次在她脸上看到这么悲伤的笑容,"我是不可能考上浙大的,就这样吧,不要耽误别人的学习。"

我没有开口,眼睛不由得飘向独自在前面走的凌嘉文。我们的现实相隔太遥远,遥不可及。不是所有的事情只要努力就可以实现的,我们即使明知结果,还要拼命努力,为的是将来不会后悔。

"几位明星,请你们喝饮料。"卓维踩着单车追了过来,车篮里放着几瓶果汁。

"多谢啦,"她们每人拿起一瓶,陈诺笑嘻嘻地对卓维说,"你是来接菲儿走的吗?"

"现在还不是上课时间,今天你们高兴,就好好庆祝吧。不过晚上还有数学课,你们提醒她晚上不要迟到了。"卓维看了看手表,故作严肃地对我说,"今天晚上记得把你的作业交过来。我要检查的。"

我瞪着他,他哈哈一笑,踩着自行车就跑了。

三个小妞歪着头看着我,文雅拧开了瓶盖:"卓老师的课讲得怎么样?"

"还好吧。"我不知为何觉得别扭。

"嘿嘿。"她们掩饰不住的笑意,我忙说道:"我和他没什么。"

"嗯,我们知道的,"安心嘴角上弯,眼神闪烁,我最怕看她这样了,她总是会轻易看穿别人的内心。

这时蓝清从远处疯狂地踩着自行车,从我们身边飘了过去。陈诺吹了个口哨,"也不骑慢点,就不怕撞到人。"

"她今天恐怕撞死我们的心都有,"文雅冷笑一声,"听说她还要参选下届学生会主席,就这样的水平,怕是难咯。"

"她要竞选学生会下任主席?"陈诺瞪大了双眼,"她要真当了主席,我们学校岂不是遭殃了?"

"学生会是有这样的说法,周通要卸任了,新主席可能在内部选举,候选人竞争貌似很激烈呢,原先说有五个人,现在好像又多了一个,具体情况不明。"安心又发挥了情报神通,"反正对我们来说,也没什么好影响的。就算想阻止蓝清,也进不了学生会。"

"唉,早知道当初学生会招募干部的时候,我们都去报名就好了。"文雅后悔不已,她不止一次重复过这句话。

"学生会干部不好当的,比班干部还麻烦,组织协调各种活动,还要兼顾读书,很多学习成绩优异的同学,都是只做了一年的学生会就退了出来,蓝清真有勇气,居然还要坚持。"安心说。

"下学期就高二了,"文雅皱了皱眉,"时间过得真快。"

是不是只有卓维才可以送你回家?

时间过得的确很快,从期中考试到期末考试只是眨眼之间。期中考试卷发下来的时候,我急忙扫了一眼数学成绩,居然及格了! 虽然只有 60 分,我真想大喊万岁。

我几乎是蹦到卓维面前,他坐在座位上不知道在写些什么,见我跳了过来,迅速地收了起来,笑着说道:"不用跳河了?"

我拼命点头,喜滋滋地说:"请你吃东西,你想吃什么?"

"你请客? 那我得好好想想,"他摸了摸下巴,"你的预算有多少?"

"啊?"我愣了愣,预算?

"就是你打算花多少钱?"他不怀好意地搓着手,"我想撮一顿,可是怕你没带够钱,要吃霸王餐。"

"那就把你抵押在那里好了,"我嘿嘿一笑,"反正你说过我不值钱。"

"师门不幸啊,居然有你这样大逆不道的徒弟。"他沉下脸,老气横秋地摇摇头,"算了,鉴于为师考得凑合,我请吧。"

"你考了多少?"我好奇地问道。

"没多少,94 分而已,顺便说一声,我总成绩排名进前十名了。"他咧着嘴笑,"这就叫好心有好报,教你念书,我自己也获益匪浅。"

我震惊地看着他,这叫什么事? 他不过指导我学了一个月的数学而已,居然就考了这么高的分数,我备受打击,转身就走。卓维叫住我,"你怎么了?"

"我在为智商之间的差距默哀。"我头也不回地走回座位。

卓维跟了过来,"咦,你生气了?"

"没有,"我摇摇头,"我只是为自己的智商默哀。"

"不会吧? 你这么受打击?"他惊诧莫名。

"我本来为 60 分洋洋得意,结果你考了 94 分,你总要让我消化下吧。"我悲戚地说道。

"好吧,我知道是我错了。"卓维想了想说道。

这下轮到我惊诧了,"你哪里错了?"

"第一,不该考得那么高,第二,即便不小心考高分,也不应该在你面前炫耀。我这次数学考了年级第一,就得意了,忽略了你的感受。"他一本正经地做起检讨。

"你数学全年级第一?"我脱口而出,"不会吧? 那凌嘉文呢?"

话一说完,我就后悔了,卓维收敛起了笑脸,"难道我就不能考过他吗?"

"我不是那个意思,"我慌忙解释,他却转身离开了,我真想抽自己,真是的,哪壶不开提哪壶。

都说女生生气很难哄,男生亦不例外,卓维真生气了,整整半天都不理我,不论我找什么借口去和他说话,他都冷冰冰的。我既后悔又有点生气,无心之失,怎么这么计较呢?

卓维这次是真计较了,晚自习也没有上。由于他的成绩突飞猛进,不但班主任老师对他另眼相待,不住地称赞他,连班里的女生们都围在他身边,这个问他数学,那个问他化学,还有人和他谈诗论词。

他来者不拒,表现得相当绅士,与每个人谈笑风生,唯独王美心例外。王美心依然安坐,每每回眸,似乎等卓维主动找她说话。而卓维偏不,让我百思不得其解。他不是已经兑现诺言超过凌嘉文了吗？

男生们对卓维的态度很不满，言语间带着百般讽刺，坐在我前面的宋凯说："卓维真有本事，讨女孩子喜欢难，讨许多女孩子喜欢更难，能够同时讨很多女孩子喜欢而不犯众怒，难上加难，卓维居然可以同时讨好这么多女生，真是个人才。"

我心中不快，对他说道："有本事你也去讨好，干什么背后说人坏话？"

"我可没那个本事。"宋凯不怀好意地笑道，"怎么？ 他这么快就把你忘记了？"

"关你什么事？ 你无聊不无聊？"我毫不客气，"你要想讨好王美心就尽管去，别在这里拿我做幌子。"

宋凯的脸上红一阵白一阵的，他是王美心的忠实拥护者之一。

窗外淫雨肆虐。这场突如其来的大雨，像瀑布一般，将天地连成白色的一片。

放学后，卓维依然在与其他女生说话，一个漂亮的女孩子坐在他面前，满脸笑意地和他说话。我瞥了他一眼，站起身来准备离开教室，这时不知道发生了什么事，卓维忽然对那个女生大发脾气，他直直地站了起来，不管那个女生脸色有多难看，径自离开了。

我吃了一惊，回头只见那个女生气得满脸通红，咬牙切齿地说，"有什么了不起，不就考了个第一，就狂成这样。"

我很想问问到底发生了什么事情，想想还是算了，他最近脾气很不好，而且我刚得罪他，搞不好以后真连朋友都没得做了。

我在二楼又碰见了凌嘉文，他还是那么气定神闲，一切尽在掌握中的样子，不紧不慢往下走。因为我一直在想卓维的事情，没注意到他，倒被他叫了一声，"菲儿？"

我怔了怔，低头看他，他笑了，"好久不见。"

166

"嗯。"一阵慌乱,我躲了他很久了。

"考得怎么样?"他果然又问起这个问题。

我点头说道,"还好。"

"那就好,"他笑了笑,"我这次数学没考好。"

"你考了 92 分,还叫没考好?"我咬住嘴唇,忍住想骂他的冲动,"你不就是数学没考年级第一吗? 但是你总分还是第一呀! 我要是你,早就不知道高兴成什么样子了。"

他笑了笑,"只是年级第一而已,又不是全市第一,全省第一。"

我倒吸了一口气,他的野心在我眼中大得离谱,完全不是我敢想象的范围。这个人完全就是台学习机器,除此外,他还会对什么有兴趣? 他怎么会对我动心呢? 卓维肯定是搞错了!

我们一起走到楼下,外面下着雨,凌嘉文撑起伞往外面走了一步,又停下来问我,"你没带伞吗?"

我摇摇头,今天早上走得急,忘记带伞了。

"我送你。"他歪歪头,示意我一起走。

我顿时觉得脸颊发热,感觉四周的人都看着我,窃窃低笑,我慌忙摇头说道:"不用了。"

他沉默了,转身继续往前走了一步,又转身问我,"是不是只有卓维才可以送你回家?"

"你说什么?"我呆住了,我听错了吗? 还是我看到的根本是幻觉?

"没什么,等卓维送你吧。"他摆摆手,举着伞,穿过风雨继续前进。

"听说你在等我送你回家?"卓维又不知道打哪冒出来了,手里拿着一把伞。

"你不是不理我吗?"我往旁边挪了一步。

"你不知道你说错话了吗?"他跟着挪了一步。

我狠狠地瞪着他，"我道歉了，又不是故意的！"

"嗯，我知道。"他点点头。

"那你为什么那种态度对我?"我愤怒地看着他，这两天急死我了，想了好多法子，可他就是不理我。

"没什么，我就是想看看你着急的样子。"他厚着脸皮说。

我终于忍不住翻脸了，"很好玩是不是? 你每次都是这样，不管别人怎么想，只要自己觉得好玩就行，你怎么这么自私? 算了，你爱干什么干什么，我们就当不认识好了。"

我丢下这一串话，冲到雨里，雨下得很大，打在身上很痛，眼睛都睁不开，我一个劲往前冲，想让雨水浇熄心里的愤怒，顾不得身旁同学诧异的眼神，我跌跌撞撞地往前跑，只想赶紧跑开，拼命地跑。

我用力擦了下脸上的雨水，一不留神，撞到一个人身上了。我跌坐在地上，全身上下湿透了，地上的脏水溅了一身。

真是丢脸丢到家了，我不敢抬头看人，低头道歉："对不起，我没看见。"

"菲儿?"居然是凌嘉文，他举过伞罩着我，"你怎么了? 怎么淋这么湿?"

"我没事，"我忙在口袋里面掏纸巾擦雨水，掏出来的居然是卓维给我的那一包，我奋力把那包纸巾扔了出去。

"你哭了?"他从口袋里面掏出纸巾递给我，"我送你。"

我哆哆嗦嗦地点点头，打了个喷嚏，凌嘉文脱下了外套搭在我身上，"走吧。"

这一场雨，下得那么大，连心情都被淹湿了，一直在心头燃烧的火焰被雨水熄灭。

凌嘉文送我到楼下，我把外套递给他，他笑笑说道，"明天给我吧，你赶紧回家，小心感冒。"

我低声向他道谢后转身上楼,凌嘉文在我身后说道:"菲儿,如果有事的话,可以找我。"

我停了脚步转身看他,他站在雨中,雨水浇湿了半边身体,举着伞的手在大雨冲击下丝毫未动,眼神坚定得不容置疑。那一刻,他像是个保护神,无论多大的风雨都可以抵挡。我相信他说的话,只要他承诺,一定会做到。

卓维的自行车刹车发出了尖锐的声音,他站在雨幕里,浑身湿透,冷冷地看着我们。他的眼神穿过雨帘,如寒冰利刃,刺痛了我。我咬紧嘴唇对凌嘉文说:"好。"

卓维走了,和来时一样突兀,消失在雨幕中。

如果我死了，就化成天使，守护你好了

我打定了主意不再理会卓维，可是现实很无奈。第二天物理实验课，我又不得不和他坐在一起。

物理实验课之前，我早早地去了实验室外面等，天道酬勤，我第一个进了教室，找了个最合适的座位坐下，专心等上课。

大批涌进来的同学像被磁石吸引一样，杂乱地涌入了各自的座位。我惊奇地发现我旁边依然没有人坐，我好像和其他人的磁极相反，无人靠近。

卓维拎着书大剌剌地走进来，看看只有我身边有空位，走到最后一排和其他男生挤坐在一起。不少人同时哄笑起来，一些人交头接耳，目光闪烁地看着我。我低着头假装看书，真是永无清净。

物理老师走了进来，手里的书用力拍在桌子上，"别吵，都多大人了，上课还吵。"他发现卓维和其他男生在争抢座位，皱眉说道："你们几个男同学，还抢什么座位，那里不是空了一个位置吗？坐过去。"

无人起身，物理老师有些奇怪，看看我，"怎么回事？她旁边又没鬼，都挤一块干什么？又不是冬天，还怕冷啊？卓维，你坐过去。"

卓维不情愿地坐到我身边，我缩成一团，离他一尺多远。他也刻意缩小了身体，一只手放在桌子上，不停转笔。

我们的实验做得非常不顺利，老师也心不在焉，课上到一半时，竟然停滞了几分钟没有说话，怔怔地看着窗外，目光呆滞。过了好半天才回过神来，接着另外一个内容讲下去。大家议论纷纷：

"老师好像刚才讲的不是这个内容吧?""对啊,老师好像不太对头,刚才看着窗子外面,好像是哭了。""老师是不是失恋了?"

这节课演变成了大家对老师感情故事的猜测,各种各样的小道消息都被绘声绘色地说了出来。不得不让人惊叹,在议论别人的家长里短时,很多人都很有天赋。

我和我的搭档沉默地完成了实验,各自填写实验报告。这时不知道是谁说了句,"听说老师的女朋友是我们年级的。"

我手一抖,抬头看着我的搭档,他也愣住了,转头问道:"你们听谁说的?"

"别人。"后排的同学干脆地给了个模棱两可的答案。

物理老师并不知道课堂秩序失控了,他坐在前面,神情恍惚,时而自言自语。

"他会不会认为是你说的?"我低声问卓维。

"不知道。"卓维转着手中的笔,"无所谓,我被人栽赃栽习惯了。"

"他肯定会恨你的。"我替他着急,之前的决心早已被丢到脑后了。

他无所谓地说,"随便了,恨我的人多了,不差他一个。"

我抬头看着坐在前排的王美心,她正一丝不苟地做实验。

"你恨我吗?"沉默许久之后,他忽然问我。

我没有说话,继续写着实验报告。

"对不起。"他说。

我没有理他,他凑了过来,低声说道:"别生气了。"

"你要怎样才不生气?"他见我不回答,接着又说,"昨天是我错了,行不行?"

"你因为她讨厌凌嘉文,我理解。但是我只是说了一句话而已,你就生气了,怎么哄你都不行。"我鼻子发酸,委屈得想哭。

"是我错了，行吗?"他低声地说，口袋里面又掏出了纸巾，"我昨天追你去道歉，可你居然和凌嘉文一起回去，我很不高兴。"

"我认识你之前，就和他是朋友。你的意思是，我既然是你的朋友，就不能和他做朋友，是吗?"我冷冷地问道。

他没有说话，用笔在纸上用力乱划，半晌挤出一句:"对不起。"

物理课后，是体育课。关于物理老师的种种话题传得更凶了，我实在不耐烦听这些，就独自坐在教学楼下面的紫藤萝秋千上，晃晃悠悠地靠在上面看着紫藤萝花，这种漂亮的植物和槐花一样成串地架在花架上垂下来，如瀑布般，由浅浅的紫到深深的紫，如梦似幻。

我透过花架看着天空，五月的风轻轻吹着，痒痒的，很惬意，空气里夹着槐花和紫藤萝混合的香味，说不出来的奇特。

"你坐了我的位置，"卓维出现在我面前，从我头上摘下两片花瓣，"又到这里偷懒?"

"老师不是说这节课自由活动吗?"我不理他。

"别生气啦，小气鬼。"他继续在我头上拨弄，我睁开眼，"你干什么?"

"你头上有树叶，"他指着我的头，"好多，这里，这里，还有这里。"

我伸手在头上摸来摸去，都没摸到，知道他又在捉弄我，生气地瞪他。他在我头上摸了一下，伸开手，掌心中有一片树叶，"没骗你吧。"

我在头上又一阵乱找，他在一旁笑弯了腰，"头发全乱了，还是拆了吧。"

我瞪着他手里那片皱成一团的叶子，恨恨地拆开了辫子。头发散落满肩，没有梳子，胡乱地扎成了两个发辫。

我摆弄完头发后，发现他一直看着我，眼波温柔如水。看得我心慌,站起身来说道:"你的位置还你了。"

他不坐,温柔地说:"你坐吧。"

"不了,我去槐树那里。"我头也不回地往前走。

"又去许愿?"他跟着我问道。

"不告诉你。"我加快了脚步,他依然跟着我。

"你还在生气?"他倒着走,继续哄我,"我请你喝奶茶? 唱歌?"

我走到了槐树下,雪白的槐花落了一地,甜腻到微醺。天气很好,阳光透过树林落在他的格子衬衫上,照得他的眼眸闪闪发亮。他像鸟儿张开双臂,迎着天空。一瞬间,我仿佛看见他肋下生出雪白的羽翼,他回头看着我,淡淡一笑,飞上天空……

"菲儿,你怎么了?"他在我眼前晃着一串槐花。

"没什么,"我收敛心神,刚才的幻觉太真实了,我肯定是最近看漫画看多了,怎么会看见他变成天使呢? 他哪里像天使了?

"你还生气呀?"他坐了下来,痛苦地呻吟道:"唉,你就直接告诉我吧,天哪,我真不会哄女生。"

"你别谦虚了,宋凯还说你是人才,很会讨好女孩子,可以讨好所有的女生。"我忍不住揶揄道。

"也太抬举我了。"他嘻嘻一笑,"我没那个水准。"

"咦,我昨天看见你骂了那个谁,今天早上她还主动找你说话呢。"我拈下一朵槐花,轻轻嗅着。

"哦,"他直接躺在草地上,闭着眼睛咕哝道:"阳光真好。"

五月的天空,如水洗般,蓝的透彻。我看见王美心向我们走来,推了推卓维,"王美心来了。"

他一骨碌坐了起来,我站了起来,对他说道:"我先走一步。"

"别走。"他站起身,"你在这就好。"

"你们两个都在?"王美心笑吟吟地说,她优雅如故,"卓维,我有话和你说。"

"什么话?"他有点不自在。

"可以单独和你说吗?"她眼睛飘过我,我立刻准备开溜,每次在她身旁时,我总觉得透不过气。

"有什么话直接说吧。"卓维差点伸手抓住我,眼神哀求地看着我,我有点心软了,而且我真的很想知道他们之间到底发生过什么。

"那算了,你们继续,下次再说吧。"她还是微笑着,可是眼神是冰冷的,她说完后就转身离开了。

直到她的身影消失后,我问卓维,"你们到底怎么回事?"

"没什么,"他蹲坐在地上,反问我,"你相信轮回吗?"

轮回? 我站在风里远眺,摇摇头,"还是不要了,活一辈子已是不易。"

"我相信有轮回,这是我的第九世,我的今生会爱一个人,一生一世,是为了完成前世的夙愿,然后归去天庭,永历寂寞,不论再有多长的时间去活,我们不再相逢。"他的声音疲惫寂寞,满是忧伤,连阳光都没有办法温暖他额头的清冷。

我愣愣地看着他,他在说什么?

"快下课了,走吧。"他展开眉头,立刻变成了另外一个人。

我被他的善变弄懵了,"你刚才在说什么?"

"我在说轮回,我算过命,我上辈子是隋炀帝,是李清照,是风流人物。"他嘻嘻一笑。

"你就胡说八道吧,那我还是仙女呢,从天上来。"我嘲笑他。

"你不是,你肯定不是。"他摇头坚决地说,"我敢保证。"

"为什么?"他说得那么坚决,我都有些相信了。

"因为我上辈子肯定认识你,而且我肯定,我们的前生是经历过很多次轮回的。"他说得一本正经,"不过这是我的最后一世。"

"那你以后会怎么样?"我觉得稀奇,这家伙想法真是太奇特了。

"如果我死了,就化成天使,"他看着我,笑着说,"守护你好了。"

我顿时满脸通红,"你就会胡说!"

"你看你,想到哪里去了。我看你那么容易被人欺负,好心保护你,我是多么伟大的朋友啊!"他摇头感慨道,"你还不知感激。"

五月的风,轻轻柔柔地吹落一串串白色的槐花,落在我们身上,眼前的少年,在槐树下许下承诺,他说,要做我一辈子的朋友,要守护我,一辈子。

他说:"我以后绝不会再生你的气。无论任何时候,任何地方,发生任何事情,我都不会,绝不会。反正我只要你知道,就算全世界的树和石头,甚至连水都生你的气,我也不会。"

他信守承诺,再也没有因为任何一件事情和我生气。不论我说多过分的话,做多过分的事,他只是淡淡笑着,从不生气。

我比你想象的了解得多

　　期末考试如期而至,让我恍惚觉得期中考试犹在眼前,怎么又要考试了呢? 少不得又要拼命温书,总算侥幸过关,迎来了我们的第一个暑假。

　　暑假是学生们最喜欢的日子,两个月的假期足够我们挥霍。把恼人的考试和暑假作业丢到九霄云外,未曾开始放假,就已在计划如何挥霍这美好的假期。

　　文雅要和父母出去旅游,安心说要回老家,陈诺比较无聊,问我是否愿意和她一起搞漫画社。我对这个提议雀跃不已,这简直是太棒了。

　　我们的漫画社就这样组建了,社长陈诺,副社长是我,其他成员暂无,我们是主笔,是脚本,是背景。

　　在认识陈诺之前,我也是漫画爱好者,平时也爱随便乱涂几笔。当我认识陈诺后,我立刻认识到,我绝对不是这块料。同样几笔画,她画得那么有灵气,而我的那么呆板,我当机立断放弃了绘画的念头,改编漫画脚本,偶尔客串下模特。

　　陈诺是个天才,几乎所有的漫画,她都可以模仿着画出一模一样的来。我们在她家里埋头苦画了几日,画了不少东西。忽然有一天,陈诺拍了拍脑袋说道:"我们上街卖画吧。"

　　我提着画笔刚落到纸上,听到她这句话,立刻画歪了,"我们去卖画?"

　　"对,很多学画画的人都在街头帮人画像卖画,或者卖自己的画。"她说干就干,立刻收拾起画夹,画笔等,又翻出我们这几天的画,端详了一番:"再上点色,今天晚上就去街上。"

我们直到把手上都弄得五颜六色才算准备完了,我惴惴不安地想了一下午,越想越觉得不太好,两个高中女生跑到街头卖自己的画,又是夏天,碰到同学老师可怎么办?

陈诺无所谓,"没什么呀,我们卖自己的画,又不是偷来的,有什么不好意思的。"

夕阳西下时,我帮陈诺抱着一堆画和画夹出发了,走到了市中心最热闹的地方。此时夜色已降临,不少摆地摊的人已经占领了各自的位置,正在铺货。

我们在电影院门口电线杆下铺开了摊子,立刻引来无数人注意。不知是不是因为夏天,天气闷热的缘故,我觉得全身都很热,脸一直红得厉害。

陈诺简单地和我分派了各自的工作,她负责画画引来客人,而我就要负责卖画给对我们的画有兴趣的人。我简直气血逆流,不是吧,我竟然要向人兜售!

我对陈诺说,"要不,我们换换?"

陈诺衔着画笔问了我两个问题:"你觉得是坐在这里画画看的人多,还是你在那里兜售看的人多?你觉得我们两个人谁的画比较有说服力?"

我不吭声地回到自己的位置,站在画旁,等待我人生的第一笔订单。

陈诺像块巨型磁铁,所有从她身边走过的人,都无一例外地走到她身旁看她画画,连声称赞,亦有几个此中高手,和她谈起用笔着色,陈诺镇定作答,讲得头头是道。

我在一旁自愧不如,偶有几个人到我这里询问价格,我都哼哼唧唧小声回答,别人都听不真切。

过了半个小时,从我手中流失的客户已经超过了三十个。我觉得十分对不起陈诺这块巨型磁铁,她孜孜不倦地吸引着客户,而我却没能留住一个。

脸皮的厚度就是练出来的,之前我在班里回答老师的问题都会脸红,声如蚊蚋。可是这样卖画是绝对不行的,我不得不大声说话,以便大家能听清楚,虽然我还是不好意思抬头。这是一种前所未有的体验,我从问啥说啥,到主动推销,用了一个小时。

"老板,这幅画多少钱?"卓维指着一幅画,笑嘻嘻地问我。

"你怎么来了?"我惊喜地问道。

"看你在这里卖东西,来捧捧场。"他又指着画问我,"这幅是你画的?"

"咦,你怎么猜到的?"他准确无误地指出了我的画。

"因为这幅画得最差。"他哈哈大笑,我噎住了,默默地收回那幅画。

"我买了。"他挡住我,掏出钱递给我。

我越过他,径自去取画,他先我一步摘下画,高高举起,"归我了。"

我无奈地说:"你不是说这幅画得最差吗?"

"嗯,是啊。不过我喜欢这里面的向日葵。"他举着画,不让我碰,"朝气蓬勃的,挺好。"

"那送你好了。"我放弃和他抢画的念头。

"那我请你们吃刨冰好了。"他把画卷了起来,走到陈诺身边问道:"几时收工?"

陈诺正和人讨论得起劲,不耐烦地摆摆手,"你爱干什么干什么,别烦我。"

"那这摊子怎么办?"他转头看看我身后的画,我一幅也没卖掉。

"放那里就是了,"她瞥了我一眼,"反正她在和不在,没什么太大区别。"

卓维笑着摇头，"那我帮你们卖吧。"

他走回我身边，开始招揽客户："美女画家亲笔手绘，便宜卖了。"

他微笑着向前来的人们推销，不知道是他运气好，还是他笑容迷人，一个小时内他卖掉了五幅画，全是女生买的。

我坐在一旁看着他，盛夏的街头，热浪逼人，他挥汗如雨，向每个前来询问的人重复着相似的话语。我默默去买来了两瓶矿泉水，递给他。

他一通狂饮，擦了擦汗对我说道："我厉害吧？"

我点点头，笑着说，"太厉害了。"

"卖东西也是有技巧的，你得先搞清楚他们想什么……"他滔滔不绝地大谈推销技巧。我笑得直不起腰，他仿佛是个常年混迹街头的小贩在给后辈传授经验。

"你笑什么？"他正色说道，"我在讲课，拜托你认真听。"

"走吧，走吧，你不是要请我吃刨冰吗？"我看看所剩无几的画，用力推他。

"陈诺，我们走啦，"我走到陈诺身边，把钱递给她，她谈兴仍然很浓，和两三个人在交流绘画技巧。她对我摆摆手，"我一会儿去他们画室看看，东西你帮我先拿着，明天见。"

她说完就夹起画夹和那两个人一起走了，留下我站在街头看着卓维和剩下的画。

"别傻站着，收拾东西吧。"卓维利落地把所有的画收好递给我，拍了拍他的座驾，"走咯。"

夜空中，一弯新月勾在天边。昏黄的路灯泼了下来，他载着我，穿过大街，不知哪里飘来栀子花的味道，清甜柔美。夏夜的风，微熏。夜风滑过发梢，长发在风中跳舞。我坐在车后，抱紧画，觉得很安心。

我们买了两杯刨冰，坐在河边吹着风，一边聊天，一边拍蚊子。草丛里面蚊虫一刻不停地骚扰我们。

"你们明天还卖画吗?"卓维问道。

"不知道，看陈诺了。不知道她怎么想。"

"要是卖的话，叫上我。"他看看我的碗，"你怎么把冰全剩下了?"

"我只喜欢吃上面的红豆。"我一直在吃着刨冰上面的红豆。

"早知道这样，还不如直接吃红豆沙，"他摇摇头，"真是浪费。"

我不理他，用力在冰块上戳着一个个小洞。

"暑假还有什么打算?"他接着问道。

"做暑假作业，复习，预习，没了。"我一用力，差点把小碗戳通了。

"我也差不多，真无聊。"他把碗丢到垃圾桶。

"你不是还学吉他吗?"我想起上次在这里唱歌的事。

"没学了，学着玩的。"他站了起来，仰头看着天空上的月亮，哼了一段《月光曲》的调子。

我觉得很惊奇，"你居然会这首曲子?"

"这有什么。"他假装弹钢琴，一边哼着曲子，一边在空气中弹着琴键，手指动得飞快，仿佛真的在弹钢琴。

"菲儿，你会唱什么歌?"他"弹"完了曲子，"我给你伴奏。"

我窘迫地摇摇头，"我唱歌不好听，我妈说我唱歌像鸭子叫。"

"是吗? 那我更想听了，我还没听过鸭子唱歌呢，"他促狭地笑道，两只手依然悬空，像放在钢琴上，"你就像在合唱一样唱就可以了。"

"我每次合唱的时候，都是在二声部，老是唱和声，都没有歌词的。"我抓抓头发，非常不好意思。

"你难道一首歌都不会唱?"他惊奇道,"不可能吧,儿歌你总会唱吧。"

我想了想说道,"你刚才哼的是《月光曲》,那我就唱《城里的月光》吧,你不许笑啊。"

"我保证,只伴奏。"他收敛笑容,端坐在凳子上,手悬在假想的钢琴上,"开始吧。"

我第一次在人前独自大声唱歌,"城里的月光,把梦照亮,请守护他身旁,若有一天能重逢,让幸福洒满整个夜晚"。

我又想起了凌嘉文,想起运动会前夕,我们一起在操场上一前一后地奔跑,想起运动会那天,他引着我往终点跑,想起那天大雨时,他说的话。忽然非常非常想见他,就像当初我非常非常想和他说话。

"这是什么鸭子? 唱得这么好听。"卓维打破了我的思绪,他放下双手。

"你别安慰我了,"我坐下来听着河水哗啦地流淌,淡淡笑道,"我知道我自己的。"

"明显你不知道,"卓维认真地说,"你以为你真的很了解你自己吗?"

"难道你比我了解我?"我斜眼看他。

"当然,比你想象得要了解得多。"他自信地笑着说,"不信你问。"

"问什么?"我愣了一下。

"当然是问我关于你的事情呀,看看我是不是真的了解你。"他摇头叹道,"你这孩子,怎么老是这么笨呢。"

我瞪了他一眼,问道:"我最喜欢的花是什么?"

"槐花。"他答得干脆利落。

"我最喜欢的颜色是什么?"

"金黄色。"

"我最喜欢的歌手是谁?"

"没有。"

"我的生日是哪天?"

"七夕。话说我一直都觉得你的生日好有意思,你肯定是搭桥的喜鹊。"

"我为什么要是喜鹊?"

"你又不像牛郎织女,也不像他们的儿女,不是喜鹊那又是什么?"

"不对,还有其他的可能。"我又被他绕进去了,苦苦思索着关于七夕的其他可能。

"那难道是那头老牛?"他边说边往停车的地方跑。

"你才是老牛!"我愤怒地吼道,"卓维,你这头大黄牛!"

"好吧,大黄牛载你回家,"他蹲在地上,两只手前后虚搭着,好像肩膀上有条扁担,"牛郎,我送你去找织女了。"

我看着他的样子,忍不住转怒为喜。

我们一路唱着歌谣,流行歌曲,革命歌曲,甚至儿歌,一路笑着,闹着。笑声穿透了宁静的夏夜,落下一地的繁花,妙不可言。我靠在他身后,安心地睡着了。

七　夕

　　陈诺果然是三分钟热度，漫画社举办了三天，就搁浅了。卖画之事亦不再提，只给我打了个电话，说是发现自己有画得很不好的地方，需要闭关修炼，暂时不再见我了。

　　我挂了电话后，自觉十分无聊，暑假作业写得差不多了。家里的书，我连厚厚的《新词汇大全》都看三遍了。数学题，还是算了吧，我不希望整个暑假又毁在数学手里，还是去图书馆看看吧。我翻出了许久没有用过的图书证，兴冲冲往图书馆奔去。

　　我一直喜欢读闲书，从小学开始我就发现图书馆是个好地方，有各种各样我感兴趣的书籍。上了初中后，只能疯狂地念书，就极少去了。

　　上到图书馆二楼，习惯性地往文史小说那边跑，却听见了王美心的声音，"你借什么书?"

　　"《时间简史》。"回答她的人是凌嘉文，他们居然在一起，我透过书架的缝隙看见了他们，凌嘉文在书架上选书，手里拿着一本书。王美心站在一侧，手里也拿着一本书。

　　"这么深奥的书，你也有兴趣?"王美心娇声说道，从他手中抽出那本书翻了翻，"我是完全看不懂。"

　　"很正常。"他头也不回，"你知道《青铜时代》在哪里吗?"

　　"我帮你问问好了。"她走到图书管理员那里询问，凌嘉文依然站在书架前面选择书籍，掏出一本书，从扉页看起，再决定是否借阅。

　　"你怎么在这里?"王美心忽然出现在我面前，吓我一跳，她厌恶地看着我，"麻烦你让下，挡着别人了。"

我忙挪动一下，这才发现原来我站的位置刚好放的就是凌嘉文要找的那本《青铜时代》。

王美心把书抽下来，转身向凌嘉文走去。

这时，蓝清不知道从哪里冒了出来，笑着向凌嘉文打招呼："你也在这里？"

"是啊，暑假没什么事情，借两本书看看。"他摆动着手里的书。

"《时间简史》？这本书我也看过了。"蓝清显示出她和凌嘉文的共同性，"书写得很好，就是难理解了些。"

两个人关于书中的内容讨论了一番，最后讨论到量子物理学，讨论得风生水起，王美心站在一旁干瞪眼，一句也插不进去。一个理科生和一个文科生的差距立刻体现出来了。

蓝清很得意，她和凌嘉文又说着什么薛定谔的猫，凌嘉文听得饶有兴致，对蓝清也有了新的看法，"想不到你居然知道这么多。"

"我看过不少书的。"蓝清得意洋洋地扫了一眼王美心，差点就没脱口而出，我赢了。

王美心很生气，眼珠一转对凌嘉文说道："对了，我刚才看到桂菲了。"

"她也在？"凌嘉文笑着说，"今天可真巧。"

"真是太巧了。"王美心一字一顿地说，意味深长地往我这方向看了一眼，又看着蓝清，似乎是说，我们是跟踪而来的。

我立刻移动位置，走到我时常光顾的书架，寻找我上次未看完的《漂亮朋友》。可是总也集中不了精力，双脚不听话地往面向他们的书架那里移去。

透过层层书籍的缝隙，看不到他们的身影，他们已经不在刚才的位置了。在我背对着他们选书的时候离开了。

我有点失落，随手摸出一本书。

凌嘉文的声音从我身后传来，"就知道你在这里。"

我忙转身过去，凌嘉文手里拿着两本书，对我笑道。王美心和蓝清一左一右站在他身后，倒像是他的两个保镖，滑稽得很。

"你在看什么书?"凌嘉文歪着头看着我手里的书念道："《初恋》。"

王美心和蓝清暧昧地笑了，不论这本书的内容是什么，光这个暧昧的标题就足够让人心中无限幻想。凌嘉文果然忧心忡忡地说："还是看点数学方面的书吧，我听美心说，你期末考试数学才刚刚及格。看这些书，对你的学习没什么帮助，我若是你，心里会觉得有负罪感。"

一席话说得后面两位也神色不定，我自然是无比尴尬，不知道什么时候开始，他和我每次说话都免不了尴尬的结局。他说话永远像长辈，带着教育的口吻。让我觉得很痛苦，我原以为他有所改变，看来完全没变化。

我很想潜行，消失在他们面前，也比在这里无言以对的好，半晌弱弱地说了句："这是屠格涅夫的作品，名著。"

"菲儿，"他顿了顿，似乎也知道自己话说重了，"我希望你能实现梦想，将来不会后悔。"

"我知道。"我狼狈地把书塞回书架，难受极了。早知道，我今天不该来这里。"我还有事情，先走一步。"我几乎是落荒而逃，整个暑假再也没去图书馆。

我知道他是好意，可我接受不了。也许这是他的本性，可我觉得他戴着厚重的外壳，无法靠近，他用这样的方式让我离他越来越远。我们原本就不是一类人群，我们的目标不同。我是个散淡的人，我没有远大的理想，没有坚定的毅力，我不独立，我不坚强。

我崇敬他，也想做他一样的人，可最终我做不了。

七夕。牛郎织女会面的日子。

也是我们四个女生见面的日子，整个暑假我们零零散散地互相见过面，一次也没聚齐过四个人。这次为我过生日，终于整齐了。

陈诺一见面就嚷嚷着问我，"暑假作业做完了吗？"

"算是吧。"我数学没写完。

"赶紧的，借我抄抄，这是你的礼物，生日快乐！"她丢了一幅画给我，拎着一堆作业直奔我的房间去，"你作业放哪里了？"

我跟进去，翻出一叠丢给她，她一边翻开作业一边对我说："我画了两个月的画，今天才想起来，作业还没写呢，过几天就开学了。天哪，这么多啊？能不能简单点？我抄都要抄好久。"

"你赶紧抄吧。"我无奈地摇摇头，历史作业肯定字不会少的。

"不行，不行，太多了，你帮我打电话给文雅和安心，让她们把作业也带来。我看看你们谁的简单点，我抄谁的。"她居然还挑三拣四。

我无奈地去帮她打了电话，安心已经出门了，幸好文雅还在，听完陈诺的要求后，在电话里面喊道："她到现在还没写作业？"

"是啊，她现在在我这里赶工呢。"我说。

"我一会儿就来，等着啊。"文雅放下电话，去找暑假作业。

"菲儿，菲儿，快来，帮我抄下政治。好多啊，我都要晕了。"陈诺在屋内大喊道。

安心和文雅先后到达，都被陈诺分配了任务，我们围坐在一起奋笔疾书，各自帮她写一本作业。文雅边写边抱怨："陈诺，你这样太不像话了，到现在居然连名字都没写一个。"

"姐姐，我知道了，下次保证不这样了，你赶紧帮我写吧，写完了好帮菲儿过生日。"陈诺在一旁告饶。

"你还记得是帮菲儿过生日？"安心取笑道，"我们不是来帮你写作业的吗?"

"我怎么会忘记呢,我还给她画了幅画。"她立刻把送我的那幅画展开,画的是牛郎织女相会的画,非常漂亮,与我们卖画时相比,有了明显的进步。

她很得意,"怎么样? 还不错吧。菲儿,这幅画我画了差不多一个月,专门为你准备的。"

"这个牛郎看上去有点眼熟,是卓维吗?"安心的眼挺尖。

"我觉得也像。"文雅走到画前,仔细端详着。

她们向陈诺寻求答案,陈诺点头同意。我看着画中的卓维,有种不祥的感觉,牛郎织女,一年一会。

"菲儿,你不喜欢?"陈诺放下手中的画。

我摇头,夸张地笑了笑,说道:"陈诺,你是铁了心打击我,我以后再也不画画了。"

"你就好好写你的,别和我抢饭碗了。"陈诺嘻嘻笑道,"我以后就指望它吃饭了。"

"卓维呢? 他今天怎么没来? 我们还想调戏帅哥呢。"文雅笑着问道。

"我哪知道。"我埋下头,接着帮陈诺写作业。三个小妞促狭地笑了。

"楚清呢?"我连忙掉转话题。

"他? 我估计他忙得要命。"文雅撇了撇嘴,"五月歌会以后,找他的女生多得不得了。每天下课的时候,都有外班的女生借故在我们班走廊上往里面看。"

"这么夸张?"我大吃一惊。

"当然,打探他消息的人好多。"安心笑道,"他算是出名了,上次演小品楚留香的时候,外班就有不少女生来问了。这次五月歌会,不止是本年级,还有其他年级的女生来问。某人后悔死了。"

"谁说我后悔了。"文雅抢白道。

"又没说你,激动什么。"安心大笑。两个人打成了一团,文雅作势要掐安心的脖子,安心大呼,"舆论自由,不能灭口。"

陈诺一反常态,没有参与她们的打闹,低头继续抄她的作业。

电话铃响了,我过去接电话,"牛郎,大黄牛祝你生日快乐。"是卓维。

"谢谢。"我又想起陈诺的那幅画。

"不请我吃蛋糕? 我可是给你准备了织女啊。"他笑着说。

"什么织女?"我好奇地问道。

"你一会儿打开门就知道了。"他挂了电话,我心里纳闷,他给我准备什么织女?

门铃响起,三个女生以最快的速度变回淑女,我打开门,一个巨大的毛绒熊堵在门口,吓我一跳。

"织女来了。"卓维从熊后面探出脑袋,"怎么样?"

我接过那只熊,比我还长。三个女生顿时丢掉手中的笔,一起窜过来抱这只熊,这个说,熊好大,那个说,好柔软。女孩子们总是非常迷恋毛绒玩具,迷恋那种柔软温暖的感觉。

"牛郎和织女总算团圆了。"他笑着说。

"不对啊,如果它是织女,那菲儿不就是熊了?"文雅第一个反应过来。

卓维立刻装作很无辜的样子,"我什么都没说啊,是她说的。"

我瞪他一眼,这家伙,老是捉弄我。不过,我真的很喜欢这只熊。

我们坐在一起闲聊,文雅说,数学老师终于被换掉了。上学期填写老师评估时,她们终于获胜,全班一半以上的同学在数学老师的教书技艺上打了零分。

这是个非常严重的低分。我们每一学年结束的时候,学校会给每个同学发一张表格,给每个老师打分。项目分得很细致,从教书水准到师德,最低是零分,最高是十分。如果过半数同学不认可,会被校长叫去谈话,或者被更换,最严重的会被开除。因此,老师发下表格后,对我们再三要求,一定要认真公正地填写。

这种学生与学校的直接对话,我唯独在一中尝试过,它让我们有机会选择更换适合自己的老师,也让老师们知道,他们在学生心中的情况。我们是互相监督的群体。

新的学生会主席

陈诺的作业终于写完了,我们松了口气。卓维放下笔,对我说道:"我有事情,先走了。"

"你不是说帮我过生日吗?"我有些吃惊。

"礼物送到了,作业帮你们抄完了,我也要约会了。"他指着手腕上的表,"时间到了。七夕情人节,当然是和情人一起过。"

他走了,留下我一直想,他和哪个情人一起过节?莫非是王美心?绝不可能。那是谁呢?

一直到文雅她们走后,我也没想出来。

我站在窗边看着满天的乌云,没有一颗星星出来。

九月的阳光,褪却了炎热,带来些许清凉。刚好。

新学期开始了,我迈着轻松的脚步走进学校,惊觉自己在这一年里改变了很多。那厚重的外套,不知在几时已被我丢掉。

教室里面的人很多,等待着开学典礼。卓维不知道又躲到哪里去了。王美心很兴奋,与周围的男同学打闹,不时发出笑声。

好不容易等到开学典礼,我们到操场上列好队,等待校长训话。走上主席台的人不是我们熟悉的脸孔,是另外一位不苟言笑的中年人。

"各位同学,我是新任校长汪学道。一中是有优良的学风和优良传统的学校。然而,在今年的高考中,我们的本科录取率低于其他的学校,文理科的状元也不在我们学校,这是历年以来的第一次。各位同学要反省下,是不是平时太散漫,把心思花费在其他不需要的方面了？高考是以成绩来定的,不是其他的。今年学校决定,在学习方面加大力度,每个学生都必须上晚自习。本学期除运动会外,其他所有比赛项目都将暂停。各位同学,高考迫在眉睫,不要以为你是在高一,或者高二就不需要努力。高中三年,就是抗战的三年,要从第一天开始咬牙坚持到最后一天!"他简短地讲完了新校长的宣言。

台下寂静得可以听见呼吸声,老师带头鼓掌,只带动了几声稀稀拉拉的掌声。远处飘来了一朵乌云,遮住了阳光。

这突如其来的暴风骤雨,令很多同学感到强烈的不适。原本计划着本学期球赛一雪前耻的同学,被泼了一盆冷水,顿时议论纷纷。

"难以置信,这么多年的惯例说取消就取消了,我还练了一暑假的篮球。"

"校长新官上任三把火怎么烧到我们头上来了?"

"高考考砸了,说什么都没用,都是认准升学率来的。什么素质教育,都是扯淡。"

"怎么能用一次高考成绩来说事? 太搞笑了!"

"居然连我们的意见都不征求,一中完蛋了,搞一言堂,老校长呢?"

新校长在议论声中走下发言台,主持人宣布:"下面由新任学生会主席卓维发言。"

我以为我耳朵出错了,定定地看着主席台,一个熟悉的身影出现在发言台上。卓维穿着正式的西装,与平日浪荡的样子大相径庭,他站在发言台上,举手投足之间有着特别的威严,帅气非常。

他说了什么,我都不记得,我的脑子里面嗡嗡地乱响,他竟然是新任的学生会主席,这是怎么回事? 他从来没说过他是学生会成员,怎么会成为学生会主席呢? 我恨不得立刻冲到他面前问他,到底怎么回事。

掌声稀疏,只比刚才校长说话多了点掌声。两位新任都没有获得预期中的欢迎。

开学典礼结束后,卓维走下主席台就被一群人围住了,似乎是学生会的干部,他对他们一一安排,运筹帷幄,成竹在胸。我远远地看着他,忽然发现我从未真正了解过他。

在我印象中,他是个不可捉摸的人,时而忧郁,时而叛逆,时而狡黠,时而张扬。他从来不按常理出牌,他做的事情我都看不懂。

"菲儿,菲儿,卓维怎么成了新任学生会主席了?"三个激动的小妞二话不说围住了我。

我看看她们,又看看远处的卓维,"我不知道。"

"天哪,你几乎每天都和他在一起,你怎么什么都不知道?"文雅大吃一惊,"你真的太不具备特工素质了。"

"我就说菲儿不会知道的,你们还不信。她没有打听别人的习惯,而且还很粗心迷糊。"安心毫不客气,"做记者肯定是不行的。"

"老师催我们回去了,先走了,菲儿,你问清楚了告诉我们一声,今天真是太有意思了。"陈诺心急火燎地催着她们快走。

卓维安排完所有事情后,向我走来,"还不去教室拿课本,在这里傻站着干什么?"

"看看新任的学生会主席的风采呗。"我打趣道。

"你觉得新任学生会主席怎么样?帅吗?"他弹了弹衣袖,挺起胸部,神情傲慢。

我故意上上下下打量他好久,"太像老黄牛司机了。"

"你就不能说点好听的吗?"卓维狠狠白了我一眼。

"我担心啊,我的司机炒我鱿鱼了。"我皱着眉,哀声叹息。

"菲儿,我发现你变坏了,"他笑了起来,"放心吧,司机还是要很尽责地工作的。"

"你怎么会突然变成了学生会主席了?"我还是很疑惑。

"安心不是说过吗? 我就是最后参加竞选的那个人,然后获胜了。"他轻描淡写地说道。

"你难道一直在学生会?"

"是啊,鄙人是学生会副主席,挂职一年,升任为主席。"他一本正经地说道。

"不可能吧! 那为什么没人知道?"我无法相信这个答案,看蓝清每次对他的态度,也没发现他是学生会成员。

"我只是挂职而已,基本不参与他们的事情,本来打算卸任了。"他笑了笑,"临时决定竞选主席的。"

"为什么?"我还是不能理解。

他指着队伍说道,"快走,一会儿'地中海'要发火了。"

班主任老师老调重弹,强调高二的重要性,承前启后,高一没有努力的同学尚且来得及,高一努力的同学若是不再努力,可能就会掉链子。总而言之一句话,就是要努力学习。另外,物理老师换了,原先的物理老师因为一些个人原因,不再教我们。

几乎所有人都知道个人原因是什么,只是默默互相交换了眼神。新学期的第一天,山雨欲来风满楼,我们感觉到的暴风雨来袭时的前兆。

放学了,大家带着复杂的心情离开教室,卓维要去主持学生会的会议。时间尚早,我一个人在校园内转悠。

时间过得真快,这一年里发生了许多事情,认识了许多人,一切都与自己预定的轨道完全不同,我也改变了很多。不知道一年后,我们又会怎样。时间不会停止,无论是快乐还是痛苦都终将过去,我们只能期待,在岁月流逝中,我们还能留住彼此最初的感受。

朋友就是那个你高兴她比你更高兴的人

我坐在大槐树下，听着风声，夕阳一点点落下，整个学校笼罩在金色的余晖之下，如梦似幻，像甜美的金莎巧克力。

远远地看见了陈诺和楚清的身影，他们站在一棵隐蔽的树后面，不知在干什么。我四处张望，也没看到文雅和安心。

我往他们那边走去，想问问文雅她们在哪里。刚刚靠近，就听见楚清的声音："你这么说是什么意思?"

"没什么意思，就这样。"陈诺不耐烦地说。

"你们在干什么?"我好奇地问道，见到我，两人都有些慌张，陈诺问道："你这么在这里?"

"我在大槐树那里看到你们了，就过来了。文雅和安心呢?"我觉得有些奇怪。

"不知道。"陈诺神色很不自然，大约觉得自己态度生硬，又补充说道："她们好像去学生会了。"

"去学生会干什么?"我惊讶不已，楚清在一旁不停地吹头发。

我觉得有些不对劲，"你们怎么了?"

"没事，你要不去找她们吧，好像她们又有什么新想法了。"陈诺指着学生会方向对我说道。

"那我先去了。"陈诺的态度令我很不舒服。

我没有找到文雅和安心，倒是碰到了卓维，他穿着西装推着自行车，样子很滑稽。

"你怎么还在学校里?"卓维笑着说，"难道在等我?"

"你看见文雅和安心了吗?"

"没有,你怎么了?"卓维看着我,"发生了什么事情?"

我无精打采地说:"没什么。"

"别瞒我了,有什么就说吧,憋在心里,小心成内伤。"

我犹豫了一下,把刚才的事情告诉他了。

卓维淡淡笑道:"就这么点事情,值得你郁闷吗? 每个人都有自己的秘密,并不是所有的秘密都可以和他人分享,再好的朋友都不可以。别介意了,即便是再好的朋友,也要保持一定距离,距离太近了,容易翻车。"

我想想也确实如此,我们一直对朋友要求得太多,以为他们是自己的分身,要求彼此没有秘密。这并不现实,朋友也有自己的朋友,也有自己的秘密。朋友之间只是交集,而非重合。

"想通了?"卓维拍拍我的头,"走吧,司机送你回家了。"

我看看周围许多的同学,摇摇头,"算了,你是学生会主席,我可不希望我们的绯闻传遍全校,对你也没什么好处。"

"我不在乎,"卓维摇头笑道,"你就爱担心这些,你不可能取悦所有人,让自己开心就好。"

"说得真容易,哪里有那么轻松,我好不容易才不在乎班里面的人指指点点,你就让我面对全校了?"我觉得头痛,装作不在乎,其实还是很介意。谁也不希望自己声名狼藉。

我还是坚持没有坐他的车,他只好推着车子送我回家。

"卓维,你怎么会当学生会主席呢?"我继续追问。

"想当,就去竞选了,就被选中了,就这么简单。"他嘻嘻一笑,"我比蓝清多出很多票,高兴吗?"

"我是很不喜欢她,但是她确实比我强很多,不止是学习,她很自信,安排事情条理很清晰。"

"是吗? 我觉得你并不比她差。有机会的话,你可能比她强。"

"不行不行,我此生绝对不想再试了。"我连忙摆手,想起以前班长选举和演讲比赛给我带来的麻烦,我就头皮发麻。

"你缺的是勇气,不是能力。"他犀利地说道。

"说点别的吧,"我不想再纠缠这个问题了,"你七夕和谁约会了?"

"约会?"他愣了下,大笑起来,"你当真啊? 逗你玩的。"

"真的吗? 那你为什么不留下来吃蛋糕?"

"我有事情,别问我,不能告诉你。"他提前打断我的念头。

我悻悻地收回嘴边的话,每个人都有自己的秘密,他亦不例外。

"菲儿,别想太多,虽然我不是你最好的朋友,但我把你当成我最重要的朋友。"他柔声说道,"我会尽我最大的努力做你最好的朋友。"

我不知道该说什么好,鼻子发酸,有点想哭,半晌挤出一句话:"你现在在我心里的地位已经上升了。"

"真的吗?"他笑道,"不知道什么时候能打败文雅,成为第一啊。"

"想得美。"我做了个鬼脸。

"我会继续努力的,我要是成功了,你可不许说谎。"

他的笑容在夕阳下,干净透明,像个孩子。我很想说,其实你已经成为我心中和文雅一样重要的朋友。可是那小小的自尊心作祟,我不肯说。我不知道他为什么要让我承认他是我最好的朋友,我只知道他是真的把我放在心上了。

卓维成了红人,每天下课他的座位旁就会被围得水泄不通,一夜之间他的"好兄弟"、"好朋友"遍地开花。女生们找他借书的,聊天的,说笑的比从前更多了。王美心终于不再矜持,走到他面前和他说话。问他关于学生会的各种事宜,似乎有兴趣参加学生会。

新学年,按照学生会的惯例,需要招募新的学生会干部。对于卓维这个新任主席来说,工作任重道远,连续一个礼拜,他都在学生会里忙碌。

不知道是不是太习惯和他每天一起上学、放学,这几日竟然觉得有些孤单。每日缓步走在校园时,看着身边三三两两在一起的同学,很是羡慕。

自从离开二班后,文雅、安心她们也很少和我一起走了,我们的距离越来越远了,淡出了彼此的生活。

"菲儿!"文雅远远叫我,我心里一乐,难道她听见我想她了?

她匆忙地从远处跑来,神色古怪,"你见到陈诺了吗?"

"没有啊,怎么了?"我四处张望,安心怎么也不见了。

"你见到她一定要拉住她。"文雅对我说完,就立刻跑开了。

"发生什么事情了?"我追了上去。

"一言难尽,总之尽快找到她。"文雅跺跺脚,十分焦急。

"你总要告诉我到底怎么回事吧,你这样没头没脑的,我上哪里去找她?"我拉住她,不由得也焦急。

"楚清,"文雅咬紧了嘴唇,"楚清说他喜欢陈诺。"

我张着嘴说不出话来,楚清喜欢陈诺?那文雅怎么办?还有安心!我的脑子顿时就乱成一团了。

"陈诺发了通脾气跑了,不知道到哪里去了,一下午人都不在,我们担心她出事。"文雅说完问我,"你知道她经常去哪个画室吗?"

我连忙把知道的所有地址都告诉文雅,和她分头去找。

我找到陈诺时,夜幕已经降临,她在一间画室的屋顶坐着。

"陈诺! 总算找到你了,急死我们了。"我跑得快透不过气了。

197

"你怎么跑来了?"她帮我拍背,"你跑得那么急,小心脚伤复发。"

"还说呢,你怎么也不说一声,文雅她们都急死了,恨不得全城找你,这里有没有电话? 赶紧打电话说一声。"我好不容易喘匀了气。

陈诺讪讪地把电话递给我,"你打吧。"

我挂完电话,问陈诺究竟发生了什么事情。

陈诺犹豫再三,还是告诉我了。春游时,楚清救她之后,她对他有点好感,后来又一起合唱,一来二去的,都有点心动。谁知道,被安心看出来了,安心告诉她,文雅喜欢楚清。她很后悔,就不想再理楚清了,结果楚清急了,竟然向她告白了。她羞愤之下,发了通脾气就跑了。

"陈诺,你不是喜欢四班的那个男孩子嘛?"真是一团乱麻,我听得无比头痛。

"他是不可能的,我们差距太大了。我想过了,长痛不如短痛。"她的声音很冷静,听不出情绪。

"那楚清怎么办? 你这么一闹,怎么收场?"

"大不了,就当从来不认识。我觉得对不起文雅。"她颓然坐下,"我不希望失去朋友。"

她坐在阳台边,夜风里,那么忧伤。我第一次看她这么忧伤。

文雅来了,陈诺慌张地站起身来,嗫嚅不止,"文雅,我……"

"陈诺,你真过分。"文雅走到她面前,她的额头上满是汗水,"你知道我们今天多着急? 差不多把整个城市都翻过来了,安心到现在还没到家。"

"对不起。"陈诺总算挤出一句话来,"我不应该……"

"你的确不应该,这么长时间的朋友了,你当我是什么? 你要是真的喜欢楚清,就和他在一起,你们三个人对我而言,远比他重要。你们三个人不论谁和他在一起,我都不会生气,你们是我最好的朋友,最亲的姐妹。你今天这样做,我很难过。"文雅激动地哽咽,"我们差点以为你出事了。"

我的眼睛湿润了,差点以为我们会成为陌路人。

朋友就是那个你高兴她会比你还高兴的那个人。

就是那个你哭她会比你更难过的人。

就是那个困难时可以为你两肋插刀的人。

就是那个你说喜欢会默默让出的人。

我们一路唱着歌回家,心头热乎乎的,紧握双手,许下了彼此的天荒地老的诺言。

当一辈子的姐妹,做一辈子的朋友。

学生会竞选

第二天一进学校就看见了学生会的招募信息，两块大黑板排列在路的两边，很多人围在黑板前看热闹。比起去年悄悄招募，今年的动静很大。

我瞄了一眼，招募的人真不少，上学期卸任的学生会成员和干部数量不少。卓维有的忙了，他最近都是神龙不见首尾，一到放学就见不到人了，有时候下课中间，还有其他学生会干部来找他，莫非张罗到现在就是为了这个招募？

我心里嘀咕着，走到教室。卓维已经到了，见我来了，顺手丢给我一张纸，"本周五下午，阶梯教室。"

我听得奇怪，仔细一看，是学生会干部竞选，"哦，你们要竞选？我去干什么？"

"去参加竞选。"他干脆地说道。

我足足看着他五秒钟，脑子里面空白一片，好不容易才回过神来，"你说什么？"

"我帮你报名了，参加文艺部部长的竞选。"他说。

"你开什么玩笑？"这个玩笑真是太不好笑了。

"没开玩笑，我帮你报名的。"他的神色认真，"不要记错时间。"

"天哪，你想我死吗？上次那件事情，这辈子我都不想再重复了。"我从来都不愿意想上次那件事情，那些笑声犹在耳边，每每不经意想起，都会不自觉地全身发抖。

"你难道想让人嘲笑一辈子吗？"他走到我身边，蹲下来和我说话。

"不,不想,我做不到的。"我下意识地蜷缩身体,对他说:"拜托你,帮忙把我的报名取消吧。我真的不想再重新经历一次,真的太痛苦了。"

"菲儿,你不能一辈子活在阴影里,你每次都说你很佩服蓝清,你其实不比她差的,你只要做,可以比她做得更好。"他的眼神里满满的心疼,"菲儿,我不是逼你,我只希望你过得快乐开心,如果你真的不愿意,我帮你取消报名。"

我想了整整一上午,上次的事情真是锥心刺骨,我恨过,恨蓝清,更恨自己。若我能做到,何至授人以柄。

我告诉卓维,我愿意参加。他笑了,摸摸我的头,"好好写演讲稿,准备个小节目。"我深吸一口气,"你要给我加油。"

"当然,不管什么情况,我都绝对支持你。"他微微扬起嘴角,"在任何情况下,我都支持你。"

学生会干部竞选当天,我在那间阶梯教室外面徘徊,不敢进去。那是我的伤疤,我又有点后悔,不该答应要去参加的。

文雅她们来了,"菲儿,我们今天来给你加油的,你要好好表现哦。"

"进去吧,别在这里站着了,人家还以为你在这里拉票呢。"

"你们先进去吧,我过一会。"我还是犹豫不决。

"伸头是一刀,缩头也是一刀,别在这里磨蹭了。"陈诺拉着我,"快走吧。"

我被她死拖进了阶梯教室,教室里面人山人海,一走进去,我浑身都不自在,总觉得所有的眼睛都投向我。我们找了个拐角的位置坐下,慢慢定下心来,观察四周。

今天参加竞选的人很多,很多人手里都拿着演讲稿,志在必得的样子。王美心坐在第一排,手里也拿着演讲稿,不知道是竞选什么职位。

卓维率领着一众学生会干部坐在正中间，忙得不可开交。今天也是他上任后的第一次重大考验，他亦很紧张，不断确认着各项事宜。我被陈诺拉进来时，他对我眨了眨眼，我还他一个比哭还难看的笑脸。陈诺跑到他身边去了，不一会，拿了一张纸条给我。

我打开纸条，里面只写了一句话：把他们当南瓜。

竞选很激烈，各人都拿出了自己的看家本领，为了自己的梦想一搏，也有人很紧张在台上忘词的，急得鼻尖冒汗，亦有人发挥精彩，赢得阵阵掌声。我看着台上的人，渐渐生出一阵豪情，我幻想着自己站在演讲台上，激情飞扬。

"下一位，高二(三)班桂菲。"司仪念完我的名字，刚才的豪情立刻扑灭了，教室里面嗡嗡响成一片，不少人开始议论我的名字，遏制不住的笑声。

我脑子里面嗡嗡的，拿着演讲稿，站不起来。文雅拍了拍我，"菲儿，该你了，加油。"

我脸色苍白的吓人，安心握着我的手，"去吧，别怕，我们都在。"

我捏着手里汗成一团的小纸条，南瓜，南瓜，心一横往台上走去。站在演讲台往下看，顿时眼晕，哪里有那么多南瓜啊，还是会说会笑的南瓜！我低头看着演讲稿，半天也没开口念出第一句。台下说笑的人更多了，我真想丢下演讲稿冲出去。

鼻尖上渗出汗，我干咽一下，对着话筒勉强挤出一句话："大家好，我是高二(三)班的桂菲……"

又是和上次一样的满堂笑声，声音大得盖过了我在话筒里面的声音，我满脸通红，腿软得和棉花一样，双手抓紧了演讲台的边缘，我不记得南瓜了，满脑子都是该怎么办。

"别吵了！要笑出去笑！"卓维站起来大喝一声,整个教室迅速变得沉寂,文雅、安心和陈诺站起来,带头鼓掌,为我加油。

我看着卓维,他张口轻声说着两个字,没有声音,但是我听明白了,南瓜。

好吧,南瓜。我定了定神,对着话筒又开始说:"大家好,我是来自高二(三)班的桂菲,今天我竞选的职位是文艺部部长,我演讲的标题是《给每个人机会,让大家都参与》。众所周知,现在学校在文艺方面都是少数人的天下,大多数的同学并没有参与进来,这并不是一个学校真正的文艺部,我认为一个真正的文艺部是让每个人都参与进来,而不是少数人一统天下……"

我越念越顺,索性不用演讲稿,我不再当他们是南瓜,直视他们的眼神,内心的恐惧不知所踪,激情飞扬,指点江山。心底那棵小苗,嗖嗖地长,长成一棵参天大树。

演讲完毕,我竟有些意犹未尽,只可惜时间有限。我走下了演讲台,听见了震耳的掌声。我看着所有人,如释重负,不论结果如何,对我而言,已经做到了,不再畏惧。

"感谢刚才桂菲同学的激情演说,下一名也来自高二(三)班,王美心同学。"我有点意外,没想到她紧随我之后,她今日格外用心打扮,一身正装,迈着优雅的步伐走到演讲台,眼波流转,顾盼生辉,极有政治家风范。她的眼神瞟到哪里,哪里的男生都有点小骚动。

她粲然一笑,整个阶梯教室顿时鸦雀无声,她轻轻地举起右手,又放下说道:"各位同学,大家好,我叫王美心,来自高二(三)班,我参选的职位也是文艺部长。"她说到这句,刻意地看我一眼,又微笑着继续演讲,"刚才我的同学给大家说了她的想法,我认为她是错的,文艺部之所以不能活跃就是太依赖大家的自觉性,缺乏领导的安排和组织。我认为作为一个文艺部长要考虑的更多的是能有效地组织活动……"

她是针对我来的，她在演讲期间时不时地瞟向我，提醒大家我和她的相反的观念，她讲得很好，语速也控制得好，动作设计很自然，时常用眼神与大家交流。她赢定了，太完美了，她是我今天见过的最好的演讲者。

输定了，我暗想，虽然我之前想只要能顺利地讲完就算胜利，可我还是有点失落，我不想输，我不想输给她。

"菲儿，"文雅低声耳语道："别担心，她太假了，肯定是你赢。"

我在她耳边低声说道："没事，反正就只是来友情客串的。"

我为这次客串花费了很多心思，特意去打探了很多事情，安心积极动用她所有的消息渠道帮我收集信息。文雅帮我把演讲稿子改了又改，陈诺也没闲着，在画室内跨越各年级给我拉票，还给我画了一幅宣传画。

竞选结果很快揭晓，随着司仪念出名单，有的人高兴，有的人失落，胜利者忍不住自己的高兴之情，开始欢庆。

"文艺部部长由高二（三）班——"司仪顿了顿，我心跳慢了一拍，"由桂菲同学担任。"

陈诺一把抱紧我，高兴地跳起来："太好了，太好了！我们赢了！"安心和文雅也激动得说不出话来，直到我们庆祝，我才恍惚相信，我真的赢了。

王美心听完结果，一言不发，起身径自往外走。阶梯教室里面人走得差不多了，剩下来的都是欢庆胜利者。

我高兴不起来，我只是单纯地想获得胜利，可是胜利后获得的并不只是喜悦，还有沉甸甸的责任。不知道卓维当初获胜的时候，是什么心情。

我把我的担忧告诉了卓维，他就给我一句："船到桥头自然直。"说了和没说一样。

"那我们会有什么事情要做吗?"我翻翻白眼。

"这学期校长明令禁止了各种活动,要想开禁,还要和学校谈判。以后再说吧。"他的答案令我很不满意,搞出这么大的动静,居然只是挂闲职。

"你这么快就想表现了?"他嘲笑道,"之前还说不想参加竞选,现在新官上任,想烧三把火了?"

"谁想表现了? 随便问问,难道不可以?"我瞪了他一眼,这家伙最近不太正常,话里带刺。

"我最近很烦,学校这学期对学生会压制很大,就这次公开招募,都是和学校谈判了很久才同意的。新校长是从外校调任的,只关心成绩。他刚来的时候,想把学生会直接撤销,要不是有教导主任他们支持,我恐怕要成为学生会最后一任主席了。这学期市里举办的各种比赛,学校都拒绝参加了。"他说得平静,我却听得目瞪口呆,他从未和我说过,我只看见他在忙碌,他在笑,却不知道他承担了这么多的压力和事情。

"所以,你招募那么多干部,是想让校长看看吗?"我揣测他的意图。

"是的。"他点点头,自嘲道:"我最讨厌这些事情,想不到自己还要做这些事情。"

"这关系到学生会的存亡,你做的是对的。"我说得大义凛然,其实心里惴惴不安,我没想到会闹得这么大,和学校斗,和校长斗。我都不敢去想后果会怎样,"我能帮你做点什么?"

"别替我担忧了,这学期会过得很难,你好好念书就行了。"他竟有几分像凌嘉文了,只是眉眼之间有的是痛苦和忧伤。

我们沉默地走了一阵子,卓维忽然开口说道:"传说有一个岛国,里面住的全是孩子,孩子们相亲相爱,没有烦恼。这是一个长长久久的传说,需要有人天长地久地为我讲下去,可是没有。我发现我还是个孩子,但我已不再喜欢幼稚,我要长大。我是一个孤独的孩子,但我宁愿做一个成熟而孤独的大人。我不得不长大。在每一个东西都疯狂蔓长的季节,不长大,就再也长不大,就要做一个一辈子在灰色天空下行走的孩子。我是一个笨小孩。笨等于执著。我要梦醒时,你还在我身边,两个人默默坐着,讲一辈子的话,看一辈子的月亮,当一辈子的朋友。没有分离,没有结局。好吗?但我怕,一辈子,好长。长得令每一个人都承担不起。算了,当我说胡话了。但当我长大之后,这样的胡话我再也不会说了。"

　　他像是自言自语,又像是对我说话。我们站在九月的街头,看着无尽的人潮,觉得那么孤单。长大,我们无法避免,即便再抗拒也无力拒绝。只能默默承受成长带来的阵痛。也许有一日,我们都不再单纯,在世间历练中变得老成世故,却永远怀念最初单纯的美好时光。

　　什么人懂爱?

　　孩子。

　　你看孩子的眼里,纯纯的,是因为爱还未染纤尘。红尘是污染。

　　可惜每个孩子终将长大成人,忘了最初最原始最美好的爱。成人的世界背后有无尽的残缺,曲折蔓回的伤口,一点一滴冷森森空洞洞的血滴声。只有孩子才有单纯美好的小幸福,细如水滴,纯如水滴,干干净净,散发着地球上第一天的阳光的气息。

无聊的运动会

新学期果然如卓维所说,过得异常艰难,气氛很压抑,整个学校像是一个大蒸笼,我们呼吸都很困难,连吸入的空气都是干燥热烫的,痛苦非常。一中变成了另外一所学校,老师们拉长了脸,不再和学生说笑,各种课外活动消失了,就仿佛从来没出现过一样。没完没了的考试吞没了我们的生活,机械地重复着题海政策,每一个老师挂在嘴边的只有高考二字,像个魔咒一样压得我们喘不过气来。

我们尚且如此,高三的同学就更加压抑了,据说放眼望去,每个班级都是死气沉沉的。而与此同时诞生的,却是校园恋爱的数量猛增,据说是可以有效缓解学习压力,特别是高考的压力。

老师们的工作更忙了,不但要教授我们课程,想尽办法用作业填充我们的一切课外时间,以防止我们胡思乱想,另一方面还增加了新工作,就是抓情侣。

这是个艰巨异常的工作,深谙被老师抓住就完蛋的小情侣们,在任何时候见面说话,手里都拿着一个课本,若看见老师来了,就会装模作样地讨论学习问题。老师们也无可奈何,总不能阻止同学之间交流学习吧?

然而,学生的小伎俩也是不可能完全瞒过老师的,特别是在有情报人员的情况下。二班炸营了,老师神乎其技,在其他老师还在和同学们斗智斗勇的时候,他一抓一个准,一连抓了五对,俱都供认不讳,被请了家长。就在大家都在感慨纪老师火眼金睛时,有人发现真实的情况其实是蓝清出卖了他们,准确地说,她在摸清楚各对情侣出没的规律和地点后,有意无意地向老师汇报了情况,故而老师不费吹灰之力,全部抓到。

二班的同学很愤怒,无论是否恋爱,都认为她的行为是一种严重的背叛。几乎不需要文雅她们煽风点火,都想要蓝清卸任班长之职。这场倒戈行为如火如荼,直到老师明确表态,要到高三的时候才能换选,才终于停止。不过二班的同学和蓝清差不多彻底翻脸了,包括不少班干部,因为被抓的人当中有不少班干。

在这异常混乱的情况中,居然没有陈诺的事情,我后来问陈诺,她和楚清到底怎么样了?她白了我一眼说道:"难道文雅她们对我姐妹情深,我就为个男人和她们翻脸吗?"

她们三个女生都和楚清做了铁哥们,没有一个和他有超友谊的事情发生。楚清很幸运,又很不幸。

就这样混乱地迎来了运动会,这大约是学校最不活跃的一次运动会,且不说报名参加人数之少,为了凑数量,班干部四处找人做思想工作,很多人被迫参加,胡乱报名,很多项目如标枪、实心球等,从未练习过,直至比赛当天才临时现学现用。各班的体育特长生就非常忙碌了,需要身兼数职,参加若干项目,因为每个人报名的项目有限。聪明的同学想出了冒名顶替的办法,于是在比赛当日,我们看到同一个人,换着不同的号码,顶着不同的名字,穿梭在各比赛场地,忙得冒汗。

今年开始,运动会比赛所有各班都只能搬着桌椅板凳围坐在指定位置,不允许到比赛场地跑来跑去,包括没有比赛项目的运动员,都不允许在操场上奔走。只允许各班的通讯员和校报记者凭记者证在比赛场地进出。

原因是为了大家的安全考虑,铅球、标枪这样的项目我们可以理解,可是对于跑步这样的项目也不让我们在一旁加油,有点索然无趣。

这几日操场内比赛热火朝天,操场边却十分冷清,各自看书玩乐,倒有几分像是室外自习课一样。我没有参加任何项目,老实待在操场边等着记者团报道,赢了,就跳跃地庆贺一番,输了就继续看书。到最后,连跳跃庆祝都没有人了,一些同学嫌太阳底下晃眼睛,索性不来操场,直接在教室里面看书。到了第二天下午,操场边缘稀稀拉拉的人群目光呆滞地看着比赛场地,一副被迫观看的表情,令校长很不高兴,他认为实在没有朝气,搞得体育比赛和上刑场一样,于是勒令团支部书记点燃我们的热情,至少让运动会看上去不那么死气沉沉。

团支部书记是个政治老师,个子不高,戴着一副巨框眼镜,眼镜太重经常滑落下来,他就养成了个习惯,每隔几分钟要推一下眼镜。虽然老师的个子不高,但是教政治的老师天生有着演说家的天分,不拿演讲稿都可以讲个几十分钟,不重复一句,不断地发掘他说的主题的思想内涵。

团支部书记一拍脑袋,二话不说,对着大喇叭发挥其特长,激情飞扬地对着喇叭讲述了体育精神,运动员的感人故事,从爱个人到爱集体荣誉感云云,讲了许多。

我们正被太阳晒得昏昏欲睡,突然来了这么一嗓子,都吓得一激灵。纷纷看向主席台,不知道发生什么事情,听了半天才明白,敢情他是要让我们热情加油。

于是在班长的带领下,所剩无几的同学在操场边,假装用力呐喊,不到半个小时,又都松懈了。参加比赛的本班运动员在操场的另一头,加上同时比赛多个项目,各班又各自为自己的运动员呐喊,就算这边扯破嗓子,那边也压根听不见,纯属浪费力气。

这场闹剧很快就落幕了,团支部书记发现他每隔一段时间就要喊得青筋爆出,口水把话筒都淋湿了,实在比上课还辛苦,再说喇叭效果不好,有时候会有杂音,或者干脆断断续续的,令演讲效果大打折扣,他大为光火,想了想让人把卓维找来了。

卓维瞪着眼睛回来了,团支部书记把这个活跃气氛的工作交给他,美其名曰是对他的考验,看看他的能力。

他很愤慨,这完全是没事找事,近段时间来,他一直都没有任何动静,和往常一样教我念书。平静得都让我怀疑,他是否真的是学生会主席。王美心常常有意无意地挤兑他,说他只是有名无实的主席。他全都当做没听见。

今日之事突如其来,直接摊派到头上,又限制诸多,令他很不爽,却又不甘心,随即问我:"你有什么办法吗?"

我看着操场中心的冷清和操场边昏昏欲睡的人群,无奈地摇摇头。这样的运动会开得实在无趣,要大家打起精神来佯装高兴实在荒唐。

我说:"要不让各班举个牌子或者搞个标语,摇动下旗帜什么的,让他们看见。标语写大点,然后多用力摇晃,看上去会热闹点。"

卓维深以为然,他立刻找宣传部会长,搞了一堆纸卡、黑板,再把学校的彩旗全部找出来,又是画又是写的,插满了操场边和各班方阵。

这个不算高明的点子,让操场看上去热闹多了,据说不少运动员为此感动,大力发挥,拿了冠军,也算是意外的收获。

操场上彩旗飘飘,标语横行,连当初用来粘贴的大黑板也被搬出来了,上面即兴画了几幅运动员拼搏的画,写了几句口号,总算弄得看上去热火朝天了。

团支部书记观察了一番校长的表情,推了推眼镜,向卓维表达了校方的表扬,同时要求一定要再接再厉,保持到运动会结束。

剩下的那一天运动会,卓维找来音乐社的同学,带着大鼓、军号、唢呐等一切能热闹响动的玩意,在操场边现场演奏《运动员进行曲》。

音乐社的同学们顶着太阳,站在操场拐角卖力演奏,由于是临时拼凑起来的队伍,事先并未练习过,于是七零八落的音乐裹在一起,军号正吹得用力,忽然大鼓来了一下,吓得旁边的唢呐手以为自己忘记了,赶紧鼓起腮帮子用力吹出尖锐的声音,听上去十分滑稽。不少同学笑弯了腰,正好符合了校长要求的气氛热烈。

我的愿望是你永远幸福

运动会热闹地开完了,本学期唯一的热闹活动滑稽落幕,我们累得半死不活的,赶着应付期中考试,接着就是期末考试,两种考试之间夹杂着前所未有的各类考试,什么十校联考,什么黄冈名题,高考模拟,会考模拟,各科老师纷纷表明考试的重要性,以锻炼我们坚强的意志,让我们可以从容不迫地面对考试,甚至不惜拿出上课时间让我们堂考,英语老师最厉害,整个一星期,每天都拿出一节课让我们考试,于是那张需要九十分钟的考卷,我们都在四十五分钟内加速写完,美其名曰锻炼我们的考试速度。

在班主任盛赞英语老师用心良苦时,卓维低声骂道:"呸,她就是懒得备课,考试一节课,考完讲解习题一节课,好混课时费。"

大多数同学被考试折磨得不胜其烦,也有少数例外,比如我。我从容不迫地考完一场接一场,从不抱怨。卓维很奇怪,"菲儿,你难道逆来顺受到这个地步了?"

"我习惯了,以前读初中的时候就是这样的,现在比起以前的学校来说,要好很多了,我们以前是通年都在考试中度过,有时候还要在放学的时候加堂考试。我们以前的学校,以分数定人,学习成绩好,就一定是好学生,成绩差就一定是劣等生。"我淡淡笑道,"以前我有个同桌,是个小偷,时常偷我的东西,把小姨送我的飞亚达手表偷走了,有一次她在上课的时候摸我的书包,被我当场抓到,我就去告诉老师,你猜老师怎么说?"

"教育那个女生?"他觉得我的问题比较白痴。

"不是,他说谁让你不看好你自己的东西。她的成绩比你好,她怎么会偷你的东西?"我说完后,卓维惊讶万分,"怎么可能? 你肯定骗我! 用成绩来判断人的优劣?"

"你不信? 我再说个事给你听,我以前在学校有个特别座位,就是和老师讲座对面的,这个位置不属于任何小组,非常异类。所有同学都觉得我不属于他们一组的,都很排挤我。我们有个老师,上课的时候口水非常厉害,我每天都要忍受他的口水雨。这些不算什么,关键是我的座位,是把坏掉的椅子,那个椅子没有椅子面,我和老师说,帮我换一张,老师不理会我。我只好用报纸包了一块木板架在上面坐了整整一学期,后来有个成绩优秀的同学看中了我的座位,她换过去的当天,那把椅子就换成了新的。"我咬住嘴唇,我以为我会忘却,却从未忘记,我终身都会记得这件事情,像一个耻辱柱牢牢烙在身上。

"你总说我太在意结果,忘记了过程的美好,可是我没办法,成绩不好,就意味着低人一等。我初中的班主任老师是数学老师,就因为我数学不好,我一直被人嘲笑,被老师奚落甚至是歧视。那时候,我的头发都白了很多,见到老师像老鼠见到猫一样。如果没有到一中,没有遇见你们,我想我早就进精神病医院了。"我很少提及初中的生活,只因为太刻骨,拼命想要忘却,却一直忘不掉。"我很喜欢一中,它给了我很多希望和快乐,我真害怕它会变成我从前所在的学校一样。"

"不会的,一定不会。"他坚定地向我保证,他又能如何保证? 即便是学生会主席,我们也只是学生而已,以卵击石绝不可能。只是相比其他学校的学生而言,我们已是相当幸运。

我遇见过几个初中同学,偶有交谈,说起彼此的学校,都是吐不尽的苦水。听说我们居然还可以上音乐、美术和计算机课,又羡慕又嫉妒。他们的这些非高考科目的课本拿到手后立刻被转卖到废品回收站,据说一些昏了头的同学,把自己的英语书也一并卖掉,事后想起,又大费周章把书买回来,原指望可以卖些小钱收回成本,最后倒折本了。

我听得惊心,生怕自己也会落到新学期开学就向废品收购站卖新书的地步,幸好期中考试大家经过没日没夜的奋斗,总算形势一片大好,校长很满意。卓维趁机安排校内记者团在校报上连续十期书写一中色彩和传奇,说明植根一中最重要的传统——培养学生的个人素质。

我问卓维,为何不能像传说中的学生会主席一样,直接和学校谈判?卓维不耐烦地摆手说道:"这个事情没你想得那么简单,我们学生会本身心就不齐,别说集体和学校谈判了,就现在的情况看,各部能够合作完成一次活动都没那么容易。"

"发生了什么事情吗?"我基本没踏入过学生会,一是学习太忙,二是卓维说暂时没我什么事情,坚决不让我去学生会。

"没事,就几个老部长捣乱。"他笑了笑,一副不在意的样子。

"那我能不能帮上什么忙?"我怯生生地问道。

"不用,我搞得定。对了,我听说今年圣诞节前后有流星雨,要不要一起去看?"他把话题岔开了。

"真的吗?"我从小到大只见过一次流星,尚未来得及许愿,就消失不见,让我遗憾了好久。

"嗯,狮子座流星雨。"他笃定地点头,"到时候一起去看吧。"

流星,这种一闪而过的美丽物体,总是深深吸引着人们。对着流星许愿,是每个人都干过的傻事。流星雨的消息自然引起了不小轰动,有段时间,大家讨论的核心话题就是流星雨。幻想着到底是个什么样子。

十二月的北风,冷得像刀割一样,连续几天一直都在下雨,更增添了刻骨的寒意。

日子越临近,我们越焦急不安,总担心老天不配合,不过幸好,到了看流星雨的那天,天终于晴了。等待看流星雨的同学们从清早起就兴奋地重复讨论起这几日里一直说的话题,该去哪里观测,带什么东西。文雅她们却没那么幸运,在流星雨光临的前一天被告知,第二天晚自习考试。

二班一片怨恨声,却无可奈何,只能羡慕地对我再三嘱咐:一定要帮她们多许几个愿。

下午放学时,卓维反复叮嘱我,"今天晚上,你早点来学校,别迟到了,多穿点衣服,记得啊。"

我急忙回家扒了两口饭,就往学校赶。等到了学校后,彻底傻了眼,想不到这么多同学挤在操场和窗户边抬头看天空。

我赶忙在人群中挤来挤去,试图找一个最合适的观测点。这时卓维不知道从哪里冒出来,一把抓住我的帽子,带着我往大槐树下走。我们总算在猎户座升到空中的时候走到了那棵大槐树下。

他示意我坐在地上放的两个软垫上,又递给我一副望远镜,对我说:"慢慢等吧。"

周围人很多,漆黑一片,同学们围坐在一起,百无聊赖的就开始讲鬼故事,于是一整晚,就听见尖叫声此起彼伏,吵得我心惊肉跳。

等了一个多小时,天上还是没有动静,耐不住性子的同学开始散去,有的实在受不住寒冷,也早早地撤退了,站在山坡上的人也寻思着换个地方,这里比操场上风大,吹得骨头缝都要裂开了。

人渐渐退得差不多了,山坡上冷得更厉害了。我也冷得发抖,非常后悔没听卓维的话多穿件衣服。我站起来,不停地走来走去,使劲跺脚。

卓维见状,让我在这里等,他先下去,我坐在漆黑的夜里,看着天空上的星星,等他回来,越等越害怕。周围只有几个人小声说话,天上没有月亮,伸手不见五指,只有手电筒的微弱光芒,夜风生冷地刮进骨头里,树木在夜风中沙沙作响,每个黑影都让人心生恐惧。

我缩成一团,侧坐在大槐树下,心里不停念叨卓维快点回来,一分钟过得比一小时还长。虽然他离开的时间前后不过二十分钟,我却像等了一个世纪那么久。

他终于回来了,拿着两杯奶茶,一条珊瑚绒毯子。我见到他时差点扑到他怀里,第一次那么深切地希望他在我身边。他把毯子披在我身上,又递给我奶茶。

我裹紧那条柔软的毯子,顿时就觉得好多了,"你怎么会带这个?"

"就担心你这个白痴穿得很少,所以特意准备着,刚才忘记拿来了。"他蹲坐到避风的位置,又指指他身边对我说道:"到这里来,风小。"

我蜷缩在他身边,他的身体挡住了风,我觉得不大冷了,松开毯子递给他:"你披着吧,我不大冷了。"

"我穿得多,你裹着吧,本来就是为你预备的。"他摆摆手,挺了挺身体,"流星雨应该快开始了,再等会儿。"

我站起身来,坚持把毯子披到他身上,"你帮我挡风,就不冷了。"话音刚落,就忍不住打了个喷嚏。

他抓住毯子直接丢到我身上,"裹上,你打算感冒逃课吗?"

我还是没拗过他,那条毯子最终还是裹在我身上。又等了半个小时左右,还是没见到流星,身边的人等得受不了,又撤了一批。

天空中星曜闪烁,还看不出任何迹象。不少人开始说流星雨是传闻而已。很多人动摇了,操场上的人也稀少了很多,山坡上渐渐地只有我们两个人了。

"谢谢。"我轻声说道。

"谢什么?"他缩了缩脖子。

"谢谢你一直照顾我。"我仰望着天空,轻声说。

"这有什么好谢的,我们是朋友,这不都是应该的吗?"他笑着说。

"我觉得很幸运,在二班的时候有文雅、陈诺和安心,在这里有你。有你们一直陪着我,我的高中生活才不那么枯燥无聊,我想将来我回忆起我的高中生活时,一定会觉得十分值得。"我感慨道。

"不嫌我们给你添麻烦了?你要没认识我们,该少多少事情啊!"他不以为然。

"怎么会呢,朋友都是互相担当的,再说也没什么大不了的事情,以前我把这些看得太重,真是不值得。"

"你知道文雅她们最喜欢你哪点吗?"他转问我。

"不知道。"我有点疑惑。

"她们说你像朵向日葵,天天努力向着太阳,又单纯又认真。"他淡淡笑道。

"你也是这么觉得吗?"我心跳得很快,我一直都不知道他对我的看法。

"我觉得你像初升的太阳,还躲在厚厚的云层后面,虽然没有散发你的能量,却很温暖,和我截然相反,"他说。

"怎么会?我一直觉得你很耀眼。"我惊讶地说。

"纸老虎而已,最多只是个反射阳光的月亮。"他低下头,"我没你想象得那么好,不像你,从内到外都是一样的干净。"

我不知他是这样想,自嘲道:"你们是说我头脑简单吧。"

"是纯粹。我们都很羡慕,不止是我,还有文雅她们,都很羡慕你的纯粹。她们说你像个孩子,让人忍不住想去呵护,有时候你表现得比我们都勇敢。"他轻声说。

"流星!"苦守在操场里的人群里爆发出激动的喊声。

我忙抬头一看,果然有一颗流星划过天际,未及我帮文雅许完愿,就已悄然消逝在天尽头。

我站起来,瞪大眼睛望着天空,保持许愿的姿势,不敢再错过一颗流星,卓维在我身后笑道:"就只有你才把许愿当成那么认真的事情。"

"别闹,待会我不能再错过了。"我跺跺脚,脚都坐麻了,动起来都不像是自己的,"我要先帮文雅、安心和陈诺许愿,万一流星不够多,再错过一颗,就麻烦了。"

"你要许什么愿?"他也站起来,双手握拳,"我帮你,双保险。"

"我想考进好大学。"我不好意思地说出了自己的心愿。

"嗯,我就猜到了,还不如许个愿,让你将来嫁个好老公吧。"他揶揄道。

"我才不要什么好老……"我说不出口,又羞又怒,他每次都嘲笑我想考好大学的梦想。

"知道了,想要进北大?"他仰望着天空,念念有词,"让桂菲同学考上北大吧!"

"算了,不用了。"我忽然有些沮丧,我有自知之明,北大今生我都是不可能考上的。

"不想考北大了? 那清华? 浙大? 南开? 南大?"他挨个把名校念了一遍,我摇摇头,"老实说,凭我的数学成绩,我都担心能不能考上二本。"

"我会帮你的,考不上北大,其他的学校总可以的。你说你想去北京,那就许愿考上北京的大学吧。"他说。

"你说我们考上大学之后,是不是什么问题都解决了? 我有时候觉得很迷惘,好像我出生就是为了考大学。"我眼睛不眨地看着天空,"人出生到底是为了什么?"

"肯定不是为了考大学,"他笑着说,"大部分人的意义是为了繁衍,为了活着而活着,一代代地继续下去。其实很无聊,我们争取的,都是为了虚名,人最宝贵的就是可以简单快乐地过一生,到死前没有遗憾。"

又一颗流星闪过天际,我快速地帮文雅许完愿,继续思考卓维说的话,快乐简单地过一生是人生最本质的意义吗?

"你觉得怎样才可以快乐简单地过一生?"我接着问道。

"有个挚爱的人,陪伴着,牵着手一起慢慢变老。"他顿了顿说道,"只不过,这世上能有多少爱情能够永恒? 爱一个人,但无法结合,这是正常了,我不想和我爱的人相结合,那样我们会彼此相恨的。其实,我很羡慕杨过和小龙女的苦恋和痴情,但我更欣赏李莫愁,艳丽明媚的赤练仙子。令狐冲和任盈盈看似美满的结局,但我不信。香香公主是幸运的,能够为最爱的人死在最爱的人怀里,够了。不要说陈家洛不会珍惜,其实他也许爱霍青桐多一些。"

他说得七零八落,夹杂着几部金庸小说的笔下人物,像是在自言自语,仿佛有所指。

"你是在说王美心吗?"我说完就后悔了,怎么老是不记得教训。

他没有说话,只是静静地仰望着天空,保持着许愿的姿势,不知他有什么愿望。

许久之后,他说:"我觉得我很难像郭靖、黄蓉那样,能和爱人牵手到老。但是你可以,你一定要过得幸福。"

我连续呸了三声,"不许胡说八道,你怎么就不能幸福到老了? 我们都要幸福地活到老。"

明朗的星空下,他笑了,许久才轻轻点头,就在那个瞬间,无数流星像烟火般绽放在天际,四面八方同一时间划过无数流星,璀璨绚烂得让人忘记了一切,就被那星空吸引,恨不能多长几双眼睛,看不尽的流星。

许多年后,我一直记得那样的深夜里,漫天的流星雨划过头顶,我和卓维站在那棵大槐树下,对着天空虔诚地合十许愿。我要我们都可以幸福快乐地活到老。漫天的流星让人眼花缭乱,我看了一颗又看一颗,我坚信总有一颗星星会听见。

总要成全一个人的幸福

卓维生病了，重感冒。他恹恹地趴在桌子上，不停地擦鼻子。我很过意不去，跑到他面前，一会儿丢包开胃的话梅，一会儿问他是否要看笔记。

他一概摆摆手，瓮声瓮气地说："离我远点，小心传染。"

我对他说道："要不是我，你怎么会感冒？你不管怎样也让我做点什么，否则我要内疚死了。"

"那好吧，放学的时候你当司机。"他想了想，给出了解决方案。

我却噎住了，我骑自行车载他？我怎么可能载得动他！我咽了一口口水说道："能换个吗？"

"先寄存，回头我总得跟你算，"他用力擦了擦鼻子，"你还是离我远点好，万一传染就更麻烦了。"

"但是，"我刚开口，就被他打断了，"没有但是，离我远点！"

我怏怏地离开了，一整天都在想怎么样弥补我的罪过。昨天夜里，他几乎冻僵了，一直当我的挡风墙，几个小时一直被冷风吹，到回去的时候，已经开始发烧了，嘴唇发紫。他还一直坚持说没事。

连续一个礼拜，我一直忙前忙后，帮他抄笔记，督促他吃药，给他买开胃的零食。他开心地大笑，直说："我这感冒真是太值了！"

我狠狠地拍他，他立刻趴在桌子上装死，害得我又白焦急一场。

就这样到了寒假，为了感受到高考的紧迫性，寒假作业比暑假作业多出整整一倍,我们都很郁闷,整个寒假写作业写得天昏地暗,倒更怀念上学的时候,至少还有朋友可以说说话。多打电话也不合适,妈妈会不停唠叨,高二了,应该有点压力,高考很快就到了。

接到卓维的电话时,我正做数学做得头昏脑涨,连听了三句,才知道是卓维。他在电话那头笑道:"你写作业写傻了?都不知道我是谁?"

"啥事?"我总算反应过来了。

"晚上出来玩。"他说。

"出来?这么冷的天气,外面雪都没化,出来干什么?"我最怕冷了。

"出来,包你不后悔。"他神秘兮兮地说道。

我有点心动了,这么长时间我只出过两次门,一次走亲戚,一次买酱油。和块被阴干的猪肉差不多了,而卓维总是有办法过得不那么单调无聊,再说,这么久没见他,我很想他,特别是数学题目做不出的时候。

我向老妈请了假,裹得和一只熊差不多,兴冲冲出门了。

街头白雪皑皑,呼出的气和雾一样,我站在路灯下等卓维,身边不时经过情侣,亲密地抱在一起,手里还捧着大把的红玫瑰,在白雪映衬中格外妖娆,映红了一张张幸福的脸。

花店门口煽情地写道:情人节玫瑰促销!我方才想起,今天是二月十四号,情人节。

卓维提着一个大号的黑色塑料袋,里面鼓鼓囊囊的不知道装了什么,笑嘻嘻地出现在路边,对我说:"走,带你去玩。"

"去哪玩?"我好奇地盯着他那个大塑料袋。

"现在不告诉你,到了再说。"他用力收紧塑料袋,生怕露出一丝破绽,被我瞧了去。

"你这里面装的是什么?"

"你什么时候好奇心那么重了?"他换了只手提塑料袋,"不许偷看。"

我一路不停地盘算那个袋子里面到底装的是什么,吃的? 不太像。玩的? 会是什么玩的呢?

"今天是情人节呀!"他发出一声惊讶的喊声。

我漫不经心地点点头,随口问道:"你是不是要去陪你的情人?"

"我倒是想,可这不是约了你吗?"他叹了口气。

"你要是真想约你情人,我就先回去了。"我说完立刻转身,心头冒出无名火焰。

"逗你玩呢,"他笑着说,"走吧,快到了。"

"别心不甘情不愿的,到时候后悔又要怪我,我可不管的。"我顿了脚步。

"你还真信我有情人? 我真的就那么花心? 就算我真那么花心,会有女孩子喜欢我吗?"他摇摇头,"你看这街上,这么多情人在拥抱,你觉得你一个人回去合适吗? 我一个男光棍请你一个女光棍去玩,度过寂寞无聊又备受刺激的夜晚,不是挺好的吗?"

"呸,你越来越会胡说了。谁寂寞无聊又备受刺激了?"我忍不住笑了,"我忙着呢。"

"你在接到我电话之前在干什么?"他问道。

"在做数学题。"我说。

"情人节做数学题,难道还不寂寞不无聊吗?"他洋洋得意起来,"我还是拯救了你的情人节夜晚。"

"别胡说,学生情人节可不都是在写作业吗?"我白了他一眼。

"是吗? 你一会遇见熟人可别紧张。"他随手指着街对面,"那个是一班的。"

我顺着他指的方向看去,似乎有点眼熟,"我又不认识。"

"那个你总认识吧。"他指着后面,我顺眼看去,竟然是凌嘉文!他身旁站着的是王美心!两个人有说有笑,似乎很亲密。

我心中五味杂陈,说不出的感觉,卓维怪腔怪调地说道:"优等生也过情人节嘛,是不是?"

"走。"我低头往前走,卓维叫住了我,"你往哪里走? 该拐弯了。"

一拐弯就遇见了文雅,她一个人在大街上游荡,也不知道在想什么,看见我们,努力挤出一丝笑意说:"这么巧?"

"嗯,你在干什么?"我觉得奇怪。

"没什么,"她掩饰自己的情绪,掏出一盒巧克力递给我,"来,吃巧克力。"

我接过来,迟疑了一下,这盒巧克力包装得很漂亮,外面用彩色的包装纸包起来,还贴着一朵小花,她又拿了回去,用力把巧克力外面的包装纸撕开,野蛮地掰成三截,递给我和卓维一人一块,"吃。"

我费了半天劲才把巧克力外面那层锡纸撕开,文雅用最豪迈的姿势把那块巧克力连纸一起扔进嘴里,狠狠地咬了几下,咽了下去,随即问道:"你们干什么去?"

"不知道。"我指指卓维,"他跟我打哑谜呢。"

"你们去玩吧,我先回去了。"她拍拍我的脸,笑得很难看。

"和我们一起去吧,包你开心。"卓维说,"就算我打算把菲儿卖了,也有个人证。"

我用力攥紧文雅的胳膊,"走吧,一起去吧。"

文雅同意了,只是一直低头不说话,我和卓维在一旁讲了很多笑话,终于把她逗乐了。

"到了。"卓维指着公园说,我们狐疑地看着他,公园里白雪皑皑,湖面上结着一层薄冰,人迹罕至,不知道他葫芦里卖的什么药。

"到这里干什么?"文雅看了看,"好黑啊。"

"来来,跟我走。"他带着我们走到公园中心的桥上,终于打开了那个黑色塑料袋,原来里面藏着一大兜烟花,他笑嘻嘻地取出一个放在雪地中间点燃。

我们站在雪地里,不停地笑着闹着,夜空中,烟火闪耀,照亮了我们的笑脸。文雅和我起先不敢去点燃烟火,后来手里拿着小时候玩过的烟火棒,在手中一圈圈地绕着,尽情嬉闹,忘记了寒冷,像小孩子一样,打起雪仗,堆起雪人,直闹得公园管理人员驱逐我们,才嘻嘻哈哈地跑出去。

我们捧着奶茶,站在屋檐下面,天气很冷,不一会工夫,天上飘起了雪花。我伸手去接,忽然想起了范晓萱那首歌:"雪一片一片一片一拼,拼出你我的缘分……"谁是我的雪人?

我们仰望着天空,雪花大片飞舞,落花般缤纷,飘飘洒洒落在身上,手心里湿湿的,希望能留住的每片雪花都化成了水。

卓维说:"别傻了,留不住的。"

留不住的,和烟火一样,只有刹那芳华,转眼之间就消散了,留下的只是记忆中那个片段,一眼万年,也许有一天连记忆都会慢慢淡去。时间会吞没一切快乐的,痛苦的,悲伤的。我只能看着我手心里的雪花,在它未融化之前,眼睛不眨地欣赏它的美丽,不敢错过每个瞬间,它从落到我手心就开始融化,像我们的生活,慢慢分崩离析。

我让自己狠狠记住今天晚上的烟火、雪花、欢笑,储存在记忆的房间里,如果有天我不快乐,我就要用这夜的快乐冲淡我的不快乐。

我们先送文雅回家,接着卓维送我回家,昏黄的马路上,脚下的雪被踩得咯吱咯吱响,雪越下越大,身上不知不觉积了厚厚一层,脚冻得发麻,好不容易到了楼下。我迈着冰冷的脚往楼上走。

"菲儿,"卓维叫住了我,我转头看着他,"嗯?"

"情人节快乐。"他欲言又止,笑得生涩,站在雪里,像个大大的雪人。

"嗯,情人节快乐。"我忽然觉得脸上发烧。

"那学校见了。"他笑着说。

"你快回家吧,雪好大。"我说。

"我看你上去就走。"他仰头看着楼上,"快上去,我站在这里看。"

我没命地往楼上跑,每到一层,都狠狠用力跺脚,楼道的灯光随着我狠命地跺脚一层层点亮,我站在五楼往下探看,他还站在雪地里仰头看着我,厚厚的雪花盖在他身上,不知道他是不是冻僵了。

我用力摆手,示意他我已经安全到家了,他终于动了,对我挥挥手。我示意他赶紧回家,漆黑的夜里,楼道里的灯光渐渐熄灭,看不清他的脸,他终于离开了。

那天晚上我在被窝里躺了好久,冷得睡不着。我觉得恐惧,不知为何而生的恐惧,我想起卓维,和他有关的一切,一遍遍说服自己,熄灭心头那点怀疑的小火苗。

他怎么可能会喜欢我呢?他喜欢的是王美心,他自己都说过的。王美心比我强太多了,我肯定是自作多情,别胡思乱想了。你比谁强呢?人家怎么会喜欢你呢?他照顾你,只是把你当朋友而已,他性格比较张狂,所以说的那些话,做的那些事情都不奇怪,千万别乱想,否则连朋友都没得做。

同样的话,文雅和我也互相争论了一番,她坚持认为卓维是喜欢我的,而我坚持认为她误会了。辩到最后,不了了之,文雅最后说了一句:"你以后肯定会后悔的。"

我倔强地说："若是我自作多情,那我才后悔呢。"

我本想问她到底情人节那天晚上发生了什么,但是她完全不愿提及。后来听安心说,那天夜里,文雅收到本班男生的一块巧克力,吓得慌张无措,她对那个男生很不熟悉,死都不肯收那块巧克力。

就在他们推推搡搡的时候,陈诺和楚清出现在街角,那个男生笨手笨脚地把那块巧克力硬塞到她手里,又表达了对她的爱慕,楚清鼓动他去追文雅,他认为如果文雅和别人在一起了,陈诺可能会改变心意。

文雅远远地看着他们,默默把那块巧克力放进口袋里,大步离开了。

文雅折磨了那个男生一个月,让他接,让他送,不断找出各种精灵鬼怪的事刁难他,人前人后以那个男生的女朋友自居,弄得人尽皆知后,和那个男生分手了。那个男生觉得自己十分委屈,到处说文雅是个坏女孩,一时流言蜚语,人人议论纷纷。

"何必呢?"我问文雅。

"人生能有多少年青春?"她反问我。

"那也用不着把自己搭进去。"我看看在远处的陈诺和楚清,他们已经在一起了。

"无所谓,他们说什么,我不在乎。何必都搞得那么辛苦,总要有人快乐吧。"文雅笑笑,"再说,楚清算什么? 没什么了不起的,陈诺高兴就好。"她的笑容和那时的安心一样,恬淡而悲伤。

总要成全一个人的幸福,无论结局怎样,至少不要留下遗憾。

这就是你对待朋友的方式吗?

高二下学期,离高三只有一步之遥,不需要老师们施压,所有人都换上了严肃认真的面孔,不论走到哪里,手里都要拎着一本书,甚至闲聊时也不自觉地聊到某道题目,似乎不这样做就不安心,不这样做就对不起自己。上晚自习的同学锐减,基本都改在家里开小灶,各种各样的复习资料如雨后春笋般填满了书桌。

教室里面充斥着山雨欲来风满楼的气氛,在教室里面说笑的同学声音变小了,生怕影响到旁边的人用功。

我很焦虑,数学成绩略有提高,却不能解决实际问题。我决定破罐子破摔,干脆彻底不再管数学,我痴心妄想用其他功课拉平总分。

卓维十分不赞成我的想法,"你就算所有功课考得都很优秀,也不可能拉平一门功课的分数。"

"我不想再浪费你的时间! 你为了教我数学,浪费了那么多时间,不如自己用功。如果不是我,你肯定会考第一的!"我烦躁地把数学作业用力丢在桌子上。

"你是不是听别人说什么了?"他问。

"没有,总之,我不想再学数学了。你不用管我了,晚自习我不会再上了。"我翻开英语书,干巴巴地说道。

"菲儿,你最近怎么了?"他蹲下来无奈地看着我,"为什么最近总是乱发脾气?"

"不关你的事情,你别烦我。"我躲开他的眼睛,大声念英文单词,他站在我身边一会,转身离开。我念得更大声,我念了二十遍也没有记住。

　　我强迫自己不要过度依赖他,不要遇见任何事情都第一时间想到他,不要习惯性喊他的名字,放学不和他一起走。找所有的借口,离开他出现的任何地方,甚至不要看着他。不要看着他忧伤不解的眼神,那样的无奈,像无助的孩子,让人心痛。

　　我不能耽误他的学习,他有太多太多时间浪费在我身上,王美心说得对,凭什么自己不行,还要浪费别人的时间?他是可以考进一流大学的,我不能那么自私,为了自己,拖累他。

　　我为了表明自己彻底放弃数学的决心,连作业都不做了。每天借别人的作业,草草敷衍了事。

　　卓维很生气,他得知我每天抄数学作业的时候,问我道:"你还想不想去北京了?"

　　"我和陈诺一起学美术了,以后不用学数学了。"我随口胡说。

　　"真的?"他半信半疑,"我怎么从来没听你说过?"

　　"嗯,才决定的,我晚上要去学画画。"我把陈诺的课程照套到我身上。

　　"那你这几天为什么老发脾气?"他似乎相信了我的话。

　　"没什么,有点烦。"我乱翻着课本,有点不耐烦。

　　他沉默了一会说道:"行,我知道了。学生会下午召开会议,不要迟到。"

　　我看着他的背影脑子一时之间没有转过弯,我都忘记我是学生会成员这件事了。

　　我又一次来到学生会,以文艺部部长的身份,参加第一次会议。会议室里面坐满了人,很多陌生的脸孔,我期期艾艾地坐在了门边的座位上,卓维坐在当中,因为背着光,看不清楚,只惊觉他的瘦削,窗外投进来的白影笼罩着他,风吹动着他的衣服,影影绰绰,忽然觉得那么不真切。

"这是学生会第一次全体干部会议,上学期因为校方阻力较大,我们基本没有组织任何活动,这学期通过不懈努力和沟通,学校同意取消之前只让准备几个节目的方案,改由全体继续参加,并且同意改'红五月'为艺术节。各位有什么想法和建议?"

"这么早就准备'红五月'了吗?不是应该先讨论春游的问题吗?"蓝清第一个问道。

"去年有学校因为春游发生了重大事故,因而学校今年不同意春游,这个事情你应该比我清楚。"卓维说。

"我怎么会知道?我又不是学生会主席,与校方打交道的又不是我。"蓝清冷笑道。

卓维靠到椅子上,冷冷地说道:"去年春游后往学生会传达这个消息的人是谁?"

蓝清有点挂不住,低头玩着手里的笔,卓维冷哼一声放过她,又重复一遍刚才的内容,"今年学校同意把艺术节扩大,有资金支持,所以各位可以尽情发挥。"

坐在他左手边的矮个男生说道:"我提议我们别搞大合唱了,真是太无聊了,一下午重复听好多遍,恶心死了。"

"既然是艺术节,那我们能不能把那朵红花改掉,重新设计个标志?"坐在右边的一个女生笑道:"土得掉渣。"

"对,我也觉得,那朵大红花太难看了。"立刻有人附和道,"我每次看到都觉得是50年代。"

"既然都说不合唱了,那干脆节目限制也去掉好了,有节目的多出,没节目的少出,不要强制每个班级都要两个节目。"

大家七嘴八舌地讨论了半天,卓维听他们讨论完,问道:"还有什么意见吗?"

"所谓'红五月',就是为了纪念革命先烈,当然要唱革命赞歌。大合唱属于各学校的传统节目,也是班级团结的象征,怎么可以减去呢? 改变标志,舞台虽然有耳目一新的感觉,但是传统的意义也没有了,各位想过吗?"蓝清在一旁不阴不阳地说道。

"我之前说的话,你没有听清楚吗? 已经没有什么'红五月'大合唱了,是艺术节。"卓维的声音里面透出一丝不耐烦,他转向我,"文艺部长,你说说。"

我紧张地咽了一口口水,"没有必要规定每个班两个节目,可以在全校征集,有节目的可以多报,没有的话就算了,强人所难不太好吧,而且,我想没有人会喜欢大合唱的,歌曲规定得太死。标志和舞台的改变并不会影响艺术节的意义。还有,除了固定的舞台表演,还可以办画展、书法展,等等,开一些有关科技、自然、漫画的展览和演讲会,还可以办唱歌比赛,让艺术节的时间拉长……"我有点怕蓝清。

"胡说!"蓝清跳了起来,生气地盯着我,好像我是什么罪人,"你说什么乱七八糟的话,这完全是不可以的,没有规定好的节目,每个班不出怎么办? 节目太多了怎么办? 现在有谁有那么多的闲心去管那么多? 展览和演讲会没有人参加怎么办?"

"我认为如果艺术节本身很有吸引力的话,会有很多人参加的,节目太多的话可以先举行小型的比赛,最后决定参加的节目。"卓维开了口。

"卓维! 你懂什么!"蓝清完全顾不上了。"太想当然了,把'红五月'变成艺术节,还延长那么长时间,你以为谁有那么多时间来搞这个? 筛选节目,你以为是春晚呢! 一向都很少有人参加艺术节!"

"我懂什么?!"卓维终于火了,他站起身来说道,"那是因为你们把艺术节办得像考试! 规定那么死! 我懂什么! 要么你来做这个主席,要么你给我滚出去!"

　　会议室里面静得可怕,所有人都屏住呼吸,没有人想到一向吊儿郎当的卓维会发这么大火。与之前那个笑容满面从不发火的前任主席相比,卓维说话太狠了。

　　蓝清跌坐回座位,她的脸色由通红转为煞白,她是说错话了,但是卓维竟然这样不给面子,是她怎么也没有想到的。

　　卓维余怒未消,双手用力撑在桌子上:"我不管你们以前在周通手下是怎么做事的,但是你们给我听清楚,这次的艺术节我不要以前的模式,文艺部长,你负责这次的艺术节,其余的人配合工作,就这样,散会!"说完大步流星地出去了。

　　所有人的目光都集中在我身上,我不敢相信我的耳朵,不是吧? 卓维开什么国际玩笑? 我负责艺术节? 我数了数,要重新设计台标、舞台、出宣传海报、选节目、编排……

　　我数不下去了,赶紧爬起来去追卓维。

　　"你不是开玩笑吧?"我一路小跑,跑得上气不接下气,好不容易才追上他。

　　他点点头,丝毫没有玩笑的意思,我急了,"卓维,你不带这么玩我的。是的,我这几天心烦,对你态度很不好,但是你也不能这样报复我吧!"

　　"我只是安排学生会的工作给你,哪里报复你了?"他声音冷淡,目视前方不理睬我。

　　"你是第一天认识我吗? 我能做什么,不能做什么,你难道不知道? 这么大的事情交给我负责,我从来没组织过任何活动,我怎么可能做得了!"我一口气说道,"你还说当我是朋友,这就是你对待朋友的方式吗?"

　　"说得好。"他停了脚步,直视我,"这就是你对待朋友的方式吗? 你还当我是你朋友吗? 每天放学拎着书包就跑,生怕和我一起走。下课的时候,和谁都可以说话,就是不能和我说话。你天天这么躲着我,好像我是怪兽要吃了你,请问这就是你对待朋友的方式吗?"

他说得很平静,我却不敢抬头看他,默默地低头看着地面的蚂蚁。

"如果你觉得,我不配和你做朋友,只要你说一声,我保证以后永远都不再骚扰你。"他说。

"没有。"我努力从牙缝里面挤出一句话。

"那为什么你现在天天这么躲着我?"他的声音听上去很忧伤。

"我不想你浪费时间。"我终于熬不过良心上的折磨,"我数学是肯定没救了,你与其浪费时间教我,还不如自己好好学习。"

"谁说你浪费我时间了? 我教你的时候,难道不等于温习吗?"他说。

"不一样的,你已经会了,重复很多遍,没什么意义。你可以用教我的时间去看别的书,我们下学期就高三了,我不能祸害你。"我越说越小声。

"所以你就故意和我保持距离?"他好笑地说,"你以为这样,我就可以好好学习了?"

我不说话,算是默认。

"傻子,如果没有你,我压根不学习。你以为我这几天晚上在上晚自习好好念书了吗? 我连着看了好多本小说。"他乐不可支,我眼光乱瞄,什么意思? 没有我,他就不学习了? 难道学习还是为我学的不成?

"误会解除了,艺术节的事情怎么办?"我念念不忘被他强加在身上的包袱。

"该怎么办就怎么办呀,你负责。"他说得轻松。

我瞪着他,"不是吧!"

"是啊,刚才会上说得很清楚呀,你的主意不错。"他一脸坏笑。

我恨恨地瞪着他,扭头就走,这个天杀的卓维!

"我会帮你的,你也可以去找学生会其他干部帮你。你不是一直很羡慕蓝清、王美心她们吗? 现在你有机会,难道不想证明下吗?"

我被说服了,不确定地又问了句卓维:"你保证一定会帮我。"

"我保证,"他淡淡地笑,接着问道:"一起走吗?"

那个阳光灿烂的下午,距离我发誓疏远他的一个月后,我们又一起回家,我很高兴,空气里面有着甜丝丝的味道,像槐花的味道。

假如你先遇见我,会不会喜欢我?

　　首届艺术节,这不是一般的重担,蓝清早早就放出话来,要好好看看她如何惊天动地,这话基本上是摆明,她绝对不会配合的。她果然故伎重施,不但自此后不再去学生会报道,即便去二班找她,她也推脱学习忙,没有时间。

　　我一开始就不敢想她帮忙,算起我们之间的血海深仇,她也绝不可能出手相帮的。我只能寄希望于其他部长,可惜我只是个新兵,不要说其他部门的"老狐狸们"不理我,就连新走马上任的部长们也不把我说的话当回事,布置下的任务没有一个人当真。

　　难道要我一个人做? 我琢磨了无数个台标后,觉得情况十分不妙。我问卓维应该怎么办,他笑着反问我:"你开过部门会议吗?"

　　我忽然想起来,我还有个团队。我立即召开了文艺部的第一次正式会议。为了表示郑重,特意在学生会里面召开,我等了半个小时,八个人总算稀稀拉拉地到齐了。

　　这八个人都是文艺部的老会员,有些也参加过部长竞选,完全不把我这个空降兵当一回事。他们神色很不耐烦,不停看着手表,"有什么事情吗?"

　　我把想了很久的话一一道出,"学生会让我们部门负责本次艺术节的活动,是这样的,由于这次是把'红五月'变成艺术节,所以有很大的调整和变化,对于我们来说,是一次重大的挑战,也是一次机会。这是我第一次搞这样的活动,大家都比我有经验,因此请大家帮忙想下活动的主题,有什么好的点子。"

235

话说完了，下面八个人没任何反应，看表的接着看表，玩手指的接着玩手指。

我低头看看手里的表格，找到副部长的名字，"曲娜，你觉得呢?"

"你也说了，这是学校第一次搞艺术节，大家其实都没任何经验参考。"她斟酌了一会，"我觉得你找组织部长比较合适，组织部比我们有经验得多。"

"既然是让我们负责，当然是以我们为主。"我强调一遍，所有人还是低着头不说话，过了一会儿，有个人站起来说道:"部长，还有事吗? 时间很晚了，我明天要考试，先回去了。"

我瞠目结舌，会议开到一半，竟然有这样的事情发生，勉强点头同意了，谁知道竟然带动了其他人，纷纷站起来，说各自都有事情，先走一步。

我坐在椅子上，看着他们远去的身影，十分沮丧，用力把手里的计划书摔在会议室桌子上，摔得很用力，那八个人都停了脚步回头看我这个新部长。

"都走啊，别在这里了，"我指着墙上文艺部的几个字说道:"你们算什么文艺部成员? 千辛万苦要加入这里干什么? 就是为了在这里说，我很忙，没时间参加活动吗? 你们平时觉得自己怀才不遇，现在有机会，你们却推说忙。谁不忙? 学生会的哪个成员不是学生，哪个不要面对高考? 如果你们只想全心全意地学习，我劝你们早点离开文艺部。你们是在为我做事情吗? 是为你们自己! 为了你们等待许久的机会，一中第一届艺术节，而你们自己拒绝参加!"

几个人互相交换眼神，曲娜说道:"部长，我认为设计台标、舞台应该交给学校的美术组，科技展应该是科普小组负责的，另外组织部和宣传部应该管海报的宣传。"

刚才嚷嚷着要考试的那个同学也走了回来,拿起计划书说道:"部长,你应该去找其他部里的人,他们不应该全推到我们部的身上。就算再有能力也没有那么多的精力啊!我会和舞蹈组的人商量这次的舞台表演,可能会做不好,但是我会努力的,为我自己。这次是我们部负责的最大的一个项目,我希望能够成功。"

后来我才知道,文艺部是个鸡肋的部门,一直都被无视,只有在学校需要参加什么节目的时候才会想起文艺部来。几个人都心灰意冷,加上忽然掉下来个新部长,令他们极度不爽,他们本来商量好,故意让我为难,主动申请辞职,没想到我会来这一手。

总算把工作开展了,我松了口气,至少有人与我分担了。我和卓维说我第一天开会的事情时,他笑得直不起腰,一直拍脸说脸酸。

我恨不得踹他两脚,"有什么好笑的?"

"想象下你拍桌子骂人的样子,就觉得很好笑。你说起话来一套一套的,真没发现啊。"他歪着头笑嘻嘻地说。

"别胡扯了,我现在该这么办?"我忙不迭问道。

"你觉得呢?"他反问道。

"找宣传部长吗?"我还是没什么把握。

"嗯,可以啊,我记得宣传部长叫马晓波,是学生会唯一高三的学生,你可以去找他。"他毫不犹豫地说道,"另外友情提示,你最好先去找安心打探下他的资料再去。"

"为什么?"我摸不着头脑,找安心干什么?

"你去问就是了,"他回头指指:"真巧,安心就在那里,去问她吧。"说完他就蹬着自行车跑路了。

"你干什么去?"我连忙高声问道,他只是摆摆手,一个劲地踩着自行车往校外奔去。

无可奈何,只好等安心来了,问起关于马晓波的事情。安心果然神奇,立刻就给我说了一堆事情,"你不知道他吗? 他很有名呀,多次参加过比赛,拿过很多奖的,人家都叫他美术王子,据说考中央美院完全没问题。你问陈诺就知道了,她崇拜他崇拜得要命。不过,"安心停了停说道,"据传闻说,他很欣赏王美心,在你们竞选的时候,他投票给王美心的,他性格古怪。如果你有事情找他,我估计他不会比蓝清好说话多少。"

安心这番话顿时让我心里冰凉,也明白为何卓维跑得那么快,明明他知道为什么,却不肯说。看来指望他帮我去搞定马晓波是完全没希望了,还是得靠自己。

我在美术教室找到了正在画画的马晓波,他坐在窗边提笔绘丹青,只扫了我一眼,继续气定神闲地在纸上画。

我站在他身旁等了半天,他终于放下笔,不耐烦地问道:"你有什么事情?"

"你好,我是桂菲,文艺部……"我还没自我介绍完毕,他就打断了我的话,"我知道你是谁,有什么事情赶紧说。"

"是这样的,关于这次艺术节宣传画,需要你们部门配合下。"我说道。

"这不是我负责的事情。"他看都不看我一眼,断然拒绝道。

"你们部门不是有很多高手吗? 帮忙设计下可以吗?"我抱着一线希望问道。

"这次艺术节是你们文艺部的事情,和我们宣传部没关系。你不去找你们部门的人,在我这里浪费时间,有什么用?"他用修长的手指拿起毛笔继续在画板上画。

"主席说过,这是第一次艺术节,希望我们各部门通力合作,宣传画和宣传栏一向都是由宣传部负责的,这次也需要你们配合来设计。"我忍着羞愤,继续给他解释。

"哼,不过是凭着和卓维的关系混进学生会的人,凭什么指手画脚?"他冷哼一声,"你以为你做了文艺部长就可以指挥宣传部了吗?"

我深吸一口气,说道:"马晓波,你真可怜。"

"你说什么?"他诧异地看着我。

"你自己清楚,你们部门多少人希望在第一届艺术节上面刻上自己的名字,而你因为什么不肯配合,极力阻碍他们实现自己的梦想,我很同情他们。卓维是我的朋友没有错,但我是通过参加竞选获得成功的,不是什么关系,你心里清楚。你作为部长只考虑到你自己,真是让人诧异,想不到学生会会有你这样的人。"我一口气说完这些话。

马晓波气得手里的笔都掉了,他站起来怒道:"你说什么?"

"王美心。"我什么也不顾了。

马晓波脸上一红,弯腰拾起笔,脸上有点讪讪的,我淡淡笑道:"不知道你的部门成员要是知道,他们是因为什么错失这次机会,会有什么反应呢?"

"你们的主题是什么?"马晓波终于下了决心,"别以为我是帮你,只不过我们部里看不惯那么烂的宣传画。还有,我希望你不要那么八卦,到处胡说八道。"

"我要准备艺术节的事情,没有那么多时间。"我转身离开,心里却很不舒服。虽然按照安心、文雅她们的办法,我是得到了预期的效果,可是,居然要用威胁的手段才能获得帮助,真是一种悲哀。

我有点恨卓维了,如果我不当这个文艺部长,也许更快乐一点。

一关又一关地过,和每个部门协作都不是件容易的事情,好在"第一届艺术节"这个充满诱惑的大牌子下,很多人还是积极努力合作。

马晓波让人送来了很多幅宣传画,让我选择;美术组做了很多次舞台设计方案,和我不断讨论可行性;科普组和我讨论科技展的展览场地;还有组织各班报名节目。

我很忙很忙,比排小品的时候忙多了,我也深深体会到,组织一场大型活动是非常不容易的事情,要协调安排各部门的工作,考虑到各方面的事情,更要命的是我还要不断地应付考试学习。

好在我还有几个好朋友,安心、文雅、陈诺以及卓维处处帮我出主意、跑腿,总算没有崩溃。

我的脑子里面一刻不得清闲,每天在校园里面奔走不息,联络各部门的同学,真是腿都跑细了。

"菲儿。"我站在操场边苦苦冥想艺术节的主题时,却听见凌嘉文的声音,我已经很久没有见过他了,他还是那幅老样子,一丝不苟地走在路上,按照他的规则行动。

"你好。"我回过神来,却觉得有几分尴尬,不知道为何我见到他总觉得紧张。

"听说你最近很忙,在忙什么?"他笑着问道。

我眼睛没处放,远远盯着那棵大槐树,嘴里胡乱说道:"艺术节。"

"是吗?"他礼貌地一笑,"加油。"

我们沉默了,彼此没有什么话说,他看看手表又礼貌地说道:"我还有事,先走一步。"

我忙不迭点头,顿时觉得轻松不少。

卓维拎着一堆资料过来了,对我抱怨道:"你要的东西真是太沉了。"

"我刚想到,我们的舞台上面放个大槐树,你说怎么样?"我指着那棵大槐树,"这算是我们学校的标志了吧?"

"你想把它移过去?"他看看大槐树想了想说道:"不是件容易

的事情,你问问舞美他们。"

他拍拍那堆资料问我:"这些你要放到哪里?"

"我拿走吧。"我伸手接过资料,差点闪了腰,真沉。

"我帮你送到学生会吧,"他把书拿了回来,"今天是不是还要开会?"

"嗯,还有好多事情没确定呢。"我点点头。

"刚才我看见凌嘉文,你们说什么呢?"他出其不意问道,我一时没反应过来,愣愣地看着他。

"不说就算了。"他自说自话。

"我们就打了个招呼,他有事情先走了。"我想起刚才那个场景,觉得匪夷所思,我现在已经有胆子在一堆人面前大声说话,辩论讨论了。可每次遇见凌嘉文,总是说不出话来。

"你现在还喜欢他吗?"卓维忽然说道,我又羞又恼,"你胡说什么呢!"

"我是说真的哟,如果你还喜欢他,我帮你追他。"他嘻嘻笑道。

"你这么希望我喜欢他吗?"我心里腾起一团火,气得不行。

"生气啦?"他看着我,一脸坏笑。

"你不要拿这个事情和我开玩笑,我是认真的。"我正色道,"我很不高兴。"

他停了脚步,定定地看着我,眼波流转,一丝惆怅闪过,忽然笑起来,"我知道了。那你喜欢我吗?"

我手里的书包差点砸到脚上,愣愣地看着他,他说什么?

"假如,你先遇见我,会不会喜欢我?"他接着问道。

我确定我刚才没有听错,这家伙疯了,肯定!问题是我傻站在这里,满脸通红算怎么回事?我想说点什么,却慌张无措地挤出一句话:"不会。"

"为什么?"他接着问道。

"你不是喜欢王美心吗？又不喜欢我，怎么问这样的问题？"我心慌得口不择言。

他脸色黯淡了一下，沉默了一会又笑道："嗯，你不会喜欢我，我也不会喜欢你。我们只是朋友，对吗？"

我死命点头，他笑得很夸张，"逗你玩呢，看你紧张成什么样子了。"

"这种事情怎么可以乱开玩笑！"我气得发疯，刚才我差点透不过气来，从他手里夺过资料，往学生会方向跑去。

他也不追我，站在原地看我跑了几步，看我手里的资料散落一地的时候，他走过来帮我拾起，对我说道："菲儿，我给你出个节目吧。"

"什么节目？"我没好气地问道。

"我写了一首歌，在艺术节上，我弹琴你唱歌好不好？"他似乎忘记了刚才的不快，兴致勃勃地说道。

"你自己写的？"我有些怀疑。

"是的。"他点头，"原创，歌词和曲子都是我写的，保证版权。"

"你弹吉他吗？"我想起他弹吉他的样子。

"不是，"他高兴起来，"你现在有空吗？我们去音乐教室。"

我想起上次在音乐教室，他像受伤的狼的样子，有点犯怵，"去音乐教室干什么？"

"走，赶紧把会开完。"他端着那堆资料，一路猛跑，叫我好追。

开完会，我们就直奔音乐教室。路上我忍不住问起上次在音乐教室看到的那幕，到底是发生了什么事情，他有点窘迫，双手插在兜里，径自往音乐教室走。

"是不是和王美心有关系？"我试探地问。

"是。"他点点头。

"你们两个现在什么关系？"我始终觉得诡异。

"与你和凌嘉文的关系一样。"他回了我一句,"你们两个什么关系?"

我被噎住了,我和凌嘉文连朋友都算不上,聊天聊不到一起,话说不到三句他就会教育我。

"又生气啦?"看我不说话,卓维小心翼翼地看看我。

"没有。"我摇摇头,"有些人看着近,其实相距很远,隔着千山万水,永远走不到他的身边。"

卓维没有接我的话,推开了音乐教室的门。音乐教室像个小礼堂,前面靠窗的位置放着一架钢琴,旁边放着一架鼓和吉他,下面是几排座位,上课学生就坐在那里。

我坐在第一排,笑着说:"欢迎明星卓维为大家表演!"

他瞪我一眼,拉开窗帘,往乐器边走去,我以为他会打架子鼓,早早地把双手放在耳朵边,准备好随时捂耳朵,他却走到钢琴边。

夕阳的余晖透过窗子投了进来,金色的光芒和窗帘影子交错落在他身上,掀开了钢琴盖,双手放在钢琴上,冲我温柔地一笑。

他的手指在钢琴黑白键上飞舞,弹奏着我从未听过的旋律,那么温柔,娓娓道来,如情人呢喃低语,琴音滑过,随着他略为沙哑的嗓音,回荡在音乐教室里。

> 这样离开你,不符合逻辑,
> 但我已像流星在你的天空划落痕迹。
> 虽然还想你,全交付时间去洗,
> 由岁月慢慢沉积,
> 不再用痴心把风抱怀里,
> 把风铃来伴奏哭泣。
> 我还守在爱过的老地址,
> 对过往的一幕一幕心存感激,

爱过你，我可以。

忘了你，我可以。

我愣愣地看着他，半天回不过神来，只觉得心里被狠狠撞了一下，说不出话来，我从未想过，他像个王子坐在钢琴后深情款款地弹琴唱歌。

"怎么样？"他趴在琴上看着我，不知道是不是我的错觉，他的眼神温柔而溺爱，让我心跳不止，慌忙移开视线，定了定神说道，"我觉得，我好像从来都不认识你。"

"被我迷住啦？"他嘻嘻笑道，"比起楚清如何？"

"不一样的。"

"部长，我的节目能上艺术节吗？"他盖上钢琴走到我身边。

我忙不迭地点头，第一次他站在我身边，我很紧张，我不敢看他，眼神乱跑。

"菲儿，你怎么了？脸这么红，是不是发烧了？"他看看我，伸手要摸我的额头，我本能地退后一步，"没事，天有点热。"

他放下手，讪讪地说："没事就好，我送你回去吧。"

"不用了，我今天晚上去亲戚家，不回家，我先走了。"我几乎是夺门而逃。

跑出很远后，才深吸了一口气，四月的斜阳拖着我长长的影子，我忽然觉得十分恐惧，我不能喜欢他，我不想失去他，做朋友可以做一生，而恋人，迟早会分离。更何况他一直喜欢的是王美心！

我下定了决心，绝不自取其辱，绝不！

我让自己平静，有意无意地和卓维保持距离，我害怕再近一步，我就要掉进万劫不复的深坑。卓维觉得有些怪异，追问我几次,见我避而不答,也就随我。

　　他问我:"要不要一起唱歌?"

　　我连忙摇头:"不行,我太忙了,没时间,再说你那首歌,我学不会。"

　　"好吧,"他淡淡一笑,"随你。只要你高兴就好。"

　　他最近一直顺着我,从不反驳我的意见,只要我说好,他绝没有意见,总是说,只要你高兴就好。我很不习惯,却又说不出哪里不好。

那我许个与你有关的愿望吧！

五月。槐花再一次开了，香满校园。

艺术节终于开始了，这场名为"花开的季节"的艺术节终于在我们的精心准备下拉开了帷幕。

科技展和画展领先一步登陆，那些色彩绚丽充满生机的画装点了学校的各面墙壁。各种有趣好玩的科技模型展览令老师们啧啧称叹。

几乎所有人都在期待着艺术节晚会的当天，这次艺术节，报名很踊跃，我们收到了近两百个节目，为了筛选节目，我们足足用了一个月，才作出最后的决定。

走到学校的任何一个角落，都可以闻到槐花的香味，都可以看到艺术节的气息，都可以听到有人在议论艺术节。

基本所有事项都确定得差不多后，我走到大槐树下，仰望着满树的槐花，深吸着空气中每一丝甜味，坐在树下，五月的和风拂面，而我不知道该许什么愿了。

我睡着了，做了梦。梦很长，很乱，什么都不记得，只记得卓维站在大槐树下，树上不停飘落着花朵，而他忽然长出一对雪白的羽翼，振翅高飞。我跟在后面一直追，一直追，却离得越来越远。

卓维叫醒了我，他拿着一串槐花在我面前晃来晃去，笑着说，"你跑到这里偷懒来了？"

我迷迷糊糊地睁开眼，他和梦里的场景一样，无数槐花随风而落，我惊出一身冷汗，慌忙站起来，转到他身后，想看看有没有翅膀。

他对我的奇怪举动很费解,"怎么了?"

"没什么,"我忍住想要去摸摸他后背,看看有没有翅膀的冲动,"你怎么知道我在这里?"

"我就是知道。"他淡淡一笑,"走吧,都找翻天了。"

我跟着他一起往学生会走去,树影下,他的身影颀长,我盯着他的后背,总觉得会突然长出一对翅膀。

艺术节的晚会开始了。舞台是扇形的,扇托处屹立着一棵巨大的手工槐树,枝繁叶茂布满了整个舞台的墙壁,那树上挂满了一串串白色的槐花,时不时从树上会掉落花瓣,仿佛有风吹过一般。

这是本次艺术节的标志,槐花是学校最多的树,寓意学校,又表明花开的主题。所有人都很满意,终于不用再看着那朵破旧的大红花。

没有人缺席,在这场人人参与的晚会上,几乎所有人都把自己的特长发挥出来,各种乐器演奏、舞蹈、小品、相声、唱歌,甚至还有戏曲表演。

掌声雷动,曲娜看着所有观众笑着对我说:"我真高兴,真有成就感。这辈子我都不会忘记今天的,我为文艺部骄傲,谢谢部长。"

"不是我们一个部门的功劳,如果没有其他部门的合作,也不可能有今天这样的盛况。"我知道,今天学生会里的所有人都很有成就感。我们应该感谢彼此,给了自己机会才不会遗憾。我要感谢卓维,如果没有他,就不会有我的今天。也许我会永远自卑地躲在厚重的外套里,说句话都会脸红,一直被人欺负,只能委曲求全。

"各位同学,你们听到我们学生会主席演讲时是什么感觉?我个人觉得,他很会演讲,不过他做主持肯定比不上我。总体来说,我比他帅很多,"主持人在台上嬉笑道,"不过我看完下面那个节目后,我决定和副主席抢第二帅哥的名头。让我们来听听他的原创歌曲！请各位保持仪态，不要尖叫过度导致衣服破裂，或者导致屋顶掀翻！来一起听听卓维的原创歌曲《忘了你》！"

幕布拉开，只有一束光芒照在舞台的右上角，卓维一身黑色西装，坐在白色钢琴前，按下第一个琴键时，观众席已经尖叫声一片了，好多人离席直奔到舞台正下方，大声尖叫卓维的名字。

我坐得远远的，看着台上的卓维，有一种做梦的感觉，那么不真实。他的面孔在灯光的照射下越发显得梦幻。他的手指在琴键上跳舞，低沉缓慢地唱着自己写的歌，每一次微笑都会引起台下的尖叫声。台上那个卓维似乎离我越来越远，我看着几乎失控的人群，忽然觉得很不安心。

以后，我们还能和从前一样吗？想想这两年和他发生过的那么多事情，仿佛一场梦。太像梦了，太不真切了，我找不出任何可以说服自己的理由，他宛如明星般耀眼，而我只是渺小的沙粒，他真的是我认识的那个人吗？还是其实一切都只是我的幻觉？

舞台上，槐花飘落，他坐在花雨里，唱完最后一句，站起身来谢幕，他举起双手，微笑鞠躬，我死死盯着他，忘记呼吸。幸好没有生出翅膀。念头闪过，我又嘲笑自己漫画看多了，人怎么会长出翅膀呢？

直到卓维走到我面前笑着问我，"刚才我怎么样？"我才回过神来。

他的手里搭着西装，衬衫袖子挽到手肘上，领带松松挂在脖子上，和刚才台上完全两样，是我熟悉的卓维。

我笑着说："我没看见，光看见人头，也没听见，就听见尖叫了。"

"切，"他笑着拍了一下我的头，"我就知道你不会说好话。"

"那你问我干什么？"我白了他一眼。

"我找骂，可以不？"他坐在我身旁，"艺术节很成功，你看，你其实可以做到,而且做得比别人更好,以后不要再觉得你比别人差,你比谁都不弱。"

我点头微微一笑,他为了艺术节顺利举行煞费苦心,帮助我理顺各部门的关系,让他们更好地配合我的工作。为了不伤害我的自尊心,他悄悄地在各部门活动,从不提自己的功劳,"谢谢。"

"不要谢我,谢你自己,你可以做到的事情远比你想象的要多。"他看着舞台轻笑。

艺术节结束了,卓维成为全校最红的人,走到哪里都有人关注,时常经过教学楼下面会听到某窗边传来嬉闹声,一定是某个暗恋卓维的女生被其他女生捉弄。

我很生气,托他老人家的福,我也成为全校皆知的名人。走到哪里都有人指指点点,与对卓维的崇拜神情不同,给我的全是挑剔暧昧的眼神。

我对卓维说:"你可真是坑死我了,以后我要和你保持十米距离,防止不测。"

卓维又好气又好笑,"傻瓜,你忘记我说过的话了吗?和我保持距离,他们也会有新的说辞,总之你想躲开别人的嘴,是不可能的。"

想想也是,这两年来,我一直被卷在漩涡里面,加上我那让人过耳不忘的名字,无论我愿意与否,我也基本上也算是半个名人了。

"除非你担心某人误会。"他拖着长音说。

我瞪他一眼,"是你怕某人误会吧!"

他不说话,皱眉捂着脸,我有点奇怪,"你脸怎么了?"

"牙疼,"他用力揉了几下脸,"可能这段时间太累,有点上火。"

"吃点下火的药吧。"我想了想,"牛黄解毒片是治上火的。"

上火是再平常不过的一件事情,比我们平时感冒发烧还要稀松平常,我们都不在意。若我们当初知道上火会引起什么后果,绝不敢轻视,亦不会在后来如此追悔莫及。

"你知道有个词叫'释怀'吗?"他放下手问我。

"知道。"我点点头。

"释怀这个词很有意思,你仔细体会一下其中的深意就能明白我现在的感受了。"他淡淡一笑,看着远方。

他对她释怀了吗?就当一切都未曾发生过,云淡风轻,走到面前亦会浅笑一声,再也不会引起心里的涟漪,她的美,她的好,再与他无关。此后,只是陌路人。

"槐花快谢了,你今年去许愿了吗?"他歪歪头问我。

"还没呢,你呢?"经他提醒,我想起那天还没来得及许的愿。

"快去吧,迟了就来不及了。"他努努嘴,"今年槐树比较忙。"

"还说呢,拜你所赐,今年我估计大槐树收到的愿望一半都和你有关。"我指着树下好多女生对他说。

"那你要不要也许个和我有关的愿望?"他嬉皮笑脸地问道。

我脸红了,干咳一声,"才不要。"

"那我许个与你有关的愿望吧。"他摸了摸下巴,"我想想啊,许个什么愿望呢?"

我紧张地看着他,希望他能说出来,又不希望他说出来,他装腔作势半天也没给我答案,只是坏笑地看着我,"你到底要许什么愿望?"

"不告诉你。"我故作镇定,对着大槐树微笑。

我许了个愿望,一个和卓维有关的愿望。

我不知道他许了什么愿望,我期待那个愿望与我有关。

真 相

期末考试成绩下来了,我除了数学,其他各门都还好,不算很糟糕。卓维的数学成绩明显下滑,他扫了一眼考卷,对我笑道:"凌嘉文同学又拿了第一了。"

我把数学考卷折起来放进书包,叹了口气:"那和我有什么关系?"

"没及格?"他猜测道,"我猜下多少分,50? 40? 30?"

我恨恨地说:"不要猜了,烦死了。暑假又泡汤了。"

"我帮你补数学?"他边说边用手捂着脸,一脸痛苦的表情。

"你上火还没好吗?"我觉得奇怪。

"是啊,老是不好,牙龈肿了。我去医院看了,他们说让我去打点滴。"他皱着眉,"我明天去,菲儿,陪我去吗?"

"菲儿,陪我去吗?"宋凯怪腔怪调学着卓维说话。

我的脸腾地红了,张口结舌,说不出话来,卓维立刻追着宋凯一路奔出去了。我傻站在桌子前,听见王美心她们的"悄悄话"。

"从早到晚都粘在一起,和夫妻似的。"

"没准人家早就是夫妻了呢。"

"真开放,平时装得那么清纯,原来是这么个人。"

"我听说她以前在二班就勾引别人,后来人家拒绝她了,她就跑到我们班来了。"

"她真是有手段,把某人迷得失魂落魄的。"

"我听说有人叫她宝钗,美心,我记得有人叫你黛玉的哦。薛宝钗那么不要脸,抢宝玉。"

"什么嘛，她哪里像宝钗了，巫婆还差不多，看她那样，我才不信某人会喜欢她。说不定就是为了刺激美心的吧。"

"我也觉得哟，之前他不是对美心那么深情表白吗？肯定是为了刺激你才故意这样做的。你还记得篮球联赛的时候吧，我听说那时候他们压根不认识。"

"美心，你可不要上当呀，她和你是云泥之别。"

……

我全身的血逆流，气得眼前一阵阵发黑，我走到王美心面前，她们一群人没想到我会走过来，警惕地看着我，王美心抱着胸，问我："什么事情？"

"王美心，请你以后不要再和你的朋友们说这些话了。"我竭力让自己平静地说。

"我们说我们的，你不想听就别听，"她白了我一眼，"我们又没点名道姓，你自己往自己身上扣。"

"我不是傻瓜，你们说的什么，我都知道，我想问你，这样有意思吗？"

"有没有意思是我们的事情，与你有何干？"她往后退了一步。

"你喜欢他吗？"我单刀直入。

王美心没想到我会这样直接问她，惊讶地回不过神来，"喜欢谁？卓维？你不要搞笑了。我怎么可能会喜欢他？"

"那你那么关心我们的事情干什么？你每天不停地关注我们有什么意义？你们说他为了引起你的注意，那你呢，你这样不停地说我们，难道不是为了引起他的注意吗？"

"真是太可笑了，你以为谁都和你一样，把卓维当成神吗？笑死人了，他算什么？除了会说两句甜言蜜语，挂个学生会主席的名头，就只会吸引你们这些肤浅的小女生而已。"她拨弄自己的长发，"在我眼里，他什么都不是。"

"对,我的确什么都不是,不如你的凌嘉文,不如他让你牵肠挂肚,也不如他那么好。可为什么你还要对一个什么都不是的人哭他的不好呢?"卓维从教室外面走了进来,目光冰寒,满脸嘲弄之情。

王美心没想到他会出现,脸色变了,"你说什么呢!"

"我说什么,你心里明白。"卓维冷冷地说。

"卓维你这个小人,你答应过我什么!"王美心急了。

"我是小人,你又有多高尚? 你只记得我答应你什么,你就不记得你答应过我什么。"卓维眼里闪过一丝愤怒,"我以为你会遵守诺言,可没想到你变本加厉。"

"我没说什么,"王美心头一偏,激动得全身微微发抖,"有事情单独说。"

"不必了,我们之间无话可说了。"卓维站到我身边,"以后也不会有什么可说的了。"

"哼,说的好像我们之前有什么一样,"王美心恼羞成怒,"谁和你有什么关系!"

"是的,我哪里高攀得上你,你是公主、女王,麻烦你以后不要再关注我们这样的小民,让你的下人都闭嘴,别再胡说八道。否则,我不会再客气。"卓维声音冷得像冰。

"你!"王美心用手指着卓维,怒道:"你以为你是谁! 可以指挥我吗? 我爱怎么说就怎么说!"

"好,那我再说一次,你们所有人都听好,我的忍耐是有限度的,今后谁都不许再欺负菲儿,否则我绝不会再客气。"他用手一个个指过来,"特别是你,王美心。"

在场的几个人说不出话来,都被卓维震住了。王美心脸色变得灰白,半晌方才黯然说道:"你为了她,竟然这样!"

他垂下头,淡淡一笑,"你为了他,伤害她,我为什么不可以为她,伤害他?"

这串复杂的话只有王美心听懂了,她冷冷一笑,"好,你会后悔的。"

"你们到底在说什么?"走出教室后,我连忙问道,"什么他她的,到底说什么?"

卓维看我一眼,说道:"你不是说要找文雅她们吗? 还不快去。"

"你别扯其他的,你到底有什么事情瞒着我?"刚才那一幕太惊心了,"你和王美心有过什么约定? 你说的最后一句话是什么意思? 是不是和我有关?"

"真的没什么,以前我和她玩得很熟的时候,和她经常聊天,就是这样。"他看着我,叹了口气,"好吧,我说。"

卓维告诉我,王美心一直在人前保持着高贵的形象,又给所有的男生一种特别的错觉,似乎他们每个人都和她有特别的关系。卓维和她之前也时常聊天,只是卓维不像其他男生那样追捧她,倒是处处刺痛她。她很不服气,刻意接近卓维。他喜欢上她,向她表白后,她反而把他告白的内容说得天下皆知,所有人都嘲笑他痴人做梦。

"我很生气,不再理睬她,她又故伎重施,说她不是故意的,我就原谅她了,继续和她做朋友。后来我发现她几乎对每个男生都是这样,我觉得很不舒服,问她到底想怎样,她义正词严地问我,她和我有什么关系吗? 就是篮球联赛,我拉着你走的那天。后来,我们之间就这样反反复复,她总说要做我最好的朋友,向我倾诉很多事情,包括她喜欢凌嘉文。她非常讨厌你,可能比蓝清更甚,她觉得你是唯一让凌嘉文在意的人。凌嘉文这个人也真是奇怪,对她的态度时好时坏。她很难过,经常和我哭诉。后来她暗示我,希望我能帮助她,让我牵绊住你……"

"你答应了?"我简直难以置信,不敢相信我们之间竟然是一场阴谋。

"没有,我觉得太荒唐了。"他连连摇头。

"那你为什么会对我那么好? 为什么故意引起我对你的注意?"我无法抑制全身发抖,真是太可笑了,我一直那么认真地相信的一切,竟然都是谎言。想来也是,对于我这样掉到人堆里都分不出来的女生,他何必如此费心费力。

"菲儿,我知道你想什么,不是你想的那样。我发誓,我对你绝对没有任何阴谋。"他神色严肃。

我不敢相信他的话,只觉得心里很痛,像有把刀深深地插在心上,还不停地转动刀尖,我用力扶住墙,勉强支持,而我看见一切都在分崩离析,哗啦啦倒下。

"菲儿,你别哭,别哭。"卓维手足无措,从口袋里面掏出一包新纸巾递给我,"不要哭了。"

我坐在地上,抱紧膝盖,六月底的阳光那么灼热,灼伤了我的眼,眼泪湿透了膝盖上的裤子。

卓维坐在我身旁,低声说道:"我就知道你会这么想,所以才不肯告诉你。你和她不同,你那么单纯,温暖,让人不由自主地想靠近,做你的朋友,很幸福。我很后悔,若第一次遇见你,就和你做朋友,就不会浪费那么多的时间和精力。"

我渐渐止住了眼泪,抬头问道:"那你们之间关于我的事情是什么?"

他顿了顿说道,"她知道你很在意别人对你的看法,就故意说什么,我看你实在太难过,就和她交换了个约定,她以后不再说你,而我帮她保守秘密。"

原来是这样,难怪他们忽然之间都不再说我,我还以为是他们说腻了，或者接纳了我，却不知道是他们之间的协议。我觉得自己像个傻瓜一样，以为自己改变了一切，却原来只是别人眼中的可笑小丑。

"菲儿，你知道我是什么样的人……"他的眼神哀伤。

"我真的知道吗?"我打断他的话，站起身来，"我怎么觉得我一点也不了解你。"

"菲儿!"他定定地看着我，说不尽的哀伤，阳光落在他的睫毛上，反射出奇妙的光辉，如同神祇，离我那么远。

我转身离开，也许他说的是真话，可我又如何确定这一切不是虚假的，我的世界碎成一片片，像那天的雪花，拼不出完整的画面。

一年后，我们在北京见面

我在槐树下坐了两个小时，才游魂般地往回走。

"菲儿，你怎么还在学校？"凌嘉文出现在我身后。

"有点事。"我无力地摇摇头。

"你怎么了？"他注意到我红肿的眼睛，我转过头不让他看，"没事。"

"有什么我可以帮你的吗？"他说。

我泛起一丝苦笑，他对我最大的帮助，可能就是离我远点。

"你们在干什么呢？"王美心不期然地路过，眼神在我们身上飘来飘去，脸上的笑容很僵硬，警惕地看着我。

"你也在学校？"凌嘉文有点意外。

"是啊，明天要放暑假了，有很多事情要处理下。"她走到我们身边，巧妙地隔开了我和凌嘉文，"暑假有什么打算吗？"

"马上高三了，还能干什么？"他习惯性地扶扶眼镜，"看书。"

"哇，你是全年级第一，还要看书，那你要我们这些学习不好的怎么办？"王美心声音很夸张，她的身体完全挡住了我。

"一次考试成绩不能代表什么，还有一年才会知道结果。"他探过头来问我，"你考得怎么样？"

我正在瞪着王美心的背影，想着如何出口恶气，被他一问，支支吾吾地说："马马虎虎。"

"数学怎么样？"他慢了一步，走到我身旁，现在我夹在他们中间。

我尴尬地说不出口，王美心咯咯笑道，"她的数学是我们班的第一,可惜是倒数的。"

我竭力控制自己想要抽她的欲望,埋头快步往前走,看到王美心恶心的嘴脸,我快要爆炸了。

"菲儿,要我帮你吗?"凌嘉文问道。

"什么?"我回头看他,不知是什么意思。

"暑假我帮你补数学吧,"他快步走了两步,王美心的脸僵住了,我看着她的脸,觉得很痛快,我很想说好。可不知道为什么,我说:"不用了,谢谢。"

不再理会王美心的假笑和凌嘉文的奇怪,只是低头径自快速往校门口走。

"菲儿,"卓维从暗处出现,吓了我一跳,他低着头走到我面前,"我送你回家吧。"

"不用了。"我淡淡扫了他一眼,继续往回走,他跟着我走,也不说话。

夜幕降临,昏黄的路灯斜斜地照着我们的身影,我沉默地看着地上的影子,说不出的伤悲。那天晚上,我们一直都没有说话,卓维送到楼下后,径自离开了。

我坐在阳台发了一夜的呆,仰望着漆黑的夜空,什么都没有,耳边挥之不去的是卓维唱的那首歌。

高二的暑假比上学更残酷,没有一天不补课,脑子里面塞书塞到发木,看着堆得比我还高的各种复习资料和课本,全部用力丢到地上,堆成一座小山,我坐在那堆书上面,会有种打倒了这些课本的奇妙感受。我烦透了,真想出去透透气,可是一想到一年后的高考,我连出房门的勇气都没有。

我给自己写了无数句勉力的话语,贴满房间四周的墙壁,不论我烦躁地走到哪座墙壁前,那些警句总会给我注入一剂强心针,让我放弃暴走的念头,接着回去背单词、做习题、背公式。我什么都不想了,只想快点结束这一切。

电话很少,文雅和安心各自打电话随便问候了一下,陈诺依然是火烧眉毛地到处借暑假作业抄。卓维打来两个,依然是问我是否出去,我断然拒绝了他的邀请,他很失落。

高三终于来临,新学期的第一天,我站在镜子前看着脸色青灰的自己,很不想去学校,高三了,我竟然已经高三了,而我还没准备好。

天空下着雨,开学典礼因为下雨取消了,教室里面死气沉沉,每个人的脸色都很凝重,高考越来越近了。

我见到卓维时,大吃一惊,他消瘦了很多,他静静地走过来递给我一本书,是我之前借给他的,我察觉到他的脸颊微有些肿。

"你的脸怎么了?"我忍不住问。

"老样子,上火。"他简洁地说。

"你怎么会上火上这么久?"我大吃一惊,都几个月了,居然一直都在上火,"你去医院了吗?"

"我打点滴都快打成筛子了,没什么用,可能我要死了。"他凄然一笑,赌气地说。

"哪里有人上火死掉的!"一个暑假不见,他还是这样。

"那你见过谁上火上了几个月的吗?"他有些烦躁。

"是不是压力太大导致的?"我从不多的医学知识里面找对号入座的。

"不知道。"他垂下头,试探地问我:"你还生气吗?"

我没说话,虽然早就不再生气了,可是每每想起,都会觉得伤心。

窗外的雨慢慢变大,空气潮湿得黏稠,严严地包裹着我们,沉重得张不开嘴。

　　妈妈告诉我转学的消息时,我大吃一惊。妈妈说因为爸爸的工作不走不行了,那座城市里面的学校比这里更好,最重要的是,你想考大学,就必须去那里。

　　我沉默了,高三转学的人很多,都是为了更容易跨过高考那道门槛。我也想顺利跨过那道门槛,我不想再重复现在这样的生活,死气沉沉,每一天都是阴天,看不见阳光和蓝天。可是离开这个城市,就意味着别离。

　　我知道,别离是必然的,是早晚的问题,可我舍不得这些朋友。我喜欢和他们在一起,让我觉得不再孤单。

　　文雅听说后,沉默了一会,对我说:"我支持你走,虽然我们舍不得,但是你的前途更重要。"

　　安心也同意文雅的话,"就算分开了,我们还是朋友。"

　　陈诺在听着张信哲的歌,开口就说:"且行且珍惜。"

　　我们四个人像高一一样牵着手走在校园里,边走边唱着那首《且行且珍惜》。

　　"你告诉卓维了吗?"文雅问我。

　　我摇摇头,我不知道该如何说起,安心看看我,"你还在生气吗?"

　　"早不生气了,但就是觉得不舒服。"我看着大槐树,明年花开的时候,我不能再许愿了。

　　"我相信卓维说的话,他的确很关心你,就算那个王美心有过这样龌龊的念头,但是我觉得他不会那么乖乖听话的,你还是跟他和好吧,毕竟你们都要分开了。"陈诺拔下耳塞,对我说道。

　　"嗯,我也觉得,别赌气了,过去的事情就算了,他真的对你很好,你记得情人节那天,我们放烟花的时候,他怕炸伤你,都一直是挡在你前面的,我不相信那是装的。"文雅感慨道,"要是有人对我这样就好了。"

"是啊,菲儿,他真的好宠你啊,我们看着都羡慕。"安心笑着说道,"你居然怀疑他,我都为他委屈。"

"你们这都是一边倒地支持他啊?"我有些好笑。

"别傻了,我们都支持你的,不想看你将来后悔。"文雅拍拍我的肩膀,"快去吧,你不是说时间不多了吗?"

我在大槐树下找到了卓维,他坐在树根下,戴着耳机望着天空。我坐在他身边,和他一样望着天空。天空很蓝,阳光很强烈,让人睁不开眼。

"我要走了。"我用手遮着眼睛,轻声说道,"去别的地方。"

他立刻摘下耳机,转向我,"为什么?"

"我爸工作调动,据说那边有更好的学校。"我说。

"什么时候走?"他关掉了口袋里面的随身听。

"下个礼拜一。"我低下头,眼睛很痛,还有两天,我就要离开这里,离开他们。

"还会回来吗?"他靠在树干上,仰望着天空,又自语道:"我说的什么傻话,肯定回不来了。"

"我会去北京,你来吗?"我用力捏紧衣服,鼓足勇气问道。

"去,一定。"他笑了,"一年后,我们在北京相逢吧。"

"嗯。说定了,明年我在北京等你。"我笑着说,软软的风吹来,吹过他的头发。

"你要答应我,要好好念书,作业一定要做,不要和老师吵架,要考第一。"我故意说得轻快,"要证明给他们看。"

"会的,我保证,你要给我写信。"他正色看着我,"你要是不给我写信,我就不写作业。"

我哭笑不得,"哪里有这样要挟人的?"

"不是要挟,是交换条件。"他狡猾地笑道,拾起一片槐树叶,"你要好好照顾自己,别让人欺负你。"

"放心吧。"我不在意地摆摆手,"我没问题的。"

"你就只会说,"他摇头叹了口气,"不过,就这一年,你无论如何一定要撑过去。"

我胡乱点头,掩饰心里的伤感,在这棵槐树下发生过那么多事情,在这个学校里,我慢慢长大。

"菲儿,不要忘记我,我们。"他忽然说道。

"不会的,我就算忘记了自己是谁,也不会忘记你们。"我微微笑道,克制心头不断扩大的酸涩感。

"拉钩。"他伸出了小拇指,我哈哈大笑说道:"拜托,我们都多大了,还玩这个。我要回家了,东西还没收拾。"

我走得很急,没有回头,怕一回头就会抑制不住眼泪。我要离开了,以后一个人,不会再有卓维递给我一包新纸巾,我不能再哭。

我的天使

星期一,天色阴沉,我看了一眼生活了十七年的家,毅然坐上汽车。我戴着耳机,闭着眼睛,靠在车座上。车窗外,每一丝熟悉的风,都让我的眼睑更加艰辛,眼泪几欲撑开眼皮。

随身听里面的磁带是卓维给我的,他自己录的,没有说话,全部是歌,一首接一首地弹唱,吉他钢琴轮着换。最后一首,就是他自己写的那首歌,我在心里跟着轻轻唱,过往一幕幕在眼前不断浮现。我用力咽下酸楚,对自己说,就一年,一年而已。一年后,我一定要去北京。

对于高三的学生来说,所有生活都浓缩为两个字:学习,其他一律都没有意义。我没有朋友,坐在同一间教室的人,比陌生人还要陌生,下课都是静悄悄的,一点声音都没有。我很怀念卓维、文雅她们,怀念在一中的一切。

我写了很多信给卓维、文雅她们,看他们的邮件是唯一的乐趣,让我在那座冰冷得像坟墓一样的世界里找到一丝活的气息。

每一封信我都翻过了很多遍,信封破了,我就一封封整齐地放好,卓维的信最随意,我收到过各种各样的信纸,有公文信纸,有可爱的信纸,最小的信纸只有巴掌大,混乱地丢在一起,为了防止我摸不着头脑,他把每张纸都编号了。我时常从 A4 纸翻到一张巴掌大的小纸片,又翻回一张 A4 纸,十多页翻下来,头昏脑涨。

卓维在信里写道,高三真是件无趣透顶的事,再活泼可爱的学生在经过高三时都会蹂躏得没了活力。这次考试我只有语数外第一，史地政很糟糕，总分是第三，抱歉，没有兑现第一名的承诺，下次我一定会考第一的。我很后悔没有留你，当初若我再努力一点，你亦不需要离开。我想说，你要是在这里，我的成绩会更好。

日子过得飞快，考试越来越多，除了卓维的信，其他人的信渐渐稀疏了，最后几乎没有了，电话更少，我也忙得焦头烂额，连稍微走出门透透气，都觉得是种罪恶。

寒假只有三天，作业倒比平常多了几倍，老师恨不能填满我们假期的每一分钟。我写得天昏地暗，年夜饭也草草地扒了几口，就去写作业了。

接到卓维电话的时候，我有点发懵，"新年快乐。"

"新年快乐。"我走到阳台上，看着屋外漆黑的天空，"寒假过得好吗？"

"还行。"他的声音有点含混，"你会回来吗？"

"回来干什么？今年不是说好在北京见吗？"我莫名惊诧。

"菲儿，如果我死了，你会为我流一滴眼泪吗？"电话那边烟火绽放也掩饰不掉那么惊人的话。

"大过年的，你说什么呢！"我有点生气，"你别胡思乱想，你不会死的，会活很久，久到你都厌烦，我告诉你，如果你真比我先死，我是不会哭的！一滴眼泪都不会流的！听见了吗！"

"听见了。"那头传来他模糊的声音和轻微的笑声，"我们今年九月，北京见。"

九月未到，我几乎和所有人断了联系，甚至卓维，每天盯着黑板的倒计时牌，心里惶惶的。终于熬到高考结束，那一刻只有虚脱的感觉，我睡了很久，把一年来丢失的睡眠全部补回来。

在我睡得最浓的时候，文雅打来了电话，在电话那头哭了很久，哭得我心慌意乱，"到底怎么了？你哭什么？"

"菲儿,卓维不让我们说。他得了淋巴癌,很久了。"她断断续续地说,"休学住院很久了。"

"什么? 不可能的! 怎么会!"我心头一凛,睡意全无,脑袋里面嗡嗡乱响,文雅在那头说了什么我都没听见。

"你记得他上火吗? 就是那个引起的,他过年前确诊了,今年动了两次手术了。他让我们向你保密,说不能影响你学习。一定要等高考结束才告诉你。菲儿,你回来看看他吧,我真的怕他熬不过去。"文雅泣不成声。

放下电话,我抓起钱包就往车站奔去,卓维,不可能的,怎么可能,你说过要和我在北京见面的。你怎么可以生病?

我站在外面哭了很久,用力擦掉眼泪,拼命告诫自己,绝对不许哭。我对着镜子努力笑得更好看点,找到最满意的笑脸后,用力推开了卓维的房门。

他靠在床上,半边脸肿得碗大,脸上一道狰狞的刀疤触目惊心,全身瘦得脱型,双腿不受控制地发抖,如在风中的落叶。这与我认识的充满活力的卓维完全是两样。

见我进来,他竭力挤出一丝笑容,"你来了?"他说话很费力,声音模糊不清。

我定定看着他,我以为我会忍不住号啕大哭,或者惊讶得无法控制,可我没有,我只是静静坐在他身旁,就好像和从前一样。

"考得怎样?"他轻声问道,

"还好。"我轻声说。

"你知道有首歌叫《我不是你的天使》吗?"他说话很费力,说一句就会停下来休息一会。

"嗯,知道,我不会唱。我学会了唱给你听。"我说。

他轻轻摇头,示意他妈妈拿东西递给我,是几张照片和几页纸。他妈妈红着眼睛,头发白了一半,眼眶里已经没有眼泪了,只是在一旁默默帮着儿子做事。

"我才发现我们没有拍过照片,我让他们帮我合成了几张照片,"他说,我拿过那张合成的照片,上面的他笑得灿烂,我歪着头看着前面。

"等你好了,我们去拍。"我放下那张照片,"想拍多少,拍多少。"

他笑而不语,示意我看那几页纸,是他的笔迹,写得很工整,我难以想象他竟然在病痛的折磨下,能写出那么工整的字来。

他写的是我们的故事:

第一次见到菲儿,是开学典礼,我不知道她叫什么,她编着两个麻花辫子,羞涩地站在操场上,像极了从民国时走来的女子,我觉得很有趣,给她取个名字叫妙吉,妙极了。

妙吉很有意思,谨慎微小形容她最贴切不过了,我总是能碰见她,在大槐树下,在大桥下,她每次都在哭,哭得我心慌意乱的,唉,搞得我不得不增添了新的习惯,随时都在身上带着一包新纸巾,以防止下次遇见她哭的时候,好派上用场。

就是这么爱哭软弱的小妞,竟然会拖着受伤的腿跑完了全程,虽然那不能算跑,我很感动。她很用力地追求自己的目标。我忽然觉得羞愧。

我喜欢他们的小品,喜欢她写小品时的专注,喜欢看她认真激动的表情,她很爱脸红,有时是因为羞怯,有时因为激动。不知道从什么时候起,我开始留意她的一举一动,在我不高兴的时候,每每看见她,总会觉得心头一阵温暖,她像个小小的太阳,照在我心里阴暗、冰冷、腐烂

266

的地方。让我觉得每一寸都很温暖,我贪恋这种滋味。如星子撞击,那一刹那,天地无辉,只有这光芒。

我想永远守着这份单纯美好的温暖,可惜这美好不是因我而明亮,我很嫉妒,却只能强装着微笑。我想占据她所有想念他的时光,我找了很多拙劣的借口,让那充满蓬勃生机的美好只属于我。

我看着她一点点改变,拨开厚重的云层,慢慢露出光芒,觉得很高兴。我嘲笑周通的学生会主席是为王美心当的,我又何尝不是,只是想更好地守护着她,她高兴就好。我希望她快乐。

也许这是爱情,也许这是友情,是什么都好。无关时间,无关地点,只在刹那之间,知道与之有缘。许多前世的轮回,只是为了今生短暂的时光,那浓烈的短暂,如雪花,落在掌心那刻就开始融化。

她走的那天,天阴沉沉的,校园广播里放着那首叫《牵手》的老歌:也许牵了手的手,前生不一定好走,也许有了伴的路,今生还要更忙碌。所以牵了手的手,来生还要一起走,所有有了伴的路,没有岁月可回头。

我看着她空荡荡的桌子,说不出的难过,站在走廊看着她曾经最爱坐的紫藤萝秋千,总觉得她不知会从哪里走出来,还坐在那里。

王美心走过来说:"原来,你真的喜欢她。"

我没有否认,就好像被人点破那层窗户纸,瞬间通透。

我想念她,在她离开后,我活得狼狈,除了对她的承诺,我再也不想什么,我无数次幻想着,站在北京,站在未名湖边看她微笑的脸。站在她宿舍楼下,捧着一束鲜红的玫瑰，大声喊她的名字。

　　我以为时间很多，我可以等她，可是我不知道有没有明天。

　　我很后悔，没让她知道。

　　为什么要是我呢？我才十八岁，没有谈过恋爱，要孤独地走。

　　我们不会有今生了，也不会有来生。

　　若有来生，多好，今生一起看月听风的人，来生还可以看月听风，今生爱过的人，来生还可以继续再爱。

　　我要走了，向槐树许下的愿望再也不能实现。

　　其实，我从来都没信过槐树会真的灵验，每次看她站在槐树下虔诚地许愿，我都希望那个愿望与我有关。

　　今年五月，文雅给我送来一串槐花，说是那棵槐树的。我闻着清甜的花香，又想起她。她肯定在挑灯夜战，可惜，今年九月，我们不能在北京相逢了。

　　今生我们的故事就到这里。

　　来生，如果还有来生，请早点相逢。

　　眼泪不停地在眼眶里打转，我仰头看着天花板，不让眼泪流出，我果然是个傻瓜。全世界最傻的傻瓜。

　　"你不会死的，别胡写了。"我忍住哽咽，"你会活很久的，我一定在北京等你。"

　　他只是笑，不说话，静静看着我，我接着说，"等你好了，你给我弹琴，我们唱你写的歌。我们还去大槐树那里，它很灵的，你一定一定会没事的，我们一起去看外面的世界。"

　　我说不下去了，眼泪一滴滴落在掌心。他沙哑着声音说道：

"纸巾。"

我在模糊的眼泪中看到他床边放着一包崭新的纸巾,那是他常为我准备的。

眼泪越擦越多,拼命压抑伤悲,笑得比哭还难看。

"菲儿,走吧,你在这里很久了,该走了。"他说,"别赶不上车。"

"我多陪你一会吧。"我恳求地说。

"不要,我很累,你走吧。"他费尽全身力气,才说完。

"我就在这里,保证不吵你。"我知道他为什么赶我走,"我今天不回去,让我留下吧。"

"妈。"他喘了口气,用力喊道。

他妈妈扶着他躺下,对我说道,"走吧,你了解他的。他不肯让你留下,就让他好好休息吧。"

我恋恋不舍地站起来看着他,他背对着我,看不见脸。

"卓维,你一定要好起来,我在北京等你。"

这是我对他说的最后一句话,这是我们最后一次见面。

他走了,在我坐火车去北京的那天夜里。

那天夜里,我梦见了一树槐花开得灿烂,甜丝丝的清香,一点也不腻。卓维就站在树下,和从前一样,对我微笑。

我高兴地说:"卓维,你好了!"

他笑得温柔,拍拍我的肩膀,对我说,"我走了,以后你要自己照顾自己了。"

他的肋下生出一对雪白的羽翼,向着光芒的天空飞去。

我们长大了,各奔东西,辗转在每座城市。

在看见不见星星的城市里,过着各自喜悲的生活。

文雅留在上海,成为某家企业的高级白领。安心在深圳漂浮,她依然热爱八卦，常常给我们带来同学们的最新消息。陈诺和楚清大学毕业就结婚了，她成了两个孩子的妈。

凌嘉文去了美国，听说王美心也努力在办签证去美国。蓝清消失了，再也没有听说过她的消息。

而我，流转过很多城市，做过很多工作，最终回到了水州。

我没有去他的永居地看他，听说王美心哭得很厉害，听说所有人都去看过他，听说还有人骂我冷血狠心。

我不会去，我永远都不会去。

他对于我而言，只是去了远方，远得不好见面。他一直在我身边，从未离开，在我笑的时候，在我哭的时候，他都一直在我身旁看着我。

他是我的天使。

永远都记得，那一树的槐花下，有少年，低头温柔一笑。